Ich träumte von Wellen

Bibliografische Information der Deutschen Nationalbibliothek:
Die Deutsche Nationalbibliothek verzeichnet diese Publikation in der Deutschen National-
bibliografie; detaillierte bibliografische Daten sind im Internet über http://dnb.dnb.de
abrufbar.

© 2023 SKRIPT-Verlag - Wolfgang Reif
Oleanderstraße 12 - 41470 Neuss
Tel. 0 21 37/95 27 88
Fax 0 21 37/95 27 83
Lektorat: Stephanie Keunecke
Satz und Layout: Wolfgang Reif
Covergestaltung unter Verwendung eines Fotos von stock.adobe.com
Taschenbuch: ISBN 978-3-928249-42-3 E-Book: ISBN 978-3-928249-43-0
www.skript-verlag.de

Ina Broich

Ich träumte von Wellen

Roman

 **Katharina (Ina) Broich** (geb. 1978) hat Touristik, Literatur und Gesang studiert. Sie lebte viele Jahre mit Mann und Kindern in Südafrika. Dort arbeitete sie als Opernsängerin und Sales-Agent.

Sie sieht sich als Afrika- und Gesellschaftsschreiberin. Ina Broich macht in ihren Kurzgeschichten und Romanen Ungesehenes sichtbar, will wachrütteln und sie kämpft um Aufmerksamkeit für Menschen, die sonst kaum jemand wahrnimmt.

Sie veröffentlicht regelmäßig Kurzgeschichten auf www.story.one und schreibt den Fortsetzungsroman *Bunkerkinder* auf www.wattpad.de.

Da sie sich nicht auf ein Genre festlegt, wird sie von der Presse als Autorin der Gegensätze beschrieben. Mit ihren Poetry-Slams tritt sie regelmäßig auf und hält mit dem Neusser Autorenkreis Lesungen.

Sie leitet Poetry-Slam-Kurse und Schreibworkshops in Schulen und führt das Lyrikforum im Bookerfly-Club.

Sie ist Speaker beim Umsetzungskongress für Autoren.

Weiterbildung „Schreiben in einfacher Sprache".

Ausbildung und Weiterbildung zur Fach-Lektorin im Lektorat Unker.

www.inabroich.de

Lektorin/Autorin

Ich träumte von Wellen. Als sie brachen, tanzte ich.

Ich widme dieses Buch
Phoenix Deutschland - Hilfe für Brandopfer e.V. .
Dieser Verein leistet eine unbezahlbare Arbeit für all jene,
die Opfer eines Feuers wurden.

Kapitel 1

Hannah schob die Tür der Hütte auf. Eiskalte Luft empfing sie und sie atmete tief ein. Gelbe Rechtecke malten sich in den Tiefschnee, aus dem Inneren drang Gelächter nach draußen. Hannah legte den Kopf in den Nacken. Über ihr erstreckte sich der sternklare Himmel, wie sie ihn im Rheinland nie zu sehen bekam.

„Unglaublich!" Sie lief ein paar Schritte zwischen den Autos am Waldrand hindurch, um einen besseren Blick zu erhaschen. Den Weg erleuchtete eine Armee an Fackeln, das Romantischste, das sie je gesehen hatte. Sie ging näher an die Lichter heran und glitt auf dem Schnee aus und zwischen den Fackeln hindurch. Ein Lachen entrang sich ihrer Kehle. Es war ein befreites Lachen. Die Schneeraupe hatte den Weg zur Hütte Stunden zuvor freigelegt, doch im Laufe des Abends hatten dicke Schneeflocken die Straße erneut für sich eingenommen. Sie glitt abwärts in einem gemächlichen Tempo und stoppte vor einer Tanne.

Auf allen Vieren gluckste sie in sich hinein. Wenn Gero sie so sähe! Der Schneeball traf sie in den Nacken und sie stürzte erneut in die Schneeverwehung.

„Mensch, Sofia! Muss das denn sein?" Die Kälte kroch ihre Wirbelsäule hinab, der Rollkragenpulli war völlig durchnässt. Hannah rappelte sich auf. Nach zwei Glühwein in der Hütte droben litt ihr Gleichgewichtssinn und sie schwankte leicht. „Den hast du dir verdient!" Sofia kam neben ihr zum Stehen und zog die Kollegin auf die Beine. Hannah kräuselte die Stirn. „Womit denn?"

„Och, ich weiß auch nicht genau ... vielleicht weil du die meisten Deals an Land gezogen hast? Oder weil du den knackigsten Freund der Welt hast? Oder ..."

„Ja, ist schon gut, hab verstanden!" Hannah klopfte den Pulverschnee vom Mantel, ein Weihnachtsgeschenk von Gero. Wenn sie den jetzt schon nach anderthalb Monaten ruinierte, war er sicher sehr enttäuscht.

„Rufen wir uns ein Taxi?" Hannah beäugte den Weg ins Tal. Die Fackeln verströmten ein warmes Licht, aber sie traute dem Braten nicht. Am Ende stürzte sie den Berg herunter in eine Schlucht und dann hatte sie den Salat. Sofia hakte sich bei ihr unter und zog Hannah zurück in Richtung Hütte.

„In Ordnung, du Spielverderber, dann rufen wir ein Taxi. Aber solange können wir ja noch etwas mit den Jungs trinken, oder?" Hannah nickte. Der Stress der vergangenen Tage fiel von ihr ab und endlich hatte sie Augen für die Landschaft. Über ihr erhob sich der Patscherkofl, unter ihr die Innenstadt von Innsbruck. Der Schnee glitzerte im Mondlicht und Hannah fühlte sich zurückversetzt in ihre Kindertage. Jede Osterferien war sie mit ihren Eltern in die Alpen in Urlaub gefahren. Mit dem Schlitten hatte sie jedes Wettrennen gegen ihren Vater gewonnen. Besonnen lächelte Hannah.

„Träum nicht!" Sofia steckte das Smartphone weg und schob Hannah zurück in die Klause. Im Inneren empfing sie Luft, die zum Schneiden war.

„Das war doch eben nicht so schlimm mit dem Schneeball, oder?" Hannah verzog das Gesicht. Sofia grinste. „Wenn du einmal raus gehst, bist du verloren!" Hannah nahm auf einem der Hocker Platz und Tom drückte ihr einen Absacker in die Hand.

„Komm zur Feier des Tages! Das war eine super Messe! Prost!" Die Gläser klirrten leise aneinander.

„Wir vier sind ein super Team! Unsere Firma hat
glorreiche Zeiten vor sich!" Hannahs Mundwinkel zuckten.

„Du übertreibst! Aber wir sind auf dem richtigen Weg!"
Erneut stießen die Vier an.

„Die Messe ‚Food & Style' war ein glatter Erfolg!" Stan, der Zahlenmensch im Team, schob die Papiere auf dem Tisch zusammen.
Tom runzelte die Stirn.

„Kannst du nicht einmal die Zahlen Zahlen sein lassen und mit uns feiern?" Stan rieb sich den Nacken. „Ohne die guten Zahlen, sind wir in einem Jahr mit unserem neuen Produkt nicht mehr auf dem Markt, aber du hast recht." Er seufzte leise, dann schlich sich ein Lächeln auf seine Lippen.

„Na dann Prost, Leute!" Die Kellnerin näherte sich dem Tisch mit einem Tablett.

„Nein, danke, nichts mehr für mich!" Hannah reichte der jungen Frau zwei Scheine. Um ihren Kopf schlangen sich Bauernzöpfe

„Stimmt so!" Sie deutete auf den Haarkranz. „Das gefällt mir, sieht hübsch aus!" Die Kellnerin schenkte ihr ein Lächeln und verschwand in der Menge.

„Hier, dein Rucksack!" Tom hielt ihr den Lederbeutel entgegen und Hannah schwang ihn sich auf den Rücken. „Dann lass uns mal in die bitterkalte Nacht hinaus gehen. Erneut!" Die Männer winkten den Kolleginnen zu.

„Wir sehen uns in der Firma, schlaft gut miteinand'!"

Sofia stupste sie auf dem Weg nach draußen in die Seite. „Bist du jetzt unter die Tiroler gegangen, oder was?" Hannah zog sich den Schal fest um den Hals, dann traten sie ins Schneegestöber hinaus. Die Flocken fielen dichter als zuvor. „Ich mag die hiesige Mundart! Alles klingt so weich, und freundlich und die freundliche Art der Menschen liegt mir!" Sie stapften auf das Taxi zu.

„Gut, dass mir Gero noch die Schnürstiefel aufgeschwatzt hat, ich würde mir alle Zehen abfrieren." Sofia sah an sich hinab. Ihre Füße bekleideten blaue Sneaker. Für eine Messe von fünf Tagen sicherlich angebracht, aber hier draußen? Hannah schüttelte den Kopf.

„Du Großstädter! Mach das du ins Auto kommst, sonst wirst du zur Eiskönigin!"

Die beiden Frauen nahmen hinten Platz.

„Einmal das Tirol-Inn für mich und für die Lady hier das Plaza, bitte." Der Fahrer grummelte ein paar Worte in seinen grauen Bart und nickte.

„Wunderschön! Schade, dass wir morgen schon wieder weg sind. Jetzt wo wir Zeit hätten, zwischen den Tannen spazieren zu gehen oder Ski zu fahren!" Hannah legte ihren Kopf an die Autoscheibe. Das kalte Glas zog ihr die Hitze aus dem Gesicht und sie schloss die Augen. Morgen würde sie Gero wiedersehen. Sie waren noch nie lange voneinander getrennt gewesen und sie freute sich, ihn in die Arme zu schließen. Nur noch eine Nacht, eine siebenstündige Autofahrt und sie lag in seinen Armen.

Die Einrichtung des Hotels gestaltete sich rustikal. In der Lobby gruppierten sich Sofas und Sessel um einen Kamin, gedimmte Leuchten und Kerzen auf einem Geflecht von Ästen schenkten dem Raum ein Wohlgefühl, das Hannah sich für ihre Wohnung wünschte.

„Guten Abend, Frau Keil, Ihre Zimmerschlüssel. Bitte sehr! Ich wünsche Ihnen noch einen schönen Abend und eine erholsame Nacht!"

Hannah erwiderte das Lächeln der Rezeptionistin.

„Vielen Dank!" Am Bund hing neben dem Schlüssel ein bronzener Keil mit ihrer Zimmernummer 24 darauf eingraviert. Hannah durchschritt die Lobby und eilte auf den Zweipersonenaufzug an der Rückwand zu. Ihr

Blick fiel auf die Treppe zur rechten und kurzerhand entschied sie sich, zu laufen. An den Wänden hingen Portraits aus Zeiten des Kaiserreiches in goldenen Rundrahmen. Kleine Schildchen erzählten über die abgebildeten Persönlichkeiten. Heute blieb sie nicht stehen, um eines davon zu lesen. Sie zog ihr Smartphone aus der Tasche und wählte Geros Nummer.

„Hi, Schatz, wie geht es dir?" Gero hatte bereits nach dem zweiten Klingeln abgehoben und Hannah klemmte sich das Telefon zwischen Schulter und Hals, um die Tür ihres Zimmers aufzuschließen.

Sie streifte die Stiefel von den Füßen und ließ sich rücklings aufs Bett fallen. „Mir geht es gut. Ich bin froh, dass die Messe zu Ende ist und ich nach Hause kommen kann." Sie stopfte sich das Kissen unter dem Kopf zurecht.

„Ich freue mich, wenn du wieder da bist!" Hannah lächelte ins Telefon. „Was macht der Kater?"

Gero schnaubte in die Leitung. „Was wohl? Er hat deine Bettseite belegt, mal sehen, ob du das Bett zurückerobern kannst!"

„Blödes Vieh!", sagte Hannah. „Keine Ahnung, warum der mich so hasst. Aber ich habe die Lösung: Ich schlafe auf deiner Seite und du gehst aufs Sofa! Du wolltest diesen Kater unbedingt aufnehmen. Jetzt musst du schauen, wie du mit dem Stinkstiefel klarkommst." Sie drehte sich auf ihre rechte Seite und nahm einen Schluck Wasser aus der Flasche auf dem Nachtkästchen.

„Das kannst du mir nicht antun, Schatz." Gero schniefte theatralisch in den Hörer und Hannah lachte auf.

„Doch! Ich kann und ich werde. Ich muss jetzt schlafen, ich fahre morgen früh gegen 8 Uhr los."

„Fahr vorsichtig, Hani! Ich freue mich auf dich, schlaf gut!"

„Du auch!" Hannah beendete das Gespräch mit einem Kussgeräusch.

Die Kleidung stank nach Rauch und sie rümpfte die Nase. „Das kommt in einen extra Sack!" Sie zog den Wäschebeutel des Hotels aus dem Kleiderschrank und stopfte die Jeans und den Rolli samt Unterwäsche hinein. Dann schlüpfte sie zwischen die Decken und wählte erneut. Sie legte den Kippschalter an der Wand um und löschte das Licht.

„Hey!" Olympia strahlte sie auf dem Display an. „Du treulose Tomate! Seit fünf Tagen hast du dich bei deiner besten Freundin nicht gemeldet!"

„Sorry, tut mir leid, Liebes, aber wir hatten auf der Messe echt viel zu tun! Du wirst es nicht glauben, aber zuckerfreie Lebensmittel sind total im Trend! Ich weiß, das gilt nicht für dich, Olli, aber ich habe unzählige Deals abgeschlossen, wir können unsere Schokolade in großer Stückzahl produzieren und einige neue Geschmackssorten herausbringen! Ich bin total ausgepowert, aber glücklich. Jetzt brauche ich ein paar Nächte Schlaf und alles ist wie immer."

„Das freut mich für dich, Hani, aber das mit der Schokolade … hmm, ich weiß ja nicht, für mich ist das nix!"

„Weiß ich doch, Olli. Deshalb habe ich für dich die traditionelle österreichische Schokolade besorgt!"

„Das macht auf jeden Fall deine fehlenden Anrufe wieder wett!" Die beiden Frauen grinsten sich an.

„Morgen Abend bin ich wieder zu Hause, kommst du rüber zum Pfannkuchen backen? Ich habe dir nämlich auch noch Marmelade besorgt mit Erdbeeren aus ganzen Stücken!"

„Och Mensch, Hani, jetzt habe ich Hunger!" Olympia verzog ihr Gesicht und Hannah lachte.

„Ich muss jetzt schlafen, Liebes!"

„Gute Nacht, Hani, bis zum Backen!"

„Bis zum Backen!", wiederholte Hannah und legte auf. Sie schob das Smartphone unter das Kopfkissen und zog die Bettdecke bis zur Nasenspitze hoch.

Das schrille Klingeln riss Hannah am nächsten Morgen um 6 Uhr aus dem Schlaf. Sie hockte sich auf die Bettkante und rieb sich den Schlaf aus den Augen. Dann holte sie die Dusche nach, die sie am vergangenen Abend übersprungen hatte, und schäumte ihre Haare zu einem weißen Turban. Zufrieden, dass sie nicht mehr nach Rauch und Alkohol roch, schlüpfte sie in frische Kleidung und packte den Koffer. Den Laptop und die Mitbringsel schob sie in ihren Rucksack. Dieses Mal nahm sie den Aufzug, mit dem Gepäck füllte sie ihn in Gänze aus. An der Rezeption bezahlte sie mit ihrer Firmenkreditkarte und checkte aus. Sie zog ihren Rollkoffer über das Kopfsteinpflaster um das Hotel herum und lief die Rampe in die Tiefgarage hinunter. Sie verstaute ihr Gepäck und setzte sich hinters Steuer. Ihr Magen knurrte. Hannah hatte sich gegen ein Frühstück im

Tirol-Inn entschieden, weil es so außerordentlich gut schmeckte und an Reichhaltigkeit nicht zu überbieten war.

Sie wollte vermeiden, mit vollem, schwerem Magen loszufahren. Sie liebte eine gute bodenständige Küche, nur nicht vor einer solch langen Autofahrt. Sie würde unterwegs anhalten und etwas zu Essen auf die Hand kaufen. Hannah warf einen letzten Blick auf die Bergkette zu ihrer linken. Die Sonne kratzte an den Gipfeln und goss ihren goldenen Schein in die Täler. Hannah fädelte sich in den Morgenverkehr ein und seufzte leise. Es stand in den Sternen geschrieben, wann sie diesen wundervollen Ort wiedersehen würde. Bis dahin würde sie das pittoreske Panorama tief in sich aufbewahren. Sie hatte unzählige Fotos geschossen und nahm sich vor, ein Fotobuch zu gestalten. Zeitnah.

Ein paar Minuten später fuhr sie auf die Autobahn auf und ließ Innsbruck hinter sich liegen.

Kapitel 2

An der Tankstelle, direkt hinter der Grenze bei Kufstein, holte sich Hannah einen Cappuccino und zwei Sandwiches in Zellophan verpackt. Ihr Magen knurrte wie ein Bär und sie riss die Folie auf. Sie biss hinein und verzog das Gesicht. Da hätte sie genauso gut in ein Stück Pappe beißen können. Sie lenkte das Auto zurück auf die Autobahn und drehte Bayern 3 auf volle Lautstärke. Ihre Finger tippten im Takt auf das Lenkrad und Freude stieg in ihr auf. Nur noch 500 km bis in ihr Heimatdorf. Ob Gero eine Bananen-Cremetorte für sie buk? Selbstverständlich zuckerfrei. Hannah lächelte vor sich hin. Ihr Freund mochte zunächst die Ernährungsumstellung nicht akzeptieren. Monatelange Überredungskunst und einige Kisten Bier hatten ihn schlussendlich umgestimmt. Gero mit Altbier aus Düsseldorf zu bestechen, war Hannahs Vater in den Sinn gekommen. Es hatte funktioniert.

Das Schneegestöber auf der Autobahn rund um München verdichtete sich und Hannah nahm den Fuß vom Gas. Sie wechselte zu einem Rocksender und wippte mit ihrem Kopf im Takt von Highway to Hell. Auf dem Föhringer-Ring reihte sich Auto an Auto und das Schritttempo zehrte an Hannahs Nerven. Sie gähnte laut. Sie schüttelte ihren Kopf, um die aufkommende Müdigkeit abzuwehren und ließ das Fenster einen Spalt runter. Kopfschmerz kroch ihr in die Schläfen. Sie bekämpfte ihn mit Kaffee, eine Alternative hatte sie nicht zur Hand. Hannah fluchte leise. Die Tabletten lagen ordentlich verstaut hinten im Kofferraum im Necessaire. Das Telefon klingelte und sie ging über die Lenkradschaltung dran. „Kind, wo bist du?"

„Hallo Mama! Ich bin fast um München rum. Es staut sich nur alles so furchtbar. Besser, ich wäre noch viel früher losgefahren." Hannah stöhnte leise.

„Geht es dir nicht gut?" Bei dem Tonfall hatte Hannah sofort das besorgte Gesicht ihrer Mutter vor Augen.

„Alles in Ordnung, nur ein bisschen Kopfschmerzen. In 25 Kilometern kommt die nächste Tankstelle, da fahre ich raus und nehme mir eine Aspirin. Mach' dir keine Gedanken. Papa ist doch früher auch mit uns diese Strecken gefahren, in ein paar Stunden bin ich da, und dann komme ich am Wochenende zu euch, okay?"

„Gut, Kind! Ich gebe dir noch kurz deinen Vater." Bevor Hannah protestieren konnte, hatte ihre Mutter den Hörer schon weitergereicht. Ein Hustenanfall erschütterte die Leitung und Hannah drehte den Lautstärkeregler ein wenig leiser.

„Dad, geh endlich zum Arzt! Wie lange willst du denn noch die Erkältung mit dir rumtragen?!" Hannah wechselte auf den Beschleunigungsstreifen und gab Gas. Langsam lichtete sich der Berufsverkehr und machte Platz für die Reisenden.

„Hani, ich hab' nichts. Mit so etwas muss man nicht zum Arzt! Ich war mein ganzes Leben lang gesund, frag Mama. Ich bin ein echter Dorfjunge und Dorfjungen werden nicht krank." Hannahs Finger krampften sich um das Lenkrad. „Dad, sei nicht so stur. Jeder wird einmal krank, auch du! Wir haben zwei Gemeinschaftspraxen im Dorf, eine davon muss dir doch passen? Sonst komme ich dich morgen abholen und wir fahren in die Stadt zum Arzt. Oder gleich in die Klinik." Ein neuerlicher Anfall ihres Vaters unterbrach ihren Vortrag.

„Sag Mama, sie soll einen Termin machen, ich fahre dich hin, keine Widerrede." Bevor ihr Vater eine Antwort in den Hörer husten konnte, hatte Hannah bereits aufgelegt. „Sturer, alter Mann, das kann doch nicht wahr sein!"

Das Schneegestöber erforderte ihre gesamte Aufmerksamkeit. Dicke Flocken klatschten auf die Frontscheibe und die Wischer liefen in der höchsten Taktung. Der Schnee blieb auf der Autobahn liegen und Hannah entschied, kein Risiko einzugehen und wechselte auf die rechte Spur.

Der Tag versank in einem Einheitsgrau, nur durchdrungen von dicken Schneeflocken. Der Winter in ihren Erinnerungen entsprach einem völlig anderen Bild. Trockener Pulverschnee, strahlender Sonnenschein, warmer Kakao.

Sie drehte das Radio lauter und wartete auf die Nachrichten und den Verkehrsservice zur vollen Stunde.

Die ganzen Neuerungen von der Messe schwirrten durch Hannahs Kopf. Lebensmittel produziert aus Algen, Nudeln aus Erbsen, Kichererbsen oder Linsen. Was Gero wohl dazu sagen würde? Von ihrer Schokolade hatte er gar nicht mehr lassen können. Sie hatte aus der Produktion Bruchschokolade mit nach Hause gebracht und Gero war darüber hergefallen. Erst später hatte sie ihm erzählt, dass die Schokoladenstückchen völlig ohne Zucker auskamen. Er hatte sie in den Arm gezogen und ihren Erfolg mit einem Glas Sekt gefeiert.

Mit der einen Hand hielt sie das Lenkrad, mit der anderen kippte sie den Kaffee von der Tanke runter. Noch 300 km bis nach Hause. Die Autobahn war weniger befahren als zuvor um München herum. Um diese Uhrzeit waren ein paar Trucker und Geschäftsreisende wie Hannah unterwegs. In Gedanken stellte sie für den morgigen Tag eine Telefonliste zusammen. Die wichtigen Neukunden möchte sie sofort am nächsten Tag sprechen. Hannah beschleunigte noch einmal das Tempo, der Tacho zeigte nun 80km/h.

Hannah tippte die Kurzwahl für Geros Büro ein. Es tutete, einmal, zweimal. Es klickte in der Leitung.

„Hier ist das Büro Haber und Haber, Annelie Gerling am Apparat, was kann ich für Sie tun?" Hannah nahm einen tiefen Atemzug, dann einen weiteren. Mit Sicherheit hatte die Sekretärin die Nummer im Display erkannt.

„Hannah hier, könnte ich bitte mit Gero sprechen?"

„Herr Haber ist in einer wichtigen Besprechung, aber ich schaue gerne, was ich für Sie tun kann!"

„Danke!", presste Hannah zwischen ihren Zähnen hervor. Sie trommelte mit ihren Fingern auf das Lenkrad.

„Gero hier, hi Schatz. Ich kann gerade nicht!"

„Ich weiß, ich wollte dir nur mitteilen, dass es später werden könnte. Der Schnee verlangsamt das gesamte Vorankommen, die Straßen sind nicht gestreut und ich muss mich echt konzentrieren!"

„Fahr' doch die nächste Ausfahrt raus, such' dir ein Hotel und dann sehen wir uns halt morgen. Okay? Ich muss dann wieder." Es klickte und die Leitung war tot.

„Verdammt!" Hannah schlug auf das Lenkrad und Tränen verwischten ihre Sicht. Sie hatte sich so gefreut! Sie wusste, dass Gero zu arbeiten hatte, aber ein „Schade" hätte doch noch drin sein können? Hannah fuhr sich über die Augen. Die Messe-Tage in Innsbruck hatten sie offenbar dünnhäutig werden lassen. Sie schluckte hart.

Ein ohrenbetäubender Knall erschütterte das Auto und es begann zu schlingern. Das muss der Reifen sein!, fuhr es Hannah durch den Kopf und sie trat auf die Bremse. Der Kaffee flog durch den Wagen und die Leitplanke näherte sich in rasender Geschwindigkeit. Sie riss am Lenkrad. Ein harter Aufprall schleuderte Hannah hart in den Gurt nach vorn und ihr Kopf flog gegen die Seitenscheibe. Schnell verengte sich ihr Sichtfeld und sie wusste, dass sie den Kampf gegen die Schwärze verlieren musste.

„Sie haben die Operation gut überstanden!" Die Stimme an Hannahs Ohr holte sie aus der unendlichen Schwärze. Es fiel ihr schwer, die Augen zu öffnen. Ihr Körper forderte weiteren Schlaf, ihr Wille drängte ans Tageslicht. Ihr Geist fühlte sich an, als hätte eine Nebelmaschine Schwaden überproduziert. Es waberte in ihrem Gehirn und Schwindel übermannte sie. Die Welt existierte weit von ihrem Körper entfernt und sie versuchte sich vorzukämpfen.

Hannahs Mund war trocken, die Zunge pelzig. „Wasser!", krächzte sie. Ihre Stimme klang heiser, die Stimmbänder fühlten sich an, als wären sie mit einem Reibeisen behandelt worden. Hannah wollte tief einatmen, stattdessen quoll ein Hustenreiz aus den Tiefen ihrer Lungen hervor. Es schüttelte sie, bis in die Eingeweide. Weit fort hörte sie Stimmen, doch sie vermochte sich nicht darauf zu konzentrieren. Ihr Oberkörper krampfte ein ums andere Mal, bis die Erschütterungen schließlich nachließen. Erschöpft sank

Hannah zurück. Der Nebel in ihrem Kopf mischte sich mit Schwärze und Hannah hieß sie willkommen.

Geräusche drangen an ihr Ohr und sie quälte die Lider auf. Dieses Mal fiel es ihr ein wenig leichter. Über ihr sah sie eine weiße Decke aus vielen einzelnen Platten. Sie wendete den Kopf nach rechts, dort zeigte sich ein Quadrat aus strahlend-blauem Himmel mit vereinzelten Wölkchen. Hannahs Hände krallten sich zusammen, ihre Finger ertasteten etwas Weiches.

„Ich verstehe nicht …" Ihre Worte brachen ab, sie hatte Mühe die Augen offen zu halten. Ihre Glieder fühlten sich schwer an wie Blei.

„Was zur Hölle …" Sie hob mit viel Anstrengung den Kopf und sah an sich hinab. Schläuche überall. Sie verschwanden in ihren Armen und in ihrem Hals. Verbände schlangen sich um ihre Hände und Arme und ihrem Gefühl nach auch um ihren Kopf. Sie versuchte, sich zu erinnern. Was war geschehen? Wo war sie? Eine Hand tauchte in ihrem Gesichtsfeld auf und hielt ihr eine Schnabeltasse an die Lippen. Hannah nahm einen vorsichtigen Schluck und musste husten. Die Berührung mit dem Plastik schmerzte und sie verzog ihr Gesicht.

„Langsam!" Die Stimme hatte sie bereits zuvor gehört, wann war das gewesen? Es fiel Hannah schwer, sich zu orientieren. Ihr Gesicht fühlte sich seltsam an, tumb und die Lippen ganz spröde. Sie hob den Arm, um nach ihrem Kopf zu tasten, doch ein reißender Schmerz im Schulterbereich hielt sie zurück. Hannahs Herz raste und das Piepen neben ihr verstärkte sich.

In ihrem Sichtfeld erschien eine Schwester. Der Nebel lichtete sich für einen kurzen Moment und Hannah fiel es ein: Das musste die Frau sein, zu der die Stimme gehörte. Sie war schon zuvor an ihrem Bett. Aber wieso lag sie in einem Bett? Hannah folgte den Mundbewegungen der Krankenschwester, verstand aber nichts.

Die Frau im blauen Kittel redete auf Hannah ein. Es rauschte in ihren Ohren, als stünde sie am Meer, einem Meer, über das ein Sturm hinwegfegte.

Sie versuchte, ruhiger zu atmen, um sich zu beruhigen. Stattdessen begann sie zu zittern. Eine Träne lief über ihre Wange und versickerte im Verband. Hannah wollte nicht weinen, doch ihre Seele schrie. Sie schluchzte laut auf. Das alles musste bedeuten, dass sie im Krankenhaus lag. Aber wieso hatte sie permanent den Gedanken an einen Kaffee im Kopf. Wo war da der Zusammenhang?

Die Schwester tupfte mit einem Taschentuch über Hannahs Lider und Oberlippe, wo sich die Tropfen sammelten.

„Nicht weinen, Frau Keil, nicht weinen." Die Stimme erinnerte sie an die ihrer Mutter und ein erneutes Schluchzen stieg in ihr auf. Hart schluckte sie dagegen an. Es schmerzte, jedes Mal Schlucken tat weh. Die Schwester schenkte ihr ein Lächeln.

„Sie machen das schon, geben Sie allem Zeit, dann wird es schon wieder." Was würde wieder? Hannah versuchte sich an einem Lächeln, ein Schmerzenslaut entrann stattdessen.

„Was …?" In ihren Gedanken formulierte sie die Frage völlig klar, doch ihre spröden, gerissenen Lippen weigerten sich, sie auszusprechen.

„Sie hatten einen Autounfall. Ein LKW-Fahrer kam rechtzeitig an die Unfallstelle und hat sie herausgezogen aus dem Fahrzeug. Es hat lichterloh gebrannt. Die Feuerwehr kam fünf Minuten später, ebenso der Hubschrauber. Aber der LKW-Fahrer hat ihr Leben gerettet!"

Die Schwester zog eine umfangreiche Akte unter Hannahs Decke hervor.

„Sie hatten Brandverletzungen. In einer achtstündigen Operation wurde Ihnen Haut transplantiert. Dennoch …" Sie machte eine Pause und Hannahs Magen drehte sich um.

„Bitte!", flehte sie die Krankenschwester an.

„Die plastische Chirurgie ist weit fortgeschritten und die Spezialisten haben ihr Bestes gegeben. Trotzdem müssen Sie sich darauf einstellen, dass Ihr Aussehen nicht mehr wie früher sein wird."

Eine Explosion hätte Hannahs Herz nicht schlimmer zerreißen können.

„Das kann nicht …" Die Monitore schlugen Alarm und eine Frau in einem weißen Kittel stürzte in den Raum.

„Bitte, Frau Keil, Sie müssen sich beruhigen, so schwer dies auch für Sie sein mag. Die Haut ist frisch transplantiert, Bewegungen schaden den Stellen und Sie riskieren eine Ablösung! Schwester Anna, geben Sie ihr Adenosin als Bolus gegen die Tachykardien und etwas zur Beruhigung." Die Schwester zog eine Spritze auf und injizierte sie in den Beutel am Ständer. Die Ärztin zog einen Stuhl heran und setzte sich neben das Bett.

„Guten Tag, Frau Keil! Mein Name ist Dr. Brocker und ich bin die diensthabende Ärztin auf der Intensivstation. Ich bin sehr froh, dass Sie endlich wach sind. Sie befinden sich in der Uniklinik Frankfurt. Ein

Hubschrauber hat Sie hergeflogen. Wir sind spezialisiert auf Brandopfer, aber das hat Ihnen Schwester Anna sicherlich schon alles erzählt."

„Aber wie konnte das passieren? Wieso wäre ich beinahe verbrannt?" Hannah kämpfte die Müdigkeit zurück, sie wollte Antworten.

„Weiß mein Freund Bescheid?" Ihre Lider wurden schwerer. Die Ärztin wechselte einen Blick mit der Krankenschwester.

„Wir haben Herrn Haber informiert, er war in Ihrem Handy als Notfallkontakt angegeben." Hannah konnte ihre Augen kaum noch aufhalten, ihr Sichtfeld verwischte und ihre Glieder entspannten sich. Hannah wendete ihr Gesicht zur Tür. „Ist er …?" Ihre Augen schlossen sich und sie fiel in einen traumlosen Schlaf.

Schmerzwellen pulsierten durch Hannahs Körper. Mit einem Schlag war sie wach und stöhnte laut. Schweißperlen bildeten sich unter dem Verband im Gesicht und zu dem Schmerz gesellte sich ein unangenehmes Jucken. „Tut weh", brachte sie heraus.

„Ganz ruhig, Frau Keil." Eine andere Schwester als vom Vortag - war es der Vortag gewesen? - beugte sich über sie. „Ich gebe Ihnen jetzt etwas gegen die Schmerzen, Sie können aber auch selber hier drücken." Die Krankenschwester schob ihr eine schmale Bedienung zwischen die Finger.

„Bis zu einem gewissen Grad können Sie selber bestimmen, wieviel Sie von dem Dipidolor bekommen. Sie können nicht überdosieren." Die Schwester drückte für Hannah und die Spritze am Ständer zu ihrer rechten Seite entleerte sich in die Kanüle. Hannah wurde beinahe sofort schummrig.

„Das fühlt sich nicht gut an. Kann ich bitte etwas zu trinken haben?" Die Schwester nickte und lief aus dem Raum. Hannah folgte ihr mit den Augen und stellte fest, dass eine riesige Fensterscheibe zu ihrer Linken in den Flur hinaus ging. Dort herrschte reges Treiben, es ging zu wie in einem Ameisenstock. Die Wirkung des Schmerzmittels setzte ein und Hannah sackte in die Kissen zurück.

Sie blinzelte gegen das Drehen der Welt an. „Mir ist immer so schwindelig!", sagte sie zu der Schwester, die mit einem Becher ins Zimmer kam. Der Duft von Minze stieg in die Luft. „Hm, das riecht lecker!"

„Extra für Sie mit Empfehlung aus der Küche." Die junge Schwester grinste Hannah an.

„Der Schwindel kommt von dem Schmerzmittel, aber auch von dem niedrigen Blutdruck. Viele Verbrennungsopfer leiden darunter, wie auch unter dem Herzrasen, das Sie gestern hatten."

„Ah, okay." Hannah hatte nur die Hälfte verstanden, aber nachzufragen, empfand sie im Augenblick als zu anstrengend. In ihrem Hinterkopf geisterte ein Gedanke, doch sie bekam ihn nicht zu fassen. Irgendetwas hatte sie wissen wollen. Sie schüttelte ihren Kopf.

„Vorsichtig, Frau Keil." Die Schwester hielt ihr den Tee an die Lippen. „Achtung, der ist heiß! Ich habe Ihnen etwas Zucker hineingetan, denn Ihre Zuckerwerte sind sehr niedrig. Bevor ich Ihnen Glukoseinfusionen gebe, versuchen wir es erst einmal hiermit, in Ordnung?" Hannah schwirrte der Kopf. Mit Glukose konnte sie durchaus etwas anfangen, nichtsdestotrotz wurden ihr all die Zusammenhänge nicht klar. Sie nahm einen kleinen Schluck, dann einen weiteren. „Oh, das tut gut. Mein Hals schmerzt so." Wie aufs Wort begann sie zu husten und die Schwester zog den Becher beiseite und stellte ihn ab.

„Moment, Frau Keil, ich helfe Ihnen, sich ein bisschen aufzurichten, dann fällt Ihnen das Husten leichter." Sie schob Hannah ein weiteres Kissen aus dem Schrank neben dem Bett in den Rücken.

„Die Schmerzen in der Lunge und im Hals stammen von einem Inhalationstrauma. Sie haben zu viel Rauch und Gase eingeatmet. Zudem haben Sie eine Verengung im oberen Rachen gehabt, sodass ein Luftröhrenschnitt notwendig war. Deshalb fällt Ihnen nun auch das Reden so schwer. Aber davon bleibt nur eine hauchfeine Narbe. Geht es wieder?" Hannah nickte. Sie fühlte sich, als hätte sie ein Kleinwagen überrollt. Ihre Augenlider flatterten.

„Schlafen Sie ruhig, ich schaue später noch einmal nach Ihnen, Frau Keil." Bevor Hannah antworten konnte, riss sie die allumfassende Schwärze mit sich.

Kapitel 3

„Guten Morgen, Frau Keil!" Hannah blinzelte. Sonnenstrahlen fielen durch das Fenster und sie schloss schnell die Augen. „Ein Moment, ich schließe die Vorhänge, dann wird es angenehmer und Sie sind nicht so geblendet."

Ein Schatten legte sich auf ihr Gesicht und Hannah schlug die Augen auf.

Frau Dr. Brocker und Schwester Anna standen an ihrem Bett. Der Geruch von Kaffee lag in der Luft.

„Ich hatte einen Unfall!" Die beiden Frauen nickten. „Also, das haben Sie mir ja schon gesagt, aber ich erinnere mich gerade. Ich hatte mir an der Tankstelle einen Kaffee geholt, und dann …, dann … ich weiß es nicht mehr."

„Die Erinnerungen werden wiederkommen, das nennt sich retrograde Amnesie. Das ist völlig normal nach einem Trauma, wie Sie es erlitten haben. Psychisch wie körperlich." Eine Hilfsschwester öffnete die Tür und schaute hinein. „Möchten Sie einen Kaffee oder Tee?"

„Tee, auf jeden Fall Tee!"

„Bringe ich Ihnen sofort, welche Sorte möchten Sie?" „Kräutertee oder Minze, was Sie dahaben." Die Frau nickte und verließ das Zimmer.

„Frau Keil, wir sind hier bei Ihnen, weil wir Sie gerne verlegen möchten. Nach fünf Tagen auf der Intensivstation sind Sie soweit stabil, dass wir Sie auf Normalstation verlegen können. Was halten Sie davon?" Hannah nickte, was sollte sie auch sonst tun.

„Bisher haben wir Ihre Verbände gewechselt, wenn Sie schliefen. Wir haben Sie zusätzlich betäubt, damit Sie keine Schmerzen haben. Je fitter Sie werden, umso weniger häufig werden Sie schlafen. Da wir die Verbände weiterhin in regelmäßigen Abständen wechseln müssen, empfehle ich eine Kurznarkose für die Wundversorgung. Der Stationsarzt wird mit Sicherheit mit Ihnen noch einmal darüber sprechen. Ich wollte nur, dass Sie Bescheid wissen."

„Dann komme ich jetzt also woanders hin?" Frau Dr. Brocker nickte.

„Die Schwestern oben auf Station sind angepiept. Es ist im Moment viel los, daher können Sie Ihren Tee noch in Ruhe trinken!" Hannah lächelte matt. Das kurze Gespräch hatte bereits sehr angestrengt und ihre Gedanken taten ihr Übriges hinzu.

„Kann ich nicht verlegt werden, nach Hause?" Tränen sammelten sich in Hannahs Augenwinkeln.

„So gerne ich Ihnen diesen Gefallen tun würde, aber ein Transport über 300 Kilometer ist nicht empfehlenswert. Haben Sie noch ein bisschen

Geduld, es kommt der Tag, an dem Sie die Uniklinik verlassen können!"

„Hier ist Ihr Tee!" Die Hilfsschwester hatte von Hannah unbemerkt den Raum betreten und die Schnabeltasse neben ihr auf dem Nachtschrank abgestellt.

„Danke!", hauchte Hannah. Schwester Anna eilte an ihre Seite, und nahm die Tasse hoch.

„Ich weiß, wie schwer es mit verbundenen Händen ist, zu trinken, ich helfe Ihnen."

„Wird mir oben auch geholfen?"

„Natürlich. Sie klingeln und dann kommt ein Pfleger zu Ihnen." Schwester Anna hob die Schnabeltasse an Hannahs Lippen. Krusten lösten sich und sie begann zu bluten. Mit einem Tupfer beseitigte die Krankenschwester die Tröpfchen und mit einem anderen Stück Gaze tupfte sie hauchdünn eine Salbe auf die Lippen.

„Das werden Sie später selber noch eine ganze Weile machen müssen. Ihre Haut muss ein Stück weit wieder an Elastizität gewinnen, sonst spannt sie sehr." Sie legte die Tube auf Hannahs Bettdecke.

„Nehmen Sie sie ruhig mit nach oben, wir haben hier genug davon." Auf dem Flur erklang ein lautes Schrillen und Schwester Anna hastete aus dem Raum.

„Ich verstehe das alles nicht", flüsterte Hannah und starrte an die Decke. Wie konnte sich ihr Leben von jetzt auf gleich derart umstülpen? Ihre Brust zog sich schmerzhaft zusammen. Hannah atmete langsam ein und wieder aus. Über ihr blinkte eine Armee von Lämpchen. Das Piepen hatte die Schwester abgestellt. Noch ein Atemzug, und noch einer. Hannah schloss die Augen. Einzelne Erinnerungsfetzen schossen wie ein Blitzlicht-Gewitter durch ihren Kopf, zu fassen bekam sie keinen davon. Es kribbelte in ihrer Lunge und Hannah stöhnte leise. Wie tausend Bläschen in einem Mineralwasser bahnte sich der Hustenreiz seinen Weg nach oben. Das Band um ihre Brust zog sich enger und der Hustenanfall presste sich heraus. Hannahs Mund füllte sich mit einer schleimigen Substanz und instinktiv spuckte sie sie aus. Ein schwarzer Gelee-artiger Klumpen landete auf der weißen Bettdecke. Die Lunge weitete sich und Hanna atmete auf. „Wo ist denn jetzt die verdammte Klingel?" Hannahs Finger zuckten und ihr wurde schwindelig. Warum hustete sie schwarze Klumpen aus? Draußen am Fenster zum Flur lief Schwester Anna vorbei und riss die Tür zu ihrem Zimmer auf. „Ihr Monitor im Überwachungsraum hat angeschlagen, was ist passiert?" Hannah nickte in Richtung des Klumpens. „Die Kontraktionen in Ihrer Lunge haben den Schleim gelöst und den Ruß heraufbefördert. Ich werde die Decke wechseln." In diesem Moment öffnete sich die Zimmertür erneut und ein Hannah unbekannter Pfleger betrat den Raum. Klein und drahtig gebaut, tiefschwarzes Haar und stechend blaue Augen. Und er hatte das breiteste Lächeln, das Hannah jemals gesehen hatte.

„Guten Tag! Ich bin Bonifacio und Ihr Pfleger für heute und morgen und übermorgen!" Er strahlte Hannah an, als wäre sie der Mittelpunkt des Universums. Wärme breitete sich in ihren kalten Gliedern aus und ein Lächeln zupfte an ihren Lippen.

„Ich bin Hannah, Hanna Keil!"

„Freut mich, Sie kennen zu lernen!" Er nickte ihr zu und löste die Bremse am Bett.

„Na, dann machen wir uns doch einmal auf den Weg nach oben. Und dieses Kunstwerk", er deutete auf den schwarzen Klumpen „entfernen wir oben. Das braucht Schwester Anna nicht zu machen!"

„Das ist lieb!", antwortete Schwester Anna und wandte sich an Hannah. Sie fasste nach ihrer Hand und sagte: „Ich wünsche Ihnen das Allerbeste! Kommen Sie in Ruhe wieder auf die Beine!"

„Dankeschön, dass Sie sich so um mich gekümmert haben!" Gero! Das war es gewesen. Gleich oben auf Station würde sie Bonifacio fragen, wo ihr Freund war. Der Pfleger entstöpselte alle noch notwendigen Geräte und hängte sie an der Seite des Bettes und am Fußende ein.

„Na, dann machen wir uns mal auf den Weg!" Er zog das Bett von der Wand und manövrierte es aus dem Zimmer. „Was meinen Sie, Frau Keil: Bisher wurden Sie ja intravenös ernährt. Haben Sie nicht Lust, mal wieder etwas Richtiges zwischen die Zähne zu bekommen? Wir fangen auch langsam an. Suppen, Cremes, Quark …" Hannah lief das Wasser im Mund zusammen.

„Das hört sich fantastisch an!"

„Sag ich doch!" Hannah hörte, wie Bonifacio hinter ihr leise lachte.

Die Türen der Intensivstation schlossen sich, sobald der Pfleger das Bett hindurch geschoben hatte. Er hielt auf die Aufzüge zu, die für Bettentransport gekennzeichnet waren. Er pfiff ein leises Lied, das Hannah als Hijo de la Luna erkannte.

„Das ist ein wunderschönes Lied! Immer, wenn Montserrat Caballé es gesungen hat, sind mir die Tränen gekommen!" „Aber das wollen wir ja nicht." Der Aufzug setzte sich in Bewegung und Bonifacio stimmte ein anderes Lied an. Seine sanfte, warme Stimme ließ Hannahs Herz auflodern. Sie berührte tief in ihrer Seele einen Punkt, den schon lange niemand mehr berührt hatte.

„Wir sind da!" Die Aufzugtüren schwangen auseinander und der Pfleger schob sie vorwärts. Station 5b las Hannah auf dem Schild neben der Tür, die sich soeben auf Knopfdruck öffnete.

„Wieso riecht es hier überall nach Kaffee?" Bonifacio stieß ein Lachen aus.

„Ohne tägliche Kaffee-Infusionen würde der Betrieb hier ganz schnell zusammenbrechen." Hannah rümpfte die Nase. „Kaffee ist gerade nicht so mein Ding. Apropos Ding: Wo sind denn meine Sachen?"

„Was für Sachen? Die aus dem Auto?"

Bonifacio umrundete das Bett und hob am Fußende die Decke hoch. „Hier ist ein Beutel von uns, da sind ein paar Habseligkeiten von Ihnen drin. Im Zimmer können wir ja mal reinschauen." Hannah nickte. Das war alles, was übriggeblieben war?

Im Zimmer schob Bonifacio das Bett an die Wand, nahe des Fensters. „Schauen Sie!" Der Pfleger zeigte aus dem Fenster.

„Sehen Sie da in der Ferne den kleinen blauen Streifen? Das ist der Main! Sie haben die Suiten-Aussicht gebucht, exzellente Wahl!" Hannah verzog ihren Mund zu einem Lächeln. Ganz vorsichtig, damit die Lippe nicht erneut aufplatzte. Dann war es auch schon wieder weggewischt. Sie hatte nichts zu lachen, ganz im Gegenteil, fand sie. Bonifacio steckte alle Geräte ein und hängte den Katheter-Beutel ans Bett und die Infusionen mit Flüssigkeit an den Ständer.

„So, dann werden wir mal die Bettdecke wechseln!" Er eilte aus dem Raum, um kurz darauf mit einem frischen Bettbezug wiederzukehren. Er lupfte die Decke.

„Haben Sie sich bereits gesehen?"

„Oh mein Gott, ist es so schlimm? Ich weiß nicht …" Hannahs Hände zitterten.

„Ich glaube, ich will nichts sehen, können Sie schnell machen?"

Bonifacio nickte. „Null Problemo!" Hannah fixierte einen Punkt an der Decke und der Pfleger hob die Decke sanft hoch. Kühle Luft strich Hannah über die unbedeckten Körperstellen. An mindestens genau so vielen erahnte sie Verbände. Sie kniff die Augen fest zusammen.

„Ich will das nicht, ich will das nicht." Die Worte turnten durch ihren Kopf.

„Ich bin jetzt fertig! Nicht jeder Patient mit Brandverletzungen toleriert die Decke. Sie machen das sehr gut, Frau Keil!" Hannah senkte ihren Kopf und atmete auf. Bonifacio sah ihr in die Augen und ihr Puls verlangsamte sich.

„Das Dipidolor leistet hervorragende Arbeit!"

„Aber mir ist dauernd schwindelig, und manchmal sogar ein bisschen übel."

„Ich hole Ihnen Vomex, wenn es wiederkehrt. Sollen wir jetzt in Ihre Tüte schauen?"

„Mhm", machte Hannah und starrte auf die Tüte.

„Also: Hier haben wir das Handy - und das war es leider. Tut mir leid. Wenn Sie möchten, kann ich Ihnen im Schwesternzimmer das Telefon aufladen, dann können Sie Anrufe tätigen."

„Ja, das wäre lieb! Aber wegen meinem Turban hier oben verstehe ich sowieso alles nur ganz dumpf. Ich schicke dann lieber Nachrichten, glaube ich." Bonifacio legte den Kopf schief.

„Eine Person brauchen Sie auf jeden Fall nicht mehr anrufen!" Hannah zog die Augenbrauen hoch.

„Wen?"

„Den Herrn Haber. Er hat sich angekündigt für heute Nachmittag, pünktlich zu Kaffee und Kuchen!" Er zwinkerte Hannah zu und drehte sich um.

„Ich gehe mal auf Suche nach Essen für Sie und stecke das Telefon an. Wir sehen uns später wieder!" Hannah seufzte unhörbar. Bonifacios Gesellschaft hatte ihr gut getan. Sie drehte ihren Kopf zur linken Seite und sah aus dem Fenster. Der Main glitzerte im Sonnenlicht. Wie konnte das sein? Letzte Woche hatte es noch geschneit. Dichte Flocken hatten alles eingehüllt und das dunkle Grau den Himmel verhüllt. Jetzt erstrahlte die Welt und die Sonne versprach einen baldigen Frühling. Hannah runzelte leicht die Stirn. Hätte das Wetter am Tag ihrer Abreise nicht derart strahlend sein können? Ohne Schneegestöber?

„Dann wäre das alles nicht passiert!", murmelte sie vor sich hin.

Es klopfte und ein Tablett schob sich herein und Bonifacio folgte. „Ich habe ein wunderbares Menü für Sie zusammengestellt, schauen Sie her!" Er platzierte das Essen auf dem ausgeklappten Nachttisch und hob den Deckel.

„Hier haben wir eine lauwarme Karamellsuppe! Und eine klare Brühe!" Er hob einen weiteren Deckel ab. „Wofür entscheiden Sie sich?"

„Ich glaube, erst einmal die Brühe. Ich habe ein bisschen Angst, dass ich die Karamellsuppe nicht runterbekomme."

„Gute Wahl! Wir lassen den Deckel offen, dann kühlt sie schneller ab und in fünf Minuten bin ich wieder da und helfe Ihnen."

„Die Suppe war herrlich!" Hannah fuhr sich mit der Zungenspitze über die Lippen. „Einfach lecker!"

„Ja, die einfachsten Sachen sind häufig die Besten!" Bonifacio räumte ab. „Noch einen Tee? Gleich kommt ja schon Herr Haber!"

Hannah starrte auf die Uhr gegenüber an der Wand. „Geht die überhaupt vorwärts?"

„Tut sie, aber sie läuft in zwei Dimensionen! Ganz, ganz schnell für die Mitarbeiter des Krankenhauses, und ganz langsam für Patienten!" Den letzten Teil des Satzes dehnte Bonifacio in die Länge. „Ich creme Ihnen jetzt noch die Finger. Sie haben Glück gehabt, junge Lady, dass Ihre Finger noch alle dran sind. Viele Menschen verlieren ihre Glieder durch einen Brand."

„Ich fühle mich aber nicht, als hätte ich Glück gehabt." Der Pfleger schob die Verbände vorsichtig zurück und schmierte die Finger ein. Hannah schaute zur Decke.

„Das fühlt sich gut an, auch wenn es weh tut. Als würde meine Haut die Salbe einfach wegsaugen."

„Ihre Hautschichten wurden in unterschiedlichen Ebenen verbrannt, hier an den Fingern haben Sie Verletzungen ersten Grades. Daher können wir mit Salben und Cremes arbeiten, um der Epidermis Feuchtigkeit zurück zu geben." Hannah blies sich eine imaginäre Strähne aus dem Gesicht.

„Ich habe in den letzten Tagen mehr Fremdwörter gelernt, als in meinem gesamten Leben vorher. Meinem Freund Gero hätte das gefallen!"

„Was hätte mir gefallen?" Hannahs Kopf ruckte zur Seite. Da stand er, angelehnt an den Türrahmen und sah sie an. „Kommen Sie herein, Herr Haber, richtig? Ich bin schon weg!" Bonifacio hob das Tablett an und eilte hinaus. Hinter ihm fiel die Türe zu und schob damit Gero ins Krankenzimmer.

„Hannah …!" Ihr Freund brach ab. Seine Hände steckten tief in seiner Jeans. Er stand nur da mit einem unerfindlichen Ausdruck in den Augen.

„Gero!" Hannah hatte sich nichts sehnlicher gewünscht, als ihn zu sehen. Und nun lehnte er da im Türrahmen am Zimmereingang wie angewurzelt, kam keinen Schritt näher. „Hannah, ich …"

„Ich freue mich dich zu sehen!", unterbrach sie ihn.

„Ich habe dich vermisst! Beinahe hätte ich dich nie wieder gesehen!" Ein Schatten huschte über Geros Gesicht.

„Ich weiß, schrecklich, was da passiert ist!"

Hannah runzelte die Stirn. „Was da passiert ist?"

„Warum bist du nicht abgefahren von der Autobahn?" „Was?!" Hannah bemühte sich, ruhig zu bleiben, die Geräte piepsten bereits wieder gefährlich. Irritiert sah Gero die Maschinen an. Hannah konnte nur ahnen, was er sah. Das meiste spielte sich in ihrem Rücken ab, er aber erblickte das gesamte Ausmaß des Aufbaus. Sein Blick wanderte von den Geräten zu ihr, dann wandte er sich hastig wieder ab. In Hannahs Augen glitzerten Tränen.

„Setz dich doch, Gero! Wirfst du mir etwa vor, ich wäre selber schuld? Nur damit du es weißt: Ich wollte abfahren, aber es kam noch keine Ausfahrt." Sie drehte den Kopf zum Fenster, die Träne aus ihrem linken Auge rollte ihre Wange herunter. Ein leichtes Schaben auf dem Boden, Gero hatte sich gesetzt.

„Irgendwie hättest du das Ganze hier doch verhindern können!"

„Was ist los mit dir?" Hannah hielt ihren Kopf abgewandt. „Ich wäre fast gestorben, und du … du …"

Ein Hustenanfall erschütterte sie. Krampfhaft rang Hannah nach Luft. Gero hatte sich vom Stuhl erhoben, seine Miene verschlossen, wie Hannah es selten zuvor gesehen hatte. Während sie um Luft rang, registrierte sie jede Kleinigkeit. Er reichte ihr kein Wasser, er klingelte nicht nach Hilfe … vor ihr stand ein völliger Fremder. Unglaublich! Hannah schniefte leise. Der Anfall hatte sich schnell gelegt. Es war besser die Decke anzustarren, als ihn. Den Mann, den sie seit ihrer Kindheit kannte. Mit dem sie gemeinsam Schule und Uni besucht hatte. Niemals hätte sie eine solche Reaktion von ihm erwartet. Ihr Schniefen verstärkte sich und sie hickste. Immerhin beobachtete niemand auf der Normalstation irgendwo ihre Werte. Nachher kam noch Bonifacio herein. Wobei, eigentlich wäre das gar nicht so schlecht, dachte sie. Der Pfleger verbreitete wenigstens gute Laune, im Gegensatz zu ihrem Freund, den sie gedacht hatte, zu heiraten.

„Hannah, ich muss dir was sagen!" Die verletzte Frau wollte den Kopf schütteln, aber der Verband hinderte sie daran.

„Ich kann das nicht!"

„Was kannst du nicht?" Hannah hustete erneut und räusperte sich. Wie gerne hätte sie jetzt einen Schluck Tee zu sich genommen, aber Gero würde sie in dieser Situation nicht darum bitten.

„Ich kann so nicht mit dir zusammen sein." Er deutete auf die Verbände und die Geräte.

„Aber in ein paar Wochen sind die doch alle weg." Hannah biss sich auf die spröden Lippen.

„Gero, ich verstehe nicht …" Sie schloss die Augen. Doch sie verstand. Er bezog sich auf die Narben, ihr Körper würde nicht mehr makellos sein.

„Hannah, ich kann mit Krankheit und sowas hier nicht umgehen, das wird mir einfach zu viel!"

„Das wird dir zu viel!" Hannah stieß die Worte laut hervor.

„Was meinst du, wie es mir gerade wird? Glaubst du, ich finde das alles hier witzig? Sieht das spaßig aus? Ich bin heute erst von der Intensiv run-ter!" Wie Schuppen fiel es ihr von den Augen.

„Bist du deshalb nicht eher hergekommen?" Geros Augenlid zuckte, das war ihr Antwort genug.

„Nach all den Jahren hast du es nicht für nötig gehalten, deine Freundin und zukünftige Ehefrau auf der Intensivstation zu besuchen?" Hannahs Stimme bebte. „Machst du es dir nicht ein bisschen zu leicht? Du läufst doch sonst nicht weg!" Gero schob den Stuhl an die Wand.

„Ich will das jetzt nicht hier besprechen. Ich muss mich beeilen, ich möchte nicht in den Berufsverkehr um Köln kommen." Er knöpfte sich die Hornknöpfe seines Kurzmantels zu, den, wie Hannah nun bemerkte, er erst gar nicht abgelegt hatte. Kälte kroch ihr in die Eingeweide, verästelte sich und nahm den gesamten Körper in Beschlag, wie bei einem plötzlichen Wintereinbruch. Gero hob die Hand zum Abschied und mit einem Klicken fiel die Türe hinter ihm ins Schloss. Der Schmerz raste in Wogen durch ihren Körper und sie drückte den Bolus. Das Mittel schoss in ihre Venen und schon bald dämpfte das Medikament jedweden Schmerz. Hannah begrüßte den Zustand. Er vernebelte Geist und Seele und sie ließ sich in die erlösenden Tiefen des Schlafes zerren.

Eine leise Stimme weckte Hannah.

„Frau Keil, Sie weinen im Schlaf, wachen Sie auf!" Hannah fiel es schwer, sich zu orientieren.

„Wo bin ich?"

„Sie sind in Ihrem Zimmer auf Station 5b."

„Ach ja …" Sie öffnete die Augen, was sich als schwierig gestaltete, denn sie waren vom Weinen völlig verklebt. „Warten Sie, ich hole Ihnen einen feuchten Waschlappen!" Es rauschte im Bad und einen Moment später legte sich ein Lappen auf ihre Augen. Sie verspürte einen leichten Druck, dann wurde das Tuch wieder entfernt.

„Danke!" Sie öffnete die verquollenen Augen und sah auf den Pfleger an ihrer Seite.

„Sie sind nicht Bonifacio!"

„Nein, das bin ich nicht, aber ich hoffe, Sie kommen für eine Weile auch ohne den Spanier aus und nehmen mit dem Toni vorlieb." Hannah errötete.

„Aber natürlich!"

„Wir wollten Sie nicht wecken, Frau Keil, aber es ist Zeit für den Verbandswechsel! Sie haben den Rest des gestrigen Tages und die Nacht über verschlafen. Sie haben alle verpasst: die gute Frau Dr. Fassbier und unsere liebe Dauernachtwache!" „Es ist schon wieder Morgen? Ich komme gar nicht mehr mit."

„Das ist nicht schlimm!"

„Das sagt hier jeder zu mir, aber …" Sie stöhnte leise.

„Ich habe so Schmerzen!" Sie drückte die Pumpe.

„Mir tut der Oberschenkel heute so weh."

„Dort wurde Ihnen ein Hautlappen entnommen, um die Verbrennungen abzudecken!" Toni entstöpselte der Reihe nach die Geräte.

„Wir legen Sie jetzt in eine Kurznarkose, wechseln die Verbände, und dann, sobald Sie wieder wach sind, kommt die Visite vorbei und Sie fragen den Herrschaften Löcher in den Bauch, okay?" Hannah nickte.

„Ich fühle mich total überfordert, das ist mir alles zu viel. Am liebsten würde ich ganz weit weglaufen." Der Pfleger zog das Bett von der Wand.

„Aua!"

„Gleich wird es besser!" Toni schob Hannah zum Zimmer raus und sie wurde von den Deckenleuchten geblendet.

„Ich kann verstehen, dass Sie fort möchten, hier ist kein Patient gern. Wir geben unser Bestes, dass Sie bald wieder nach Hause können." Hannah verzog das Gesicht.

„Ich kann nicht nach Hause!" Eine Träne stahl sich aus ihrem Augenwinkel.

„Mein Freund hat mich gestern verlassen, glaube ich." Sie schloss die Augen.

„Das tut mir leid, Frau Keil!" Das Bett ruckte.

„Wir sind jetzt in der Wundversorgung." Als Hannah die Augen aufschlug, standen dort bereits zwei Schwestern und ein Arzt. Alle trugen einen grünen Kittel, Handschuhe, Mundschutz und eine Haube auf dem Kopf. Klassische Musik lief im Hintergrund, Schwanensee, wenn Hannah es richtig erkannte.

„Ich habe Angst!" Hannah begann wie aufs Wort zu zittern.

„Das brauchen Sie nicht, Sie sind hier in guten Händen! Damit Sie keine Schmerzen verspüren, legen wir Sie in eine Kurznarkose." Der Arzt stöpselte eine Infusion an und legte eine durchsichtige Maske auf Hannahs Gesicht.

„Sie haben das schon öfter ganz wunderbar gemacht, auch dieses Mal wird alles gut!" Hannahs Sicht schwand. Die Decke über ihr begann sich zu drehen und eine Antwort blieb ihr im Hals stecken.

Kapitel 4

„Ist das Destiny von Jennifer Rush?" Hannah schlug die Augen auf und sah sich irritiert um. Die Melodie kam eindeutig aus ihrem Zimmer.

„Oh, du bist endlich wach, Schlafmütze!" Olli rauschte wie ein Wirbelwind herein, anders war die quirlige Griechin und beste Freundin nicht zu beschreiben. „Ich habe mir noch schnell einen Kaffee geholt! Also eigentlich ist es mein dritter!" Olympia ließ sich auf den Stuhl plumpsen und nippte an ihrem Getränk. „Übrigens Liebes: Du siehst schrecklich aus!"

„Danke, Olli, ich freue mich auch dich zu sehen!" Hannahs Herz hüpfte. Das Inferno namens Olli hatte sie nötig gebraucht. Und da war sie! Olli erhob sich und zupfte ihren Bauschrock zurecht.

„Hier, nimm einen Schluck!" Sie hielt Hannah den Becher an die Lippen, doch die hob abwehrend die Hände.

„Nein danke. Ich trinke lieber meinen Tee."

„Okay, kein Problem." Olympia stellte ihren Becher beiseite und gab Hannah von dem Tee zu trinken. Langsam ließ sie sich auf die Bettkante sinken und legte ihre Hand auf Hannahs.

„Was machst du nur für Sachen? Du arme Maus! Du bist ja eingewickelt wie eine Mumie, Schnuckel." Es erschallte Janis Joplin und Hannah hob ihre Augenbrauen.

„Ich dachte ein bisschen peppige Musik würde dir guttun. Ich kann sie aber auch ausschalten, wenn du das willst?" „Nein, nein, schon gut. Ein paar Lieder vertrage ich wohl. Weißt du, mit den Schmerzen will ich eigentlich nur Ruhe. Ich habe das Gefühl, dass ich gar nichts anderes mehr kenne außer Schmerzen. Schmerzen im Gesicht, Schmerzen am Rücken, deshalb auch diese Spezialunterlage, Schmerzen im Oberschenkel, ach eigentlich überall. Und dann diese scheiß Schläuche! Und anstatt auf Toilette gehen zu können, habe ich gestern eine Pfanne bekommen." Hannah seufzte gequält. „Ich weiß, Püppi! Das ist alles ein riesiger Misthaufen! Bekommst du genug gegen die Schmerzen?"

„Was meinst du, warum ich die ganze Zeit schlafe? Aber das ist eigentlich gar nicht so schlecht, dann muss ich nicht so viel nachdenken. Mein Leben ist so den Bach runter, das wird nie wieder!" Hannah begann hemmungslos zu weinen.

„Nicht weinen, Liebes, das schadet nur deinem Teint! Und ich kann dich noch nicht einmal umarmen!" Hannah schluchzte und Olympia zog ein Taschentuch aus ihrer Handtasche.

„Darf ich?"

Hannah nickte und Olli tupfte ihr die Tränen und den Schnodder fort. „Es ist wegen Gero, oder?" Olli schaute Hannah unter ihren dichten schwarzen Wimpern an.

„Gero war hier, ich glaube gestern. Er hat mich noch nicht einmal auf der Intensivstation besucht!"

„Ich weiß, er hat es mir erzählt. Ich habe ihn gestern auf der Straße getroffen. Ich war total schockiert! Ehrlich, hätte ich gewusst, dass er nicht zu dir gefahren ist, ich wäre schon längst da gewesen! Nachdem die Polizei ihn kontaktiert hatte, rief er mich kurz an. Mir ist ja so das Herz stehengeblieben! Ich dachte, sowas kann man nicht überleben! Natürlich bin ich davon ausgegangen, dass er sich sofort ins Auto setzt und losfährt." Olympia zuckte mit den Schultern. „Ich verstehe es nicht. Und dann sagt er mir, dass er nicht mit dir zusammen sein kann! Am liebsten hätte ich ihm das Gesicht zerkratzt. Ich konnte mich gerade so zurückhalten. Ich bin dann in meine Nuckelpinne gesprungen und losgefahren. Ich soll dir übrigens viele Grüße von Stan, Sofia und Tom ausrichten. Gero hat wohl in deiner Firma Bescheid gegeben. Sofia hat mich dann angerufen, sie hat das für einen verfrühten Aprilscherz gehalten. Da die anderen nach Hause geflogen sind, hatten sie von dem Unfall gar nichts mitbekommen."

„Meine blöde Flugangst! Wäre ich doch nur mit den anderen geflogen, dann wäre das alles hier nicht passiert!"

Die Tür öffnete sich und Bonifacio kam mit einem Tablett herein.

„Ihr Mittagessen ist da, heute gibt es Schokosuppe oder Rinderbrühe!"

„Danke, Bonifacio. Meine Freundin kann mir helfen." Sie schenkte ihm ein kleines Lächeln und er schloss die Tür hinter sich.

Hannah starrte auf ihre Hände. Während der Narkose hatte man sie um eine Verbandschicht an den Händen erleichtert, aber essen konnte sie damit immer noch nicht. „Das ist so frustrierend. Ich glaube, ich kann das alles nicht!" Hannah sah auf den Main hinaus.

„Hani, hör' mir zu: Das ist wahrscheinlich die größte Wende in deinem Leben und die wenigsten Leute können wirklich nachvollziehen, wie es dir geht, aber ich kenne dich! Wenn einer kämpft, dann du!"

„Du meinst jetzt aber nicht um Gero, oder?" Olympia legte sich die Hand auf ihr Herz.

„Ich habe eure Liebe immer bewundert, ja, eigentlich beneidet." Hannah runzelte die Stirn.

„Sorry, du weißt, was ich meine. Als Orthodoxe glaube ich daran, dass man alle Hürden überwinden kann. Was auch immer Geros Beweggründe sind, ihr solltet nicht wegwerfen, was ihr über all' die Jahre aufgebaut habt. Das kann doch hier nicht zu Ende sein!"

„Tja, liebe Freundin. Wie es aussieht, will er mich nicht mehr. Aber sieh' dir doch auch einmal meine Hände an. Sie sind schon so … runzelig, rot, narbig." Hannah legte den Kopf in den Nacken. „Wenn ich sie schon nicht ansehen mag, wie sollte das Gero können?"

„Wenn es einer können sollte, dann dein Freund!"

„Was mache ich denn jetzt nur?"

„Erst einmal gesund werden! Alles andere kommt danach. Du musst dich jetzt um dich kümmern und keinen Kopf um deinen Freund machen." Hannah nickte matt.

„Musst du heute wieder heim?" Olympia schüttelte ihren wilden Lockenkopf.

„Nein! Deine Kollegin hat mir ein Hotel empfohlen, aber das … du meine Güte, hat die zu viel Geld? Den Schuppen konnte ich mir nicht leisten. So gut bezahlt mich Mama nicht." Sie grinste. „Aber ich habe eine schnuckelige Pension aufgetan. Für drei Tage! Ist das nicht super?" Ihr Strahlen erhellte den Raum.

„Danke, dass du da bist, das ist wirklich schön!" Hannah war zu Tränen gerührt.

„Jetzt musst du erst einmal was essen!"

„Ja, Mama!"

„Schoko?" Hannah nickte, mit Olli an ihrer Seite wollte sie es versuchen. Olympia rührte die dickflüssige Suppe und hielt dann den Löffel an die Lippen ihrer Freundin. Hannah schluckte und der Schokoladengeschmack explodierte in ihrem Mund. Genüsslich schloss sie die Augen.

„Das ist lecker!"

„Und du isst das, obwohl da bestimmt ein Kilo Zucker drin ist?", zog Olympia ihre Freundin auf.

„Auf jeden Fall, aber es tut weh. Gib' mir trotzdem noch einen Löffel." Nach zehn weiteren winkte Hannah ab. „Ich hab' genug, nachher wird mir noch übel. Von diesem Schmerzmittel wird mir sowieso immer ganz schummrig." Olympia stellte den Teller beiseite.

„Weißt du, dass da oben ein Haarzipfel aus dem Verband herausschaut?" Sie deutete auf Hannahs Kopf. „Soll' ich es dir in meinem Handspiegel zeigen?"

„Auf keinen Fall!"

„Warum denn nicht, es sieht witzig aus!"

„Aber ich will mich nicht sehen. Ich kann nicht!"

„Ist in Ordnung, Liebes! Aber ich kann dir sagen: Der Arzt ist definitiv kein Frisör!" Olympia gluckste und wühlte in ihrer Handtasche. „Dass du da überhaupt etwas findest! Deine Tasche ist so ein bisschen wie die unendlichen Weiten bei Star Treck!"

„Lass mich, ich mag das! Ach, da ist es ja!" Sie zog ein kleines Papiertütchen hervor. „Das ist von meiner Mama für dich. Eigentlich soll ich dich dazu noch drücken, aber das verschieben wir auf später." Sie reichte ihrer Freundin das Geschenk. Hannah öffnete es ein wenig umständlich. Ein kleines Kreuz an einem Goldkettchen fiel heraus. „Mama hat es extra vom Pope segnen lassen. Komm', ich lege es dir um." Sie beugte sich über Hannah und legte ihr die Kette an.

„Die ist so leicht, die merke ich gar nicht!"

„Wenn es unangenehm wird, nehme ich sie dir wieder ab!"

„Sag deiner Mutter vielen Dank!"

Bonifacio kam herein. „Hat Ihnen das Essen geschmeckt?" „Ja, danke sehr!" Er trug das Tablet hinaus und kam sogleich wieder herein. Olympia trat einen Schritt zurück, als der Pfleger den Blasenkatheter leerte. „Gut, dass Ihre Nieren ausgezeichnet arbeiten, Frau Keil. Anfangs sah es ja nicht ganz so gut aus, aber Sie berappeln sich!" Er schenkte Hannah noch ein Lächeln, dann verschwand er mit dem Eimer im Flur.

„Oh lala!" Olympia wackelte mit ihren Augenbrauen. „Das ist aber ein knackiger Pfleger!" Hannah verdrehte die Augen. „Du kannst ihn haben. Er ist ledig. Wir haben gestern ein bisschen gequatscht. Seine Familie lebt in Spanien und er sieht sie nur alle paar Monate. Aber hier in Deutschland verdient er einfach besseres Geld." Olympia nickte. „Deswegen sind wir ja auch aus Griechenland hergekommen. Am Anfang war es schwierig für meine Eltern, aber jetzt …"

„… ist die Konditorei der Renner!", vollendete Hannah den Satz.

„Hast du etwas von meinen Eltern gehört?" Hannahs Finger krampften sich in der Bettdecke fest. Olympia nickte. „Gero sagte, dass er Angst hatte, deine Mutter würde einen Herzinfarkt bekommen, als er es ihnen erzählt hat. Warum rufst du sie nicht an? Sie wollten kommen, aber dein Vater ist immer noch krank. Sie haben bestimmt schon tausend Mal auf deinem Handy angerufen. Ich glaube sie kommen um vor Sorge. Soweit ich weiß, haben sie ein paar Mal mit der Intensivstation telefoniert."

„Mein Handy ist aus, kannst du es anschalten? Bonifacio hat es aufgeladen."

„Bonifacio also, muss ich mir merken." Sie öffnete die Nachttischschublade und zog das Handy hervor, schaltete es ein und tippte den Pin ein.

„Früher oder später brauchst du ein Neues, das hier ist mit Blasen übersäht." Hannah zuckte mit der Schulter. „Hauptsache, es funktioniert." Eine Kakophonie an Eingangsmeldungen ertönte und Olympia stellte das Telefon auf stumm.

„Ach herrje. Das sind zig Anrufe und noch einmal so viele Nachrichten."

„Ich lese sie mir später durch. Ich bin ziemlich platt." „Kein Problem. Du machst die Augen zu und ich laufe runter in die Cafeteria und probiere den Kuchen, auch wenn ich jetzt schon weiß, dass er nicht mit dem meiner Mutter mithalten kann." Sie warf ihrer Freundin eine Kusshand zu und rauschte aus dem Zimmer. Hannah atmete auf. Sie liebte diesen Wirbelwind und im Alltag kam sie auch gut mit diesem ICE, der sich Freundin nannte, zurecht, aber das hier war nicht der Alltag. Ihr fehlte einfach die Kraft. Für alles. Sie drückte den Bolus und fiel in einen unruhigen Schlaf.

Draußen zog der Abend herauf. Hannahs Zimmertür stand offen, aus dem Krankenhausflur fiel Licht herein. Patienten und Schwestern eilten vorbei.

„Bonifacio!" Der Pfleger, der schon fast am Zimmer vorüber gelaufen war, kam zurück.

„Frau Keil, was kann ich für Sie tun?"

„Haben Sie meine Freundin gesehen?"

„Die Dame mit dem tiefschwarzen Haar, dem einnehmenden Lächeln und dem Kuchen auf der Hand? Ja, die habe ich nach Hause geschickt. Sie waren völlig erschöpft. Ihre Freundin hat es verstanden und kommt morgen wieder. Brauchen Sie sonst noch etwas?"

„Meine Brust tut ganz furchtbar weh, es ist schlimmer als sonst!" Bonifacio betrat das Zimmer und knipste das Licht an. „Dann lassen Sie uns mal schauen." Er zog die Bettdecke zur Seite und Hannah wandte den Blick ab.

Es roch nach Desinfektionsmittel. „Ich muss jetzt einmal den Verband entfernen." Frische Luft berührte Hannahs Haut und sie atmete hektisch ein und aus. „Ganz ruhig!"

„Au!" Ein scharfer Schmerz raste durch ihren Körper. „Bitte, nicht anfassen!" Sie versuchte ihn mit der Hand abzuwehren.

„Ist gut, Frau Keil, ich rufe Frau Dr. Fassbier." Er eilte aus dem Raum und die Zeit dehnte sich ins Endlose. Der Schmerz zuckte durch ihren Körper. Es brannte. Hannah biss sich auf die Zunge. Sie stand in Brand! Sie schrie auf und Bonifacio kam zurück ins Zimmer gerannt, begleitet von der Ärztin. „Helfen Sie mir!", flehte Hannah. Die Wunde verströmte einen säuerlichen Geruch und verursachte Hannah Übelkeit. „Frau Keil, wir müssen Sie in Narkose legen, um den Zustand der Wunde richtig beurteilen zu können. Wir fahren Sie runter und nicht in die Wundversorgung, falls wir operieren müssen."

Hannah drehte sich der Magen um. „Mir ist übel. Ich kann das nicht, ich will nach Hause."

„Ich verstehe Ihre Verzweiflung. Wir bekommen das in den Griff. Eventuell reicht ja eine Antibiose." Bonifacio stöpselte Hannah ab.

„Geben Sie der Patientin bitte Vomex intravenös", meinte Frau Dr. Fassbier zu Bonifacio. Sie legte eine Nierenschale vor Hannah ab. „Falls Sie erbrechen sollten. Wir sehen uns dann unten, Frau Keil." Hannah sah sie nur an. Das passierte nicht wirklich. Warum sie? Sie war gläubig, aber in diesem Augenblick fühlte sie sich vollkommen allein gelassen. Kein Gott, kein Schutzengel, kein Gero, es war einfach niemand da, der ihr die Hand streichelte oder das Übel von ihr fernhielt. „Wäre ich doch nur gestorben." Der Gedanke blitzte kurz durch ihren Kopf, dann überrollte sie die nächste Schmerzwelle und es war kein Platz mehr für irgendetwas anderes. Ihr Bett wurde im Laufschritt durch die Gänge geschoben. Der Aufzug stand bereit und sie fuhren hinunter in die erste Etage, wo das Operationszentrum und die Intensivstation angesiedelt waren. „Nicht mehr dahin!", brachte Hannah hervor. „Bitte!" Hannah schwindelte es.

„Wir geben unser Bestes, Frau Keil. Sie schließen jetzt für eine kurze Zeit Ihre Augen und wir kümmern uns um Ihre Wunden auf der Brust. Die Infusion läuft bereits, Sie werden sich jetzt müde fühlen." Hannahs Sichtfeld verengte sich und sie begrüßte mit offenen Armen die aufsteigende Ohnmacht.

Kapitel 5

„Wird es heilen?"

„Frau Argyris, da darf ich Ihnen keine Auskunft drüber geben. Aber Ihre Freundin ist stark! Ich schaue später noch einmal rein, sie scheint aufzuwachen. Ihre Vitalwerte haben sich normalisiert, das ist ein gutes Zeichen."

„Tschüss, Bonifacio!"

Als die Tür ins Schloss fiel, öffnete Hannah ihre Augen. „Olli!"

„Ja, ich war hier, aber du nicht!"

„Sorry! Ich war noch einmal im OP. Im Aufwachraum hat mir die Schwester erklärt, dass sich das Meshgraft-Transplantat abgelöst hat, weil eine Entzündung darunter schwelte. Wie es aussieht, fehlt mir am Oberschenkel jetzt noch ein Stückchen mehr Haut. Zusätzlich geben sie mir noch ein Breitband-Antibiotikum. Was ist das da für ein Ballon?" „Du weißt nicht, was heute für ein Tag ist!?"

„Ähm, nein?"

„Sieh, was auf dem Luftballon steht!"

„Eine 30 … oh shit, habe ich heute Geburtstag?"

„Herzlichen Glückwunsch, mein Liebes!" Olympia liefen die Tränen über die Wangen. „Ich weiß, du hast dir etwas anderes vorgestellt. Riesen Party und so. Aber du musst mit mir vorliebnehmen und mit …" Sie lief zur Tür und riss sie auf. „Kommen Sie herein. Hannah ist wach!" Olympia verdeckte mit ihrem Körper die Person, mit der sie sprach.

Ihre Freundin trat zur Seite und Hannah schrie leise auf. „Mama!" Die kleine rundliche Frau eilte auf ihre Tochter zu und konnte sich gerade noch stoppen, bevor sie Hannah in den Arm nahm.

„Oh, mein Kind! Meine Kleine!" Sie verfiel in ein heilloses Schluchzen, sodass Hannah sich bemüßigt fühlte, trösten zu müssen.

„Mensch, Mama, nicht weinen, bitte." Karoline Keil näherte sich mit ihren Händen Hannahs Gesicht, zog sie dann wieder zurück. „Mama, du kannst meine rechte Hand nehmen, das ist nicht so schmerzhaft." Ihre Mutter fasste nach dem Zeigefinger und dem Mittelfinger und drückte sie sanft.

„Es tut mir so leid!"

„Mir auch!" Hannah sah an ihrer Mutter vorbei und zuckte leicht zusammen. Frau Sieglinde Haber war ebenfalls gekommen, Geros Mutter.

„Darf ich?" Hannah bedeutete ihr näher zu kommen. „Ich weiß, dass ich kein Recht habe hier zu sein. Aber als ich gehört habe, dass du Geburtstag hast, habe ich deiner Mutter angeboten, herzufahren. Mein Sohn …" Sie sah betreten zu Boden.

„Schon gut, ich freue mich, dass du gekommen bist. Du kannst doch nichts dafür." Also hatte Gero seinen Eltern bereits seine Entscheidung mitgeteilt. Tief in ihrem Herzen hatte Hannah gehofft, dass er es sich noch einmal überlegen würde. Aber er hatte es offiziell gemacht und seinen Eltern erzählt. Hannahs Brust zog sich schmerzhaft zusammen.

Die Narkose wirkte noch nach und sie hatte Mühe die Augen offen zu halten. Aber für ihren Besuch wollte sie durchhalten. Immerhin feierten sie ihren 30. Geburtstag. Olympia öffnete ihre Handtasche und zog vier Pappbecher und eine Flasche Sekt heraus. Hannahs Augen wurden groß. „Ich weiß nicht, ob ich das überhaupt darf."

„Dann fragen wir doch deinen hübschen Pfleger!" Olympia drückte die Klingel, und als hätte Bonifacio darauf gewartet, kam er zur Tür hinein. „Lieber Herr Pfleger", Olympia warf ihre Haare über die Schulter „darf unser Geburtstagskind mit einem alkoholfreien Sekt anstoßen?" Sie zog einen weiteren Becher aus der Tasche. „Sie sind auch eingeladen!"

„Erst einmal herzlichen Glückwunsch, Frau Keil, zu Ihrem Geburtstag in diesem wunderschönen Ambiente! Sie dürfen einen Schluck oder zwei nehmen, allerdings würde ich Ihnen raten, die Kohlensäure raus zu rühren. Ich, für meine Person, muss leider ablehnen. Wir haben drei neue Aufnahmen auf der Station. Ich schaue später gegen Abend noch einmal herein. Ich habe mir eine Kleinigkeit zur Feier des Tages überlegt! Klingeln Sie einfach, wenn Sie noch etwas brauchen!" Der Pfleger schloss die Tür hinter sich.

„Uiuiui, er hat etwas für dich!" Olympia klatschte in die Hände.

„Ach, lass den Quatsch, Olli. Es ist bestimmt nur ein ganz besonderer Schlafcocktail!"

„Auch gut!", erwiderte die Freundin und goss den Frauen ein. Hannahs Glas rührte sie kräftig um. „Das ist jetzt bestimmt der langweiligste Sekt ever, aber für die Umstände auch der Beste!" Sie stimmte Happy Birthday an und Hannahs Mutter und Frau Haber fielen mit ein. Hannah liefen die Tränen über die Wangen und sie stellte erstaunt fest, dass an zwei Stellen das Wundpflaster fehlte, wie an ihren Händen am Tag zuvor. Sie horchte in sich hinein. Die Brust schmerzte deutlich weniger als gestern. Ein kleines Lächeln zupfte an ihren Lippen. Den drei Frauen liefen ebenfalls die Tränen und Hannahs Mutter schluchzte das Geburtstagslied eher, als dass sie es sang.

„Danke! Ihr wisst gar nicht, was es mir bedeutet, dass ihr alle hier seid. Das alles hier ist so …"

„Scheiße!", ergänzte Olympia, während Hannahs Mutter meinte: „Schlimm!"

Hannah nickte. „Mehr als das!" Sieglinde Haber trat an ihr Bett und fasste nach ihrer anderen Hand.

„Auf dich!" Alle hoben die Becher.

„Prost! Und alle Gesundheit der Welt!", kam es von Olli. „Gute und schnelle Heilung!", sagte Hannahs Mutter. Olympia hielt ihr den Becher an die Lippen. „Warte, ich will es einmal selbst versuchen!"

„Ich stecke dir den Becher hier zwischen die Finger, vielleicht geht es dann!" Hannah umfasste das Behältnis. Es zog schmerzhaft in den Fingern, im Arm, bis in die Schulter hinauf. Ganz langsam bewegte sie die Hand in Richtung Mund und näherte sich mit dem Kopf. Sie nahm einen kleinen Schluck und dann noch einen, dann ließ sie sich in die Kissen zurückfallen, wobei sie ein bisschen von dem Getränk verspritzte. „Das war toll!" Olympia nahm den Becher an sich.

Im Gesicht von Geros Mutter arbeitete es. Ihr Blick irrte umher.

„Von mir auch alles erdenklich Gute!" Sieglinde Haber geriet ins Stocken. „Ich weiß gar nicht, was ich sagen soll. Erst dieser schreckliche Autounfall und dann benimmt sich mein Sohn wie ein idiotischer Schnösel!" Sie sah auf ihre Füße. „Ich weiß nicht, was mit ihm los ist. Ich … Ihr seid jetzt so lange schon zusammen, dass kann er doch nicht einfach so wegwerfen."

Hannah zuckte leicht mit den Schultern. „Seht mich doch an! Ich bin hässlich, total verunstaltet! Kein Wunder, dass er mich nicht mehr will." Hannah schluchzte auf. „So will mich doch niemand mehr!" Hannah wimmerte und die Tränen rannen wie ein Sturzbach über ihre Wangen. Schließlich ging das Weinen in einen Hustenanfall über. Ein weiterer schwarzer Brocken flog auf ihre Bettdecke, dann noch einer.

„Oh mein Gott!" Entsetzen sprach aus Olympias Stimme und sie hatte schneller die Klingel gedrückt, als Hannah Luft holen konnte.

Bonifacio kam hereingelaufen. „Beruhigen Sie sich, Frau Keil. Tief durchatmen. Dann werden auch die Spasmen besser." Hannah zog die Luft abgehackt in ihre Lunge. „So ist es gut. Und noch einmal." Hannah atmete ein und dieses Mal fiel es ihr schon leichter. Der Pfleger wandte sich an die drei Frauen, die wie angewurzelt Hannahs Kampf beobachteten. „Es ist besser, wenn Sie jetzt gehen. Frau Keil braucht ihre Ruhe."

„Wir kommen morgen wieder! Die Mütter haben sich bei mir in der Pension einquartiert!" Hannah nahm nur am Rande wahr, dass ihr Besuch das Zimmer verließ, das Atmen nötigte ihr jede Konzentration ab. Bonifacio drehte an einem Verschluss hinter ihrem Bett und ein leises Rauschen erklang. „Sie bekommen jetzt Sauerstoff von mir, Frau Keil." Er schob eine Maske über Hannahs Mund und Nase. „Immer schön gleichmäßig atmen!" Hannah konnte nur nicken. Sie legte sich zurück und schloss die Augen. Der Sauerstoff roch seltsam, aber vielleicht war es auch nur die Maske. Es war ihr egal, Hauptsache Luft kam in ihre Lungen. „Ich wechsele Ihnen die Decke, dann lasse ich Sie in Ruhe."

„Wie können Sie mich nur ansehen?" Hannahs Stimme klang undeutlich durch die Maske.

Bonifacio ließ die Bettdecke ruhen und sah sie an. „Ich sehe Ihre Zweifel und Ihren Selbsthass, aber ich sehe auch eine starke Frau. Ganz tief in sich wissen Sie, dass es sich lohnt, weiterzumachen. Vielleicht sehen Sie es selber noch nicht, aber ich sehe es. Ich sehe Wunden, Nähte, Narben, Blasen. Aber Sie darauf zu reduzieren, ist unsinnig. Sie sind so viel mehr, lassen Sie sich nichts anderes einreden!" „Sie sollten vielleicht mal mit meinem Freund … also Ex-Freund sprechen."

„Ich denke, Sie sollten das lieber selbst tun!" Bonifacio schenkte ihr ein

Lächeln und fuhr fort das Bett zu beziehen.

Eine halbe Stunde später öffnete sich die Tür und eine Frau Mitte fünfzig betrat das Zimmer.

„Guten Tag, Frau Keil, ich bin Ihre Physiotherapeutin!"

„Hallo." Hannah sah der Frau mit gemischten Gefühlen entgegen.

„Ich war gestern schon einmal hier, aber da waren Sie gerade nach unten gebracht worden. Also auf ein Neues!" Die drahtige Frau lächelte. „Ich bin übrigens Frau Mertens." Hannah erwiderte das Lächeln schwach. „Herzlichen Glückwunsch zum Geburtstag!"

„Dankeschön. Aber irgendwie hatte ich mir das anders vorgestellt. Mit einer Party, Bananen-Cremetorte, Angrillen im Garten. Wenigstens hatte ich Besuch."

„Das ist doch schön! Ich weiß, dass Sie mit der Luft noch arg zu kämpfen haben, daher gehen wir es langsam an. Ich werde Sie ein bisschen durchbiegen und als Höhepunkt setzen wir Sie mal auf die Bettkante." Die Therapeutin umrundete das Bett und Hannah brach der kalte Schweiß aus.

„Ich habe Angst, dass es weh tut." „Verstehe ich, wir machen alles vorsichtig und Sie geben den Takt vor." Frau Mertens zog die Decke von Hannahs Beinen und zog sich Handschuhe an. „Lassen Sie ganz locker, ich bewege die Beine für Sie."

Sie legte ihre rechte Hand in Hannahs Kniekehle, mit der anderen stützte sie den Fuß. Während der Übungen starrte Hannah an die Decke. Die Therapeutin fand in einen Rhythmus, der für Hannah erträglich war, und vollführte ein ums andere Mal die gleiche Übung. „Es zieht ein bisschen und ist ungewohnt."

„Sie sind steif vom langen Liegen, aber das gibt sich. Es wird noch eine Weile dauern, bis sich das Ziehen legt." Die Physiotherapeutin nahm sich das andere Bein vor. „Ich mache hier langsamer, da Ihnen hier die Vollhaut für Ihr Gesicht entnommen wurde. Geht es?" Sie sah Hannah in die Augen. Diese runzelte die Stirn.

„Mmhm. Die Bewegung tut gut. Es fühlt sich an, als würden tausend Ameisen durch die Venen krabbeln." Die Therapeutin wechselte zu den Armen.

„Und wie ist es hier?"

„Eher schmerzhaft, weniger kribbelig." „Hier haben Sie starke Verbrennungen erlitten, aber nicht so stark, als dass Sie keine Schmerzen mehr spüren. Ihre Verbrennungen liegen zwischen I, IIa und IIb. Deswegen waren Ihre Überlebenschancen höher. So, jetzt wagen wir uns mal an das aufrechte Hinsetzen." Hannahs Hände wurden feucht. „Ich stütze Sie und werde Sie auch herausdrehen, nicht mitmachen, in Ordnung? Und immer schön nach oben schauen, damit Sie uns hier nicht umkippen." Ehe Hannah sich versah, hatte die zierliche Frau sie auf die Bettkante gedreht. „Schön tief atmen, schauen Sie mich an oder das Kreuz über der Tür, nur nicht runter auf den Boden." Sie ließ Hannah langsam los und zupfte das Krankenhaushemd zurecht. „Immer schön weiter atmen!" Hannah lächelte gequält.

„Mein ganzer Körper fühlt sich so schwer an, alles zieht nach unten."

„Sie haben es auch gleich geschafft. Ich zähle noch bis zehn, dann legen wir Sie wieder hin. Vielleicht mal auf die Seite?"

„Aber dann lieber auf die linke. Die ist nicht so verletzt wie die rechte." Die Physiotherapeutin zählte rückwärts runter und drehte Hannah dann zurück ins Bett.

„So, und jetzt noch auf die Seite." Sie legte den Knopf für das Schmerz-mittel und die Klingel zurecht.

„Können Sie mir bitte noch aus dem Nachtkästchen mein Handy geben?"

„Kein Problem, hier, bitte! Wir sehen uns morgen wieder, Frau Keil!"

„Danke." Hannah wartete, bis die Tür in ihrem Rücken ins Schloss fiel, dann wählte sie Geros Nummer und drückte auf die Lautsprechfunktion. Sie sah zum Fenster hinaus. In dieser Position sah sie nur den Himmel. Graue Wolken trieben vorüber, aber keine Schneeflocke in Sicht. Es klin-gelte vier Mal, fünf Mal, niemand hob ab. „Geh ran!" Die Mailbox sprang an. „Ach verdammt!" Hannahs Hände schmerzten und sie ließ das Telefon los. Es klopfte an der Tür und sie wurde geöffnet.

„Ich bin es, Bonifacio! Ich habe hier zwei Sachen für Sie! Einmal eine Vanillesuppe und ein Buch."

„Ein Buch?" Der Pfleger drehte Hannah auf den Rücken und fuhr sie hoch, bis sie saß. Er schob den Nachttisch zurecht, sodass der Teller mit der Suppe vor ihr stand.

„Hier ist der Deal: Sie essen und ich lese Ihnen ein Kapitel vor. Ich habe mir für Ihren Geburtstag ein bisschen Zeit freigeschaufelt!" Hannah sah ihn mit großen Augen an.

„Das ist total lieb!"

„Ihre Freundin hat mir gesteckt, welche Romane Sie lieben."

„Diese Verräterin!" Hannah wurde es warm ums Herz. Bonifacio drückte Hannah den Löffel in die Hand und legte ihr die Serviette vor die Brust. Er setzte sich auf den Stuhl und schlug die Beine übereinander. Er schlug die erste Seite auf und begann zu lesen: ‚Wenn Wellen brechen, dann brechen sie nicht einfach. Es ist Perfektion, Eleganz und Vollkommenheit. Sie brechen, um wieder auferstehen zu können.'"

Hannah hing an Bonifacios Lippen und hörte gespannt zu. Dabei bemerkte sie nicht, dass sie ganz alleine aß.

„In ihrem Schwung liegt Kühnheit, das Streben nach vorn ist ihnen immanent."

Hannah legte den Löffel beiseite und ließ sich ins Kissen zurücksinken. Sie schloss die Augen und lauschte dem warmen Klang der Stimme von Bonifacio. Die Zeit verging viel zu schnell. Der Pfleger klappte das Buch zu.

„Ich lege Ihnen den Roman hier hin. Vielleicht finden Sie Kraft und schauen mal rein!"

„Das war ein wundervolles Geburtstagsgeschenk!"

„Gerne doch!" Bonifacio räumte den Tisch ab. „Nach diesem ereignisreichen Tag werden Sie hoffentlich gut schlafen!" Er zog die Vorhänge vor und verließ den Raum. Hannah griff nach dem Smartphone. „Ein letzter Versuch!" Sie drückte die Wiederwahl und wartete. Schließlich legte sie auf. Noch nicht einmal am Geburtstag wollte er mit ihr sprechen. Hannah schlief mit Tränen in den Augen ein.

Kapitel 6

„Du hast ja was anderes an als dieses Hemdchen!" Olympia klatschte begeistert in die Hände.

„Das habe ich wohl dir und meiner Mutter zu verdanken, oder?"

„Wir waren einkaufen für dich und haben die Tüte an der Pforte abgegeben."

„Die Frühschicht hat mich ein bisschen gewaschen, Zähne geputzt und mich dann angezogen. Die Bluse ist wirklich weich und außerdem praktisch. Das sollten ja eigentlich nicht die Kriterien sein, aber für mich ist es perfekt! Auch die weite Hose und die Socken. Meine Beine und Arme sind immer so kalt, aber das kommt nicht von der Jahreszeit, sondern von den Verbrennungen, sagte Frau Dr. Fassbier. Weißt du was?" Olympia schüttelte ihre Locken. „Ich möchte einen Kaffee!"

„Kommt sofort!" Olympia rauschte aus dem Zimmer und kam kurze Zeit mit einer dampfenden Tasse in der Hand zurück. Sie reichte Hannah den Kaffee. „So lange wie du hätte ich nie ohne das Gebräu ausgehalten." Hannah inhalierte den Röstgeruch.

„Ich habe gedacht, ich könnte nie wieder Kaffee trinken. Irgendwie verbinde ich den Unfall damit. Keine Ahnung, ich weiß, das klingt blöd. Kurz vorher war ich an der Tankstelle, mir einen Cappuccino holen und dieses eklige Pappbrot. Und dann …" Sie brach ab und starrte in das cremefarbene Getränk. Sie hielt den Becher mit beiden Händen umfasst. Die Erinnerungen erschütterten sie zutiefst. „Lass uns über etwas anderes reden, bitte. Mir wurde gestern übrigens vorgelesen!"

„Ach ja?" Olympia klapperte mit den Wimpern. „Meine Idee war nur der Roman. Bonifacio hat den Vorschlag gemacht, dir etwas vorzulesen. Ist er nicht romantisch?" Hannah verkniff sich ein Grinsen.

„Mir hat es einfach nur gutgetan. Ganz im Gegensatz zu Gero. Er beantwortet meine Anrufe nicht!" Ein Schatten glitt über Olympias Gesicht.

„Das tut mir leid."

„Es war mein Geburtstag!" Hannah starrte in den Kaffee, als hielte er Antworten für sie bereit. „Er meint es wirklich ernst mit der Trennung."

Olympia strich sich eine Strähne aus dem Gesicht, hinters Ohr.

„Gero ist immer den leichtesten Weg gegangen", meinte Olympia vorsichtig.

„Was willst du mir damit sagen?"

„Schau mal: seit Kindertagen seid ihr beste Freunde gewesen. Ich weiß, dass du seit deinem vierzehnten Lebensjahr verliebt in ihn warst, und ich will Gero auch gar nicht absprechen, dass er Gefühle für dich hat. Trotzdem denke ich, dass er eher einfach so dageblieben ist. Weil: Du warst ja da. Er musste nicht weitersuchen. Du hast euch die Wohnung gesucht und du warst es auch, die die Hochzeit vorangetrieben hat. Ich denke, da waren einfach immer mehr Gefühle von dir zu ihm, als anders herum. Mit dir hatte er eine hübsche intelligente Frau an seiner Seite. Perfekt!" Hannahs Kaffee drohte kalt zu werden.

„Warum hast du mir das nicht schon eher gesagt?"

„Weil du es nicht hättest hören wollen!" Hannah sah auf ihre Decke.

„Kann sein." Sie nahm einen Schluck von dem Kaffee und verzog ihr Gesicht.

„War denn alles gelogen?"

„Nein, Hani, sicher nicht. Es war einfach nur nicht genug, verstehst du?"

„Nicht genug", wiederholte Hannah. Tränen bahnten sich ihren Weg. „Nicht genug, um mir in meiner schwersten Zeit beizustehen, nicht genug, um mich so zu ertragen." Olympia hockte sich neben Hannah ans Bett und fasste nach ihrer Hand.

„Irgendwann wird der Richtige kommen. Nur nicht Bonifacio!", fügte sie mit einem Grinsen hinzu.

„Ne, der ist für dich!" Hannah mühte sich ein schmales Lächeln ab. „Ich werde nie jemanden finden, der mich so nimmt, wie ich bin. Besser gesagt: aussehe."

„Das glaubst du jetzt. Aber warte mal ab. Deine Haut wird heilen, deine Haare kommen da oben aus dem Zipfel. Es gibt Cremes, Foundations, Lotionen, gutes Make-Up und obendrauf den besten Mann der Welt, der dich genau so begehrt wie du bist!"

„Danke Olli! Du hättest nicht Konditorin wie deine Mama, sondern Motivationstrainerin werden sollen!"

„Willst du mal in den Spiegel schauen? Der Handspiegel ist wirklich winzig, du siehst also gar nicht so viel!" Olympia formte mit ihren Lippen einen Knutschmund. „Komm schon!" Sie stand auf und die Matratze gab nach.

„Au!"

„´Tschuldigung!" Der Arm verschwand bis zum Ellbogen in der Handtasche. Es klimperte und Olympia zog einen kleinen Handspiegel hervor. Für Hannahs Empfinden immer noch viel zu groß.

Ich kann nicht!" Sie schob den Spiegel beiseite.

„Pass auf, ich halte den Spiegel so hoch, dass du nur den Zipfel siehst."

„Das geht doch gar nicht." Hannahs Brust krampfte. „Ich kann es wirklich nicht, tut mir leid!"

„Ich lasse dir den Spiegel hier, nur für alle Fälle!" Hannahs Puls beruhigte sich. „Ich denke, ich gehe jetzt besser. Ich habe deiner Mutter versprochen, dass sie später kommen kann. Wir wollen dich nicht schon wieder überfordern." Olympia drückte leicht die Hand ihrer Freundin. „Genieß' dein Mittagessen. Ich habe gehört, dass es heute Suppe mit Einlage gibt. Du machst Fortschritte! Und du hast jetzt offenbar Beziehungen!" Olympia wackelte mit ihren Augenbrauen. „Abwarten!"

„Du bist unverbesserlich!"

„Deshalb bin ich auch deine beste, allerbeste Freundin! Morgen komme ich noch einmal, dann muss ich zurück zu Mama. Du kennst sie ja!"

„Hast du ihr meinen Dank ausgerichtet wegen der Kette?"

„Na klar, Süße, bis morgen!" Hannah hob leicht die Hand und machte eine Wink-Bewegung. Durch die geöffnete Tür wehte Essengeruch herein und Hannah verspürte das allererste Mal Lust auf eine Mahlzeit. Vielleicht aß sie sogar mehr als nur ein paar Bissen.

Frau Dr. Fassbier betrat den Raum.

„Schönen guten Tag, Frau Keil. Wie ich sehe, machen Sie Fortschritte." Die Ärztin nickte in Richtung des leeren Tellers.

„Was machen die Schluckbeschwerden?"

„Besser."

„Und der Husten?"

„Auch besser."

„Ich möchte Sie einmal kurz abhören." Hannah beugte sich leicht vor und Frau Dr. Fassbier hörte zunächst den Rücken, dann die Brust ab.

„Alles schon viel freier, schön! Ich werfe jetzt noch einen Blick auf die Verbände." Sie schrieb etwas in die Akte.

„Müssen Sie sie dafür abnehmen?"

„Nein, heute nicht. Morgen wird wieder gewechselt. An manchen Stellen können wir bestimmt auf große Wundpflaster übergehen und andere Stellen sogar freilassen." Hannah lief es kalt über den Rücken. Dann musste sie die grauenhaften Stellen ja ansehen.

„Ich hätte sie lieber abgedeckt."

„An die Haut muss Luft und Salbe, das ist wichtig für den Heilungsprozess. Soll ich Ihnen eine Psychologin schicken? Vielleicht hilft Ihnen das ja." Hannah schüttelte ihren Kopf.

„Nein, das wird schon gehen."

„Wenn es doch nicht geht, dann melden Sie sich, wir haben hier gute Leute im Haus!" Die Ärztin schob Hannahs Bluse hoch und tastete über den Verband auf der Brust.

„Schön trocken, das Antibiotikum hilft gut. Ich habe gehört, Sie waren heute früh schon auf der Toilette. Der Darm kommt also in Bewegung." Die zehn Schritte ins Bad hatten Hannah zwar erschöpft, aber dann die Toilette zu benutzen, war wie der Himmel auf Erden gewesen.

„Die Arme heilen auch gut ab, und die Entnahmestellen auf den Oberschenkeln auch. Den Rücken müssen wir noch eine Weile im Auge behalten. Da sind die Verletzungen am großflächigsten. Insgesamt würde ich sagen, sind Sie schon ein ganz anderer Mensch, als an dem Tag, an dem Sie mit dem Hubschrauber geflogen kamen."

„Da sagen Sie was", murmelte Hannah und dachte an Gero und Ärger stieg in ihr auf. Sie atmete erleichtert auf, als die Ärztin die Untersuchungen abschloss und das Zimmer verließ. Alle kamen und gingen. Nur sie nicht. Hannah hätte schreien können. Stattdessen wählte sie Geros Nummer.

„Haber?"

„Du siehst doch, dass ich es bin! Willst du mich verarschen?"

„Ich habe nicht drauf geschaut!" Vielleicht stimmte das sogar, überlegte Hannah. Dann wäre er wahrscheinlich nicht dran gegangen. Sie seufzte leise.

„Du brauchst mich nicht anschreien!", kam es von Gero.

„Das hat meine Mutter schon ausreichend und sehr facettenreich getan."

„Ja, sie hat mich gestern besucht." Das zum Geburtstag verkniff sie sich.

„Ich weiß." Hannah hörte Gero schlucken. „Glaub' nicht, dass es mir leichtfällt, dich zu verlassen!"

„Und trotzdem tust du es!"

„Ja. Wenn ich es formuliere, hört es sich blöd an: Aber ich bin nicht der Typ für Komplikationen und Pflege und so."

„Jetzt bin ich schon eine Komplikation!" Hannah schnaubte.

„Ich wollte immer eine Frau, Kinder, ein Haus. Aber diese Geschichte wirft alles durcheinander. Das funktioniert einfach nicht."

„Einfach ist hier das Schlüsselwort. Als ob im Leben immer alles einfach wäre. Das war es nur, weil ich dir bei allem den Hintern hinterher getragen habe. Weißt du was? Ich verlasse dich!" Hannah drückte das Gespräch weg und schluchzte laut auf. Bittere Tränen tropften in den Verband. „Scheiße!"

„Kann ich was für Sie tun, Frau Keil?" Hannah schreckte hoch, sie hatte nicht bemerkt, dass es geklopft hatte. Toni stand in der Tür.

„Niemand kann etwas tun!" Ihre Tränen verdichteten sich, ihr Magen krampfte, dann wurde ihr schwindelig. Toni zog ein Taschentuch aus dem Kittel und reichte es ihr. Hannah schnäuzte sich.

„Doch vielleicht eine Kleinigkeit: Könnte ich bitte noch einen Kaffee haben? Heute Vormittag ist meiner kalt geworden."

„Kann ich ausnahmsweise machen, wenn es Sie tröstet?" Hannah deutete ein Nicken an und schniefte. Der Pfleger musste ein Wiesel sein, denn nur Augenblicke später kam er mit einer Tasse in der Hand zurück.

„Ein Ausnahmegetränk für eine Ausnahmesituation!"

„Alle sind so nett zu mir, danke!"

Sie nippte am Kaffee und dieses Mal rann er warm ihren Rachen hinab. Sie griff nach dem Buch, sank ins Kissen zurück und begann zu lesen.

Kapitel 7

„Mama! Olli hat dich schon angekündigt!"

„Hallo, Kind! Ich wollte dich auf jeden Fall noch einmal sehen, bevor ich mit Sieglinde nach Hause fahre." Sie hängte ihren Mantel an den Haken und setzte sich. „Ich soll dich von Papa grüßen. Dir zu Ehren ist er sogar zum Arzt gegangen, kannst du das glauben? Dieser sture alte Mann. Lässt sich nichts sagen. Aber die Nachricht von deinem Unfall hat ihn aus der Bahn geworfen. Ich glaube, er beginnt, umzudenken. Ich habe gestern Abend lange mit ihm telefoniert. Er wäre so gerne gekommen, um dich zu besuchen. Aber da er zu spät zum Arzt ist, muss er nun mit einer ausgewachsenen Lungenentzündung im Bett liegen."

„Oh, Papa!"

„Er macht sich Vorwürfe. Wäre er früher gegangen, hätte er dich besuchen können!"

„Sag ihm, das ist Quatsch! Niemand kann in die Zukunft sehen. Siehst du doch an mir. Hätte, hätte hilft keinem!"

Frau Keil sah betreten zu Boden.

„Hätte ich fast vergessen, ich habe noch ein Geschenk für dich!"

„Du hast mir doch schon die Kleidung gekauft, das war Freude genug. Du musst mir nicht noch was anderes schenken!"

„Das war doch kein richtiges Geburtstagsgeschenk." Sie kramte in ihrer Tasche und zog ein Päckchen heraus. „Hier!" Hannah schob das gekräuselte Geschenkband beiseite und öffnete das Geschenk. Ein feingliedriges Silberarmband mit blauen Steinen fiel heraus.

„Mensch, Mama, das kannst du mir nicht geben. Das ist von Urgroßmutter!"

„Und jetzt ist es Zeit, dass du es bekommst." Hannahs Mutter bekam wässrige Augen. „Fast hättest du es gar nicht bekommen, mein Kind! Sobald die Verbände ab sind, legst du es an. Bis dahin gebe ich es Olympia. Sie soll darauf aufpassen."

„Danke, Mama!" Hannahs Hals war wie zugeschnürt. Sie räusperte sich und ihre Mutter sah sie mit aufgerissenen Augen an. „Es kommen keine Klümpchen mehr aus der Lunge. Zumindest gerade nicht, keine Sorge." Frau Keil warf einen Blick auf die Uhr und sprang auf.

„Schon so spät, ich muss los, Sieglinde steht bestimmt schon unten vor der Klinik und wartet auf mich." Sie streichelte über Hannahs Kopf. „Wir sehen uns bald wieder, Hannah. Du bist stark, du schaffst das. Der Schlüssel dazu ist dein Herz. Hör darauf!"

„Mache ich, Mama! Sag Papa gute Besserung!"

Hannah fiel ins Kissen zurück und schloss die Augen. Sie wartete, bis ihre Mutter gegangen war. Sie wollte ihr nicht zeigen, wie sehr die Worte sie berührt hatten. In ihrem Kopf malte sie sich einen Schlüssel aus.

Die Lampen leuchteten grell und blendeten Hannah. Sie lag auf einer Liege, der Kopf gehalten durch eine feste Kopfstütze. Sie zitterte am ganzen Leib. Ein Krankenhaushemdchen bedeckte ihren Körper.

„Toni, drehen Sie bitte ein bisschen die Heizung hoch für Frau Keil!", orderte der diensthabende Oberarzt.

„Mir ist nicht kalt, es ist eher, dass ich Angst habe. Dass es weh tut, wenn Sie die Verbände lösen." Frau Dr. Fassbier betrat den Raum und Hannah atmete auf. Die Frau legte ihr eine Hand auf die Schulter.

„Die Narkose brauchen Sie nicht mehr. Vertragen Sie die Schmerztabletten gut?"

„Besser als das Dipidolor! Ich fühle mich seit gestern viel klarer im Kopf."

„Das ist auch kein Mittel, das auf Dauer für den Körper gut ist. Es war an der Zeit, es abzusetzen. Wir wollen ja nicht, dass Sie uns hier abhängig rausgehen."

Der Gedanke klang verlockend in Hannahs Ohren.

„Nein, ist schon besser so. Aber ich habe diese große Wundversorgung noch nie bei vollem Bewusstsein mitbekommen." Ein Schauer überlief Hannah. Die beiden Ärzte traten links und rechts an die Liege, Toni assistierte. Hannah schloss die Augen. Das Bild von einem Sonnenuntergang über einem tintenfarbenen Meer trat ihr vor Augen und sie hielt sich krampfhaft daran fest. Es war das Cover des Romans, aus dem Bonifacio ihr vorgelesen hatte.

„Die Arme sind fertig verbunden, Frau Keil. Das Schultersegment bleibt und der Oberarm links. Sie haben nun viel mehr Bewegungsfreiheit! An den freigelegten Stellen werden die Pfleger weiterhin mehrmals täglich Salbe auftragen. Die Haut wird kribbeln, nicht wundern. Als nächstes schauen wir uns die Oberschenkel an." Es ratschte leise und roch nach Alkohol.

„Sieht wunderbar aus, es nässt nicht, keine Schwellung, das lassen wir offen. Könnten Sie sich bitte kurz aufrichten?" Toni half Hannah in die Sitzposition und legte ihr Hemd ab. Bis auf die Netzunterhose lag sie unbekleidet auf der Liege. Mit ihren Fingern fuhr Hannah die Risse im Leder nach und kniff die Augen zusammen. Der Atem der Ärztin fuhr über ihre Haut, als sie sich über Hannah beugte.

„Den Kopf ein wenig zurück, so ist gut." Gezielt löste sie den Verband. „Das Antibiotikum arbeitet ausgezeichnet, die Haut wächst an. Die Entzündung ist raus. Wir verkleben die Wunde aber weiter."

Sie legte frischen Mull mit Salbe darauf und Toni verklebte es. Hannah atmete tief durch, bis auf ein kleines Stechen und Ziehen tat es kaum weh und war auszuhalten. Der Oberarzt stellte sich ans Kopfende.

„Jetzt kommt Ihr Gesicht dran. Bitte halten Sie ganz still." Der Pfleger legte ihr das Krankenhaushemd über, welches an ihrem Körper schlackerte. Hannah ballte die Hände zu Fäusten, trotz des Schmerzes, der in die Finger fuhr. Toni legte seine Hand über ihre.

„Gleich haben Sie es geschafft." Hannah wimmerte, als die verbrannten Hautstellen freigelegt wurden.

„Das tut weh!"

Das Zittern verstärkte sich und ihr Magen rebellierte. Toni verstärkte den Druck auf ihre Hand.

„Noch ein bisschen durchhalten. Dann haben wir es gleich!" Frau Dr. Fassbier tupfte über die Ohren, die Lider, Stirn, Wangen, die Kinnpartie.

„Das sieht auch alles viel besser aus. Die Vollhaut ist gut angewachsen, die Durchblutung funktioniert. Der Hautton kommt im Laufe der Zeit. Ich bin zufrieden." Sie verklebte nur noch einzelne Partien im Gesicht. Den Turban warf sie in den Mülleimer in der Zimmerecke.

„Den brauchen wir nicht mehr!" Sie strahlte Hanna an, als hätte diese olympisches Gold geholt. „Fehlt nur noch der Rücken. Am besten setzen Sie sich auf die Kante, dann müssen Sie sich nicht in Bauchlage begeben, das wird angenehmer sein." Hannahs Blick flackerte, als Toni ihr hoch half.

„Schauen Sie dort auf die Uhr, dann stabilisiert sich Ihr Kreislauf!" Hannah befolgte seinen Rat und heftete ihre Aufmerksamkeit auf den Zeiger.

„Es wird jetzt ein bisschen kalt." Dr. Fassbier ging mit einer Sprühflasche hinter die Liege und besprühte den Wundverband großflächig.

„Damit lösen wir den Kleber an und es zieht nicht so beim Abziehen." Hannah rutschte auf der Liege nach vorn, als Frau Dr. Fassbier sie berührte.

„Tut mir leid Frau Keil, ich muss die Ödeme überprüfen." Hannah nickte abgehackt.

„Keine Nekrose, hier nässt es ein wenig. Frau Keil, Sie liegen natürlich auch sehr viel auf der Stelle. Trotzdem bin ich soweit zufrieden." Hannah stieß ihren Atem aus. Das hieß dann wohl erst einmal keine weitere Operation.

„Ich begleite Sie in Ihr Zimmer und helfe Ihnen beim Waschen und Anziehen." Toni reichte ihr die Hand und half ihr von der Liege. Er hakte sie unter und führte sie über den Gang zu ihrem Zimmer.

„Ich bin so langsam!", beschwerte sich Hannah.

„Das ist völlig in Ordnung. Sehen Sie, da sind wir schon!"

„Ich muss erst einmal auf die Toilette, bitte!" Das Gesicht zu Boden gerichtet, tastete Hannah sich zum WC vor. Sie stolperte, griff nach der Wand und traf ihren Blick im Spiegel. Ein lautes Keuchen entwich ihrem

Mund. Sie sackte gegen die Wand, steif vor Entsetzen. Ihre Muskeln gaben den Widerstand auf und sie rutschte zu Boden. Sie kauerte sich auf dem Badezimmerboden zusammen. Ihr Körper wurde erschüttert von Weinkrämpfen. Sie zuckte vor und zurück, konnte keinen klaren Gedanken fassen. Sie war ein Monster. Das Feuer hatte sie verwandelt, in eine unansehnliche Person. Hannah wiegte sich vor und zurück, vor und zurück.

Ihr Magen stülpte sich um und sie erbrach. Hannah würgte, bis sie nur noch Galle spuckte. Dann zog sie am Notklingelknopf. Nur Sekunden später stürzte Bonifacio ins Bad.

„Frau Keil, was ist passiert? Sind Sie ohnmächtig geworden?"

„Nein, es war der Spiegel!" Bonifacio sah von ihr zum Spiegel.

„Das müssen Sie mir später erklären. Jetzt machen wir Sie erst einmal frisch und sauber." Innerhalb kürzester Zeit hat er Hannah von dem verschmutzten Hemd befreit, sie gewaschen und in neue Kleidung gesteckt. Wie versteinert ertrug sie das Prozedere. Alles, was sie vor ihrem inneren Auge sah, war das Monster. Und das Monster war sie. Bonifacio half ihr auf die Toilette, ließ Hannah dabei aber nicht aus den Augen. Wie sollte sie ihm auch erklären, dass sie keinen Schwächeanfall hatte, sondern einen Nervenzusammenbruch? Selbst beim Zähneputzen assistierte ihr Bonifacio. Er begleitete sie zum Bett, deckte sie mit einem Laken zu und zog einen Stuhl heran.

„So, Frau Keil! Jetzt erzählen Sie mir einmal ganz in Ruhe, was passiert ist!" Der Alarm auf dem Flur klingelte, aber Bonifacio ignorierte ihn. „Da kann jetzt jemand anders hin." Er legte den Kopf schief und sein Blick bohrte sich in ihren. Hannahs Lippen bebten, ihre Sicht verschwamm. Der Pfleger reichte ihr ein Glas Wasser. Sie führte es an die Lippen, Spritzer landeten auf der Decke.

„Ich habe das nicht erwartet. Ich weiß nicht, was ich erwartet habe. Aber nicht, dass … das …" Hannah wendete den Blick ab und starrte auf den Main hinaus. Tagein, tagaus floss er am Krankenhaus vorbei.

Unbenommen davon, welche Schicksale sich ereigneten, wen der Tod ereilte, oder wer als Monster neu geboren wurde. Hannah wischte sich über die Augen.

„Sie haben sich im Spiegel gesehen", stellte Bonifacio fest. Hannah konnte nicht antworten. Die Erinnerung überrollte sie und sie presste die Lippen zusammen. „Sie sind das, was Sie sind, Frau Keil. Nicht mehr, auch nicht weniger. Sie müssen jetzt für sich ganz neu herausfinden, wer Sie sind, wie sich definieren und worüber. Über Ihr Aussehen? Über Ihre Werte? Finden Sie es heraus! Aber geben Sie nicht auf. Das Leben hat noch so viel zu geben, auch wenn Ihnen jetzt alles schwarz erscheint. Da draußen wartet noch viel auf Sie. Vielleicht Ihr Job? Ich bin mir sicher, Sie werden es herausfinden!" Er erhob sich.

„Ich bringe Ihnen noch einen Kaffee, mir wurde zugetragen, dass das ein guter Tröster ist!"

Kapitel 8

Die Verbände schwanden, aber Hannah warf keinen erneuten Blick in den Spiegel. Olympia hatte sich auf den Weg nach Hause gemacht, mit dem Versprechen, einander bald wieder zu sehen.

„Du bist immer noch hübsch!", hatte ihre Freundin versucht, sie aufzumuntern. Aber Hannah hatte Ollis Blick gesehen. Ihre Freundin war eine bessere Dramaqueen als Schauspielerin.

Hannah seufzte leise und blätterte um. Das vorletzte Kapitel. Bald war das Buch beendet, ebenso wie ihr Aufenthalt im Krankenhaus.

Es klopfte an der Tür und Hannah sah von dem Buch auf.

„Guten Tag, Frau Keil, darf ich hereinkommen?" Die hochgewachsene Blondine war schon im Zimmer, bevor Hannah antworten konnte. Trotzdem nickte sie und verzog die Lippen zu einem höflichen Lächeln.

Die Frau schob den Stuhl neben den kleinen Tisch und legte den Ordner ab. Hannah strich die Decke glatt und runzelte die Stirn.

„Entschuldigung, ich habe mich noch nicht vorgestellt. Heute und gestern war die Hölle los und ich wollte schon längst bei Ihnen gewesen sein und mein Name ist Zinke." Sie strich sich eine verirrte Strähne aus dem Gesicht und ließ sich auf den Stuhl plumpsen. Das entlockte Hannah ein kleines Glucksen.

„Was kann ich für Sie tun, Frau Zinke?" Die Krankenhausmitarbeiterin erinnerte sie an das Kaninchen aus Alice im Wunderland. Nicht optisch, aber die Hektik war ident.

„Eigentlich bin ich hier, um etwas für Sie zu tun!" Sie rückte ihre Brille zurecht. „Ich bin die Sozialarbeiterin des Hauses."

„Habe ich etwas angestellt?" Verwirrung sprang aus Hannahs Augen.

„Aber nein, ich möchte Ihnen helfen, nach dem Krankenhaus zurecht zu kommen." „Ach so. Ja …"

„Wissen Sie, wie Sie nach Hause kommen?" Hannah schüttelte den Kopf.

„Haben Sie zu Hause jemanden, der Sie unterstützt im Haushalt, bei der Pflege?"

„Nein! Ich weiß gar nicht, wo ich hinsoll." Sie zuckte leicht mit den Schultern. Frau Zinke sah sie über die Brillengläser hinweg an, dann öffnete sie den Ordner und zog ein Papier heraus.

„Ich habe mit Frau Dr. Fassbier gesprochen. Verbrennungsopfer, wie Sie, brauchen sehr lange, was die Heilung des Körpers, aber auch die der Seele anbelangt. Daher schlagen wir Patienten eine Anschluss-Rehabilitation vor. Das bedeutet, Sie gehen gar nicht nach Hause, sondern direkt vom Krankenhaus in die Reha. Dort kümmern sich Spezialisten um Sie. Ärzte arbeiten Hand in Hand mit Ergotherapeuten, Physiotherapeuten und Psychologen. Dort können Sie Ihr Leben in Ruhe neu sortieren und überlegen, wie es weitergeht." Hannah überlegte. Sie brauchte Hilfe in jedweder Hinsicht und da Zuhause nicht mehr das Zuhause war und sie ihre Eltern nicht belasten wollte, hörte sich die Reha in ihren Ohren gut an.

„Aber ich habe keine Kleidung, kaum Hygieneartikel, nichts. Noch nicht einmal einen Koffer, in den ich alles packen könnte."

„Haben Sie jemanden, der das für Sie erledigen könnte?" Da kam nur Olympia in Frage. Sie nickte.

„Der Koffer könnte auch nachgeschickt werden. Die meisten Patienten sind nicht in der Lage, zu tragen, daher ist das sowieso die beste Option." Hannah wurde es leichter um die Brust, ein ganzer Sack Steine fiel ihr von den Schultern, von dem sie nicht geahnt hatte, dass er überhaupt da war. Sie war definitiv noch nicht bereit, Gero zu begegnen. Nach Hause wollte sie auch noch nicht. Sie wollte niemanden wiedersehen, der sie kannte. Die alte Hannah gab es nicht mehr und die neue wagte es nicht, in die Welt hinauszugehen.

„Ich mache das!" Gemeinsam füllten die beiden Frauen die Unterlagen aus und Hannah bekam das Gefühl, ein Stück Kontrolle zurückzuerlangen.

„Können Sie mir sagen, wo ich hinkomme?"

„Tut mir leid, Sie bekommen den nächsten freien Platz. Das kann in Bayern sein, oder Norddeutschland. Aber Sie können versichert sein, dass die Häuser einen guten Standard haben." Was sollte die Frau auch anderes sagen, überlegte sich Hannah. Mit der Uniklinik hatte sie einen Glückstreffer gemacht, aber das Krankenhaus an ihrem Wohnort ging zu Grunde und drohte jeden Moment auseinander zu brechen.

„Vielen Dank für Ihre Hilfe, Frau Zinke!" „Mache ich doch gerne! Sobald ich etwas von der Maßnahme höre, komme ich zu Ihnen, versprochen!" Sie klappte den Ordner zusammen und verabschiedete sich. Mit einem Klicken fiel die Tür ins Schloss und Hannah zückte ihr Handy. Die Bedienung fiel ihr schwer, aber sie biss die Zähne zusammen. Sie scrolle sich durch die Frankfurter Shopping-Welt. In einem Fachgeschäft für Lederwaren bestellte sie einen Rucksack. Es folgten Schuhe, ein Laptop, ein neues Smartphone, Hygieneartikel für den Anfang und eine Winterjacke. Sie belastete die Kreditkarte bis zum Limit, das störte sie aber nicht. Als Lieferadresse nannte sie jedes Mal das Krankenhaus. Da sie offenbar nicht die Erste war, die an diese Adresse bestellte, gab es kaum Probleme. Völlig erschöpft sank sie in die Kissen. Jetzt mussten die Sachen nur noch rechtzeitig kommen. Ihre Hände schmerzten und sie schluckte zwei Schmerztabletten.

Ihr Leben nahm seltsame Wendungen. Sie seufzte leise und schwang die Beine aus dem Bett. Mit kleinen Schritten lief sie zum Bad. Dort senkte sie den Blick und tappte im Dunkeln zur Toilette. Sie ließ die Tür einen Spalt offen und ein schmaler Streifen Licht zeigte ihr den Weg. Sie wusch die Hände und salbte sie, wie Bonifacio es ihr gezeigt hatte. Dann tupfte sie sie trocken. Angewurzelt stand sie da.

Hannah legte ihre Hände aufs Waschbecken und zählte bis zehn. Ihr Magen drehte sich um und sie zählte noch einmal. Als sie bei Hundert angekommen war, hob sie langsam den Kopf. Ihr Gesicht lag im Schatten und verbarg die Narben. Ihre Finger krampften sich um das Becken. Wie lange willst du das noch so machen? Hannah schüttelte den Kopf. Die verbliebenen Haare kitzelten sie im Gesicht und sie strich sie hinter die Ohren. Am liebsten hätte sie sich hinter ihnen versteckt, aber dafür waren sie zu kurz oder erst gar nicht vorhanden. Bevor Hannah es sich anders überlegen konnte, knipste sie das Licht an. Erneut zählte sie bis zehn. Zentimeter für Zentimeter hob sie den Kopf. Etwas Schwereres hatte sie in ihrem Leben nicht getan. Da war es: ihr Gesicht. Keine Augenbrauen, die Augen lagen in tiefen Höhlen, die Wangenknochen traten stark hervor. Narben und Wulste überall. Das Gesicht schimmerte in verschiedensten Rotfacetten. Tränen liefen über das Gesicht, das nicht zu ihr gehörte. Die Umrisse stimmten nicht mit ihrer Erinnerung überein. Die linke Hälfte überzog ein feines Gitternetz. Hannah schlug mit der Hand nach dem Lichtschalter, stieß sich vom Becken ab und tappte zurück in ihr Bett.

Gerade rechtzeitig, das Smartphone vibrierte.

„Dich wollte ich auch gleich anrufen!"

„Erster!" Hannah lächelte beim Klang von Olympias Stimme. Sie zog die Decke über sich zurecht.

„Also, es ist folgendermaßen: Die Sozialarbeiterin war bei mir und hat mir eine Anschluss-Reha angeboten. Für mich ist das eine super Lösung!" Sie schluckte hart. „Wo hätte ich denn auch hingesollt?", fügte sie leise hinzu.

„Na, zu mir natürlich, Liebes! Aber du hast völlig Recht, das ist eine sehr gute Idee. Die Reha wäre sowieso notwendig gewesen, egal unter welchen Umständen. Aber für dich ist das jetzt die top Lösung!"

„Kannst du mir einen Gefallen tun?"

„Auch zehn!"

„Danke dir! Könntest du zu mir nach Hause fahren, also zu Gero, und mir einen Koffer packen? Ich habe mir schon einiges bestellt, aber wenn die Reha länger dauert, werde ich von allem mehrere Garnituren brauchen."

„Ja klar, mache ich. Und wie kommt das Ungetüm dann zu dir?"

„Du schickst es einfach. Sobald ich weiß wo es hingeht, nenne ich dir die Adresse und du gibst den Koffer bei der Bahn auf." Olympia lachte ins Telefon.

„Was ist los?"

„Einen Koffer?" Ihre Freundin lachte so laut, dass Hannah dachte, ihr würde das Trommelfell platzen. „Einen Koffer?", wiederholte Olli. „Das glaube ich ja nicht."

„Oh nein, das ist doch nicht dein Ernst?"

„Doch, Liebes!"

„Dir ist schon klar, dass ich nicht ein Zimmer auf einer Beautyfarm gebucht habe, oder?"

„Aber wer sagt denn, dass du es dir nicht trotzdem gut gehen lassen kannst?"

„Okay, aber keine Badeperlen, Glitzer-Makeup oder Sonstiges in die Richtung. Keine Negligés und auf gar keinen Fall Dessous!"

„Versprochen! Aber einen Badeanzug wirst du brauchen, die haben da so Bewegungsbäder."

„Das will ich aber nicht!" Einige Sekunden lang herrschte Stille in der Leitung.

„Ich weiß, Liebes, aber ich denke, das Wasser wird dir guttun. Gib' dem Ganzen eine Chance, ja?"

„Vielleicht, Olli, mehr kann ich dir nicht versprechen. Rufst du Gero an?"

„Mache ich!"

„Ach, Olli? Packst du bitte das Armband von meiner Mutter mit ein?"

„Auf jeden Fall! Die Lapislazuli sind einfach herrlich! Ob ich dich dort besuchen darf?"

„Ich denke schon, warum denn nicht? Ich vermisse dich jetzt schon! Aber was wird mit meiner Arbeit? Ich werde noch Wochen wegbleiben, vielleicht sogar Monate. Und dann?"

„Wenn du erst mal dort angekommen bist, kannst du Tom anrufen und ihr klärt das. Immerhin bist du an der Firma mit beteiligt und du hältst das Patent auf die Schoko-Idee. Mach' dir jetzt nicht so viele Sorgen. Pleite gehen wirst du nicht. Alles andere kommt später. Hat dir das Buch gefallen?", wechselte sie geschickt das Thema.

„Es war wunderschön! Ich liebe die Berge, aber das Meer noch ein bisschen mehr. Ich werde mir auf jeden Fall den zweiten Band holen!"

„Nö, das brauchst du gar nicht, der liegt hier schon bereit. Ich packe ihn einfach mit ein!"

„Wow, das ist fantastisch!" Es klopfte an der Tür. „Ich muss auflegen, Olli, das Abendessen kommt! Und es ist keine Suppe mehr, sondern Weißbrot!"

„Klingt super! Wir sprechen uns, Liebes!" Bonifacio balancierte das Tablett herein.

„Frischer Pfefferminztee und Weißbrot zum tunken. Wir eröffnen hier ein ganz neues Kapitel, Frau Keil!"

„Bitte nennen Sie mich doch Hannah!"

„Gerne, Frau Hannah!" Ihre Lippen verzogen sich zu einem Lächeln.

„So sehe ich Sie gerne, Hannah! Lassen Sie es sich gut schmecken. Für alle Fälle lasse ich die Türe auf. Bevor ich es vergesse: Hier sind ein paar Päckchen für Sie angekommen, sie liegen im Pausenraum, ich bringe sie auf der Spätrunde vorbei.“

„Danke, Bonifacio. Das ging aber schnell, ich habe doch erst vor zwei Stunden bestellt.“

„Sie lächeln ja schon wieder! Behalten Sie das bei!“

„Ich gebe mir Mühe!“ Sie griff nach dem Weißbrot und nahm einen Bissen. War das lecker!

Mit der Thrombose-Spritze kamen die Tüten. Hannah schwang sich aus dem Bett. Das war wie eine Geburtstags-Nachfeier, befand sie und öffnete ein Päckchen nach dem anderen.

In die Winterjacke verliebte sie sich auf Anhieb. Auf den Bildern war sie ihr ins Auge gesprungen, aber in Wirklichkeit sah sie noch viel schöner aus. Sie schmiegte ihr Gesicht in das Innenfell. Ein passender Schal lag bei, eine Mütze, ebenso wie Handschuhe. Sie verstaute die Kleidung fein säuberlich im Schrank. Die Hygieneartikel brachte sie ins Badezimmer. Das Parfüm legte sie sofort auf. Es duftete nach Vanille und gebackenem Keks. Eigentlich nicht ihre Note, aber Hannah mochte es sofort. Ein verspäteter Weihnachtsduft. Den Rucksack packte sie auf den Stuhl. Fehlten nur noch der Laptop und das Handy. Aber morgen war auch noch ein Tag!

Der nächste Morgen begann mit Schneeregen. Bonifacio stellte den Kaffee vor Hannah ab und sah zum Fenster hinaus.

„Und das am 1. März!“

„Ich hasse dieses graue Wetter!“

„Schön ist es nicht.“ Der Pfleger strich Salbe auf die Brandwunden und Hannah starrte derweil zur Decke. „In zehn Minuten hole ich Sie zum Verbandwechsel ab. Und nicht vergessen: Immer schön abwechselnd die Übungen von der Physiotherapeutin machen und einen Schluck Kaffee dazwischen!“

„Ja, Sir!“, knurrte Hannah und nippte an dem Getränk. Die Bewegungsabläufe fielen ihr zunehmend leichter. Sie waren schmerzhaft, aber die Beweglichkeit kehrte zurück in die steifen Glieder. Anfreunden mochte sich Hannah damit nicht. Sich mit dem Körper zu beschäftigen und dann auch noch ganz allein, gefiel ihr nicht. Lieber ignorierte sie die Wunden und scrollte sich durchs Internet. Dieses gaukelte ihr ein Leben vor, das sie nicht mehr führte. Sie träumte sich weit fort aus dem Krankenhaus und ihrem Leben. Sie lud sich eine App herunter, mit der sie Mangas lesen konnte. Sie klickte sich durch die Zeichnungen und kurzen Dialoge und für wenige Minuten vergaß sie, dass sie in einem Krankenhaus lag.

Schwungvoll öffnete sich die Tür und Bonifacio balancierte zwei Pakete herein. Hannah klatschte vorsichtig in die Hände.

„Das muss der Rest der Bestellungen sein." Sie schob sich aus dem Bett und tappte die drei Schritte zum Tisch. „Könnte ich mir bitte Ihre Schere leihen?"

„Sicher!"

Nach zwei Versuchen das feste Paketband zu durchtrennen, gab sie auf und ließ sich auf den Stuhl plumpsen.

„Meine Finger sind zu steif und es ist keine Kraft in meiner Hand." Bonifacio nahm die Schere an sich und mit einem Ratsch öffnete er das größere Paket von den beiden. Hannah schob die Pappdeckel beiseite und sah hinein.

„Oh, fantastisch, das ist mein Laptop!" Sie schnaubte. „Nur, dass ich ihn mit meinen Fingern nicht bedienen kann.

„Jetzt nicht, Frau Hannah, aber vielleicht ja schon nächsten Monat. Die Reha wird viel zu einem besseren körperlichen Zustand beitragen. Und zu Ihrem seelischen!" Er ritzte das kleine Päckchen auf und schob es zu Hannah.

„Mein neues Telefon! Könnten Sie bitte meine Sim-Karte dort hineinstecken? Ich befürchte, mein altes Telefon gibt jeden Moment seinen Geist auf."

„Da fragen Sie den Falschen. Ich hole Ihnen den Toni, der kann Ihnen das Ding auch gleich einrichten. Ich lebe noch hinterm Mond." Bonifacio grinste. „Ich besitze keinen Fernseher und auch kein Handy. Kein Auto, nur ein Fahrrad. Bei dem Verkehr hier in Frankfurt ist das die beste Lösung. So, und jetzt ab zum Verbandwechsel!" Er trug die Boxen in den Schrank und schloss ab. „Besser ist das, ich vertraue hier auf der Station allen, aber es laufen auch viel zu viele Unbekannte hier rum, und die kann ich nicht einschätzen." Er schob den Schlüssel in Hannahs Hosentasche und hakte sie bei sich ein. Frau Zinke kam aus dem Nachbarzimmer und stolperte beinahe in Hannah und Bonifacio hinein. Sie fing sich und schob die Brille zurecht.

„Zu Ihnen wollte ich gerade. Ich habe von der Rentenversicherung Bund eine Zusage erhalten. Im Laufe des Tages, eventuell morgen, wissen wir dann auch, wohin es für Sie geht." Frau Zinke zog ein Fax aus der Tasche und reichte es Hannah, die die Bestätigung faltete und in ihre Tasche schob.

„Ich wusste gar nicht, dass es auch eine Ablehnung hätte geben können." Die Sozialarbeiterin schüttelte den Kopf. „Das war in Ihrem Fall auch absolut unwahrscheinlich. Dennoch brauchen wir eine schriftliche Bestätigung, damit Sie fahren können."

„Wie komme ich denn zur Reha?"

„Mit einem Taxi. Die Kosten übernimmt ebenfalls die Rentenversicherung. Ich muss dann weiter!" Schon war sie weitergehastet. Hannah stoppte vor dem Raum für Wundversorgung. Jedes Mal war es wieder ein Angang für sie dort hinein zu gehen und sich versorgen zu lassen. Sie atmete tief durch und legte die Hand auf die Klinke.

„Stellen Sie sich doch nicht so an!" Hannah drehte sich um und sah sich Auge in Auge mit einer Frau, etwa zwanzig Jahre älter als sie, schütteres Haar, ihren Körper zierten ebenfalls diverse Verbände. „Jetzt machen Sie schon, ich muss da auch noch rein!" Mit offenem Mund stand Hannah da.

„Was erlauben Sie sich!"

„Frau Trate, ich muss Sie bitten, noch einmal in Ihr Zimmer zu gehen. Sie sind selbstverständlich gleich dran. Wenn Sie unhöflich zu anderen Patienten sind, geht es auch nicht schneller." Bonifacio schob Hannah durch die Tür. Die Frau schnaubte und schlurfte davon.

„Diese jungen Leute halten aber auch gar nichts mehr aus!" Hannah beeilte sich, in das Behandlungszimmer zu betreten. Sie legte sich auf die Liege und ertrug die Prozedur, ohne eine Träne zu vergießen. Die Worte der Frau spukten durch ihren Geist. Stellte sie sich an? Jammerte sie zu viel, zu laut? In ihrem Leben hatte sie immer wieder Verletzungen davongetragen: ein kaputtes Knie vom Hockeyspielen, einen gebrochenen Daumen durch einen missglückten Trampolinsprung. Sie hatte das Hockeyspiel zu Ende gespielt und nach dem Sprung ordentlich die Matten verräumt. Zum Arzt war sie immer erst im Anschluss gegangen, ohne einen Laut von sich zu geben. Sie ertrug Schmerzen. Mehr als andere

Menschen. Ein Neurologe hatte ihr sogar eine hohe Resilienz bescheinigt. Widerstandsfähigkeit gehörte mit zu ihren positiven Eigenschaften. Warum schlug sie dieses Mal derart aus der Bahn? Der Kontrollverlust? Die verlorene Optik? Schwächte sie die Einsamkeit, das Verlassen-worden-sein? Dieses Level an körperlichen Schmerzen und die psychische Belastung erfuhr sie zum ersten Mal in ihrem Leben und sie händelte es nach ihren besten Möglichkeiten.

„Es ist in Ordnung!", sagte sie und schlug die Augen auf.

„Haben Sie etwas gesagt, Frau Keil?" Frau Dr. Fassbier stand über sie gebeugt da und zog einen Tape-Streifen von der Rolle. Hannah schüttelte den Kopf. Ich schaffe das schon, dachte Hannah, zog sich hoch und tappte zurück in ihr Zimmer.

Der Pfleger wischte sich theatralisch die Stirn.

„Wir sind hier fertig: Operation Smartphone geglückt!"

„Vielen Dank, Toni. Ohne Sie hätte ich das niemals geschafft. Früher hat das immer mein ... Gero für mich gemacht." Der Pfleger nickte.

„Ist mein Spezialgebiet, nicht verzagen, Toni fragen!" Er schob den Stuhl zurück und reichte Hannah das Smartphone.

„Können Sie das alte Telefon entsorgen?" Hannah sah ihn von unten herauf an. „Das wäre super!"

„Ich gebe es in die Wiederverwertung, aber jetzt muss ich springen, Ihre Zimmernachbarn warten auf meinen Service!"

„Und ich muss mal ins Bad für kleine Mädchen." Hannah schob das Telefon unter ihr Kopfkissen und beschleunigte ihre Schritte, bevor sie es nicht rechtzeitig zur Toilette schaffte. Ihre Blase spielte seit dem Unfall verrückt. Laut der Ärzte sollte sich die Blasenreizung durch den Katheter bald legen. Im Zimmer klingelte das Telefon. Sie zog vorsichtig die Hose hoch und hielt die Hände unters Wasser.

„Ich komme ja schon!"

Bonifacio kam ihr mit dem Telefon entgegen und formte mit dem Mund die Worte „Bis gleich!" und war aus dem Zimmer verschwunden. Hannah hob ab.

„Deine Freundin ist gerade hier durch die Wohnung wie ein Tornado!" Gero!

„Sie packt für mich."

„Wofür?"

„Olli hat es dir nicht gesagt?"

„Die redet kein Wort mit mir!" Brave Olympia! Hannah verzog ihre Lippen zu einem schmalen Lächeln.

„Für die Reha."

„Ich dachte schon, sie zieht für dich aus!"

„Würde dich das wundern?" Stille. „Du hast dich getrennt, dann muss einer von uns die Wohnung verlassen. Da ich jetzt eh in die Reha fahre, kann ich genauso gut auch gleich bei dir ausziehen. Alles, was Olli nicht eingepackt hat, kannst du in Kisten verräumen. Ich komme sie nach der Reha abholen."

„Wie lange bist du in der Reha?"

„Ein paar Wochen oder Monate, ich weiß es nicht. Hängt vom Heilungsprozess ab. Wenn die Kisten dein ästhetisches Empfinden stören, kannst du sie bei meinen Eltern im Keller unterstellen." Sie fragte nicht, ob er die Wohnung halten würde, oder erwog, umzuziehen. Stattdessen legte sie auf. Sie sackte auf dem Bett zusammen. Das war dann wohl das endgültige Aus. Ihr Leben in ein paar Koffern und Kisten, dazwischen gute und schlechte Erinnerungen. Sie schnäuzte in ein Taschentuch. Mistkerl!

Kapitel 9

Eingepackt in Mantel, Schal, Mütze und Handschuhe stand Hannah in ihrem Zimmer und sah sich um. So viele Tage und Nächte lagen hinter ihr. Sie hatte es überstanden. Nur was kam jetzt? Bonifacio zog sie in eine vorsichtige Umarmung.

„Machen Sie es gut, Frau Hannah. Passen Sie gut auf sich auf und genießen Sie die Zeit! Wir sehen uns bestimmt wieder!" Er zwinkerte ihr zu. Hannah lächelte breit, mit Tränen in den Augen.

„Vielen Dank für alles! Das ganze Team hier auf der Station und unten auf der Intensiv war toll. Ohne die Behandlung der Uniklinik wäre ich vielleicht gestorben." Hannah schluckte. „Sie alle haben viel mehr als nur Ihre Arbeit getan. Das bedeutet mir alles. Da kann ich nur Danke sagen."

Hannah räusperte sich in ihren Handschuh. „Ich denke, ich sollte dann gehen, das Taxi wartet und es wird eine lange Fahrt." Bonifacio drückte ihr einen Blister in die Hand.

„Nehmen Sie das mit dem Wasser hier, bevor es los geht! Und richten Sie Ihrer Freundin Frau Argyris liebe Grüße von mir aus, falls Sie sie in nächster Zeit einmal sprechen."

„Mache ich!" Hannah versagte die Stimme. Die Tür des Haupteingangs glitt auf und ein Schwall kalter Luft traf Hannah. Kleine Wolken trieben über den ansonsten blauen Himmel. Keine Schneeflocke in Sicht. Hannah atmete tief ein. Dieser Tag hatte nichts mit dem Unfalltag zu tun, bläute sie sich ein. Es würde kein Unglück geben, das Schicksal würde sich heute zurückhalten, hoffte sie und stieg in das Großraumtaxi. Den Rucksack verstaute sie zu ihren Füßen. Sie wollte ihn sofort zur Hand haben, falls nötig. Sie drückte zwei Pillen aus dem Blister und schluckte sie mit dem Wasser herunter. Sie winkte Bonifacio ein letztes Mal zu und das Auto setzte sich in Bewegung. Das Navi zeigte eine fünfstündige Fahrt an. Sie rutschte in eine gemütlichere Sitzposition und legte den Kopf an die Nackenstütze. Es kribbelte wie tausend kleine Käfer in ihrem Magen. Was sie wohl erwartete? Bekam sie ein eigenes Zimmer? Wann würde ihr Koffer ankommen? Als ihr Platz bestätigt worden war, hatte sie sofort Olympia angerufen und die hatte die Koffer als Express-Lieferung bei der Post aufgegeben. Zwei Gepäckstücke wurden direkt an die Klinik geliefert. Die Winterjacke würde sie auf jeden Fall gut gebrauchen können! Der Wind verteidigte seinen Ruf dort außerordentlich gut, sie würde ihn sich täglich um die Nase wehen lassen. Vielleicht nahm er ihre Sorgen und die Schmerzen gleich mit.

„Darf ich telefonieren?", fragte sie den Taxifahrer, dieser nickte ihr zu und sie wählte.

„Hi, Liebes, bist du schon unterwegs?"

„Seit zwei Stunden etwa. Die Autobahn ist frei und wir kommen gut voran."

„Es wird nichts passieren, Hani! Du bist in guten Händen!" Hannah sah zum Fahrer hinüber, der den Eindruck vermittelte, alles im Griff zu haben. Sein Blick richtete sich aufmerksam auf die Straße. Hannah nickte.

„Ja, das bin ich. Wieso weißt du immer, was ich denke?"

„Das gehört sich so für die beste Freundin!" Hannah sah vor ihrem inneren Auge, eine Olympia, die sich selber auf die Schulter klopfte.

„Ich soll dir liebe Grüße von Bonifacio ausrichten!"

„Erzähl', erzähl'!"

„Da gibt es sonst nicht viel zu sagen, außer dass er meinte, wir würden uns bestimmt mal wiedersehen. Ich denke, damit meinte er auch dich, Olli."

„Aber selbstverständlich!" Hannah gluckste ins Telefon.

„Ich werde ihn später mal anrufen!"

„Du hast seine Nummer?"

„Aber sicher, Hani! Ich lasse mir eine solche Chance doch nicht durch die Finger gleiten." Hannahs Blick schweifte über die endlosen Felder. Vor zehn Minuten hatten sie ihre Heimat passiert und ihr Magen hatte sich zusammengezogen. So nah und doch so fern, schoss es ihr durch den Kopf. Sie hob die Hand zum Gruß und der Patron auf der Kirchturmspitze glitzerte wie zur Antwort im Sonnenlicht. Allzu gerne hätte sie nur kurz angehalten. Zu ihrem Glück traf sie dann ein bekanntes Gesicht und das konnte sie nicht ertragen. Dass sie jemand so sah. Sie zog den Schal über die Nase und schloss die Augen.

Bei jedem Zwischenstopp half der Fahrer Hannah bis zu den Toiletten und wieder zurück. Er murrte nicht, dass sie länger brauchte, und gab ihr das Gefühl, dass alles nach Plan verlief. Dabei ahnte Hannah, dass ein gewisser Zeitdruck bestand, denn wenn die letzte Fähre erst einmal abgefahren war, musste sie auf dem Festland bis zum nächsten Morgen warten. Und das wollte sie um jeden Preis vermeiden. Heute Abend fiel sie in der Reha ins Bett und nirgendwo sonst. Sie wählte die Nummer ihrer Mutter. Beim dritten Klingeln hob Frau Keil ab.

„Hallo Mama, ich bin auf dem Weg in den Norden!"

„Die Reha wird dir guttun! Auch wenn dein Vater meint, hier zu Hause kriegten wir dich auch wieder auf die Beine."

„Im Gegensatz zu Papa kann ich sehr gut Hilfe von Dritten annehmen. Außerdem wird in der Reha ein Programm angeboten, das es in sich hat. Tut mir leid, Mama, aber dein guter Kochtopf allein kommt da nicht mit!"

„Trotzdem hätte ich dich gerne bei uns gehabt. Ein bisschen aufpäppeln wie früher, als du krank warst." Das Taxi überholte einen LKW und Hannah blieb für eine Sekunde das Herz stehen. Trotz der Beruhigungstabletten spannte sich ihr Körper wie eine Sehne an. Sie zwang sich in Gedanken bis zehn zu zählen.

„Entschuldigung, Mama, da bin ich wieder. Ich musste mal kurz ganz tief durchatmen!" Der Taxifahrer warf ihr einen Blick zu, sah aber sofort wieder auf die Straße. Auf der A31 fuhren kaum Autos. „In den Norden wollen nicht so viele Menschen, wie es aussieht. Kommst du mich mal besuchen?", wechselte sie das Thema. „Nur wenn du Zeit hast und Papa wieder gesund ist", fügte sie hinzu, damit ihre Mutter kein schlechtes Gewissen bekam.

„Du und das Meer, das wäre wundervoll! Lass uns in Ruhe noch einmal darüber sprechen. Komme du erst einmal in Ruhe an, lebe dich ein und lerne nette Leute in der Reha kennen. Wenn noch mehr Menschen mit Verbrennungen da sind, könnt ihr euch austauschen!" Das Wort Verbrennungen kam ihr nur schwer über die Lippen und Hannah hatte Verständnis. Ihr selbst fiel es schwer, dieses Schicksal zu ertragen, wie sollte es dann Menschen in ihrer Umgebung bei ihrem Anblick ergehen?

„Pass' gut auf Papa auf, dass er schön seine Antibiose fertig nimmt und nicht absetzt, wenn es ihm besser geht, okay?"

„Natürlich, Hannah, was denkst du denn! Wir sehen uns bald! Ich drücke dich durch die Leitung!"

„Tschüss, Mama!" Aber ihre Mutter hatte schon aufgelegt.

Die Sonne stand tief, als sie gegen 16 Uhr den Ort Norden erreichten. Das Taxi folgte den Schildern Richtung Fährhafen. Neben ihnen fuhr mit lautem Rattern ein Zug ein und spuckte eine Gruppe Inselgäste aus. Das Taxi fuhr durch die Schranke, bis vor die Fähre. Hannah besah sich den Fährfahrplan. Die nächste Fähre legte in 30 Minuten ab. Hannah hatte sich online ein offenes Fährticket gekauft ohne Rückfahrt, da sie nicht wusste, wann sie entlassen wurde und nach Hause durfte. Der Taxifahrer reichte ihr den Rucksack und Hannah bedankte sich bei ihm für die Fahrt. Da sie den Terminal nicht betreten wollte, suchte sie sich draußen eine Bank. Sie zog den Schal und die Mütze zurecht. Die Spätnachmittags-Sonne tauchte das Wasser in goldenes Licht. Hannah saugte die salzige Luft ein. Vom Meer wehte eine frische Brise aufs Land. Kleine Wellen schlugen an den Pier. Sie schloss die Augen und genoss die ersten Sonnenstrahlen seit langem.

„Moin, min Deern!" Hannah setzte sich gerade hin und schlug die Augen auf. „Wollense nicht auf die Fähre?"

„Doch, doch!" Sie sah an dem Mann vorbei. Die Fahrgäste gingen bereits an Board. Die stahlblauen Augen bohrten sich in ihre.

„Diese Vermummung brauchen Sie nicht. Es ist doch warm!" Hannah sah ihn mit großen Augen an. Die Temperaturanzeige in seinem Rücken zeigte 10 Grad. War er ein Verwandter des Schneemanns aus der Eiskönigin? Sein weiß-graues, völlig verwuscheltes Haar ließ darauf schließen. Sein Humor musste dem von Olaf ähneln, denn unzählige Lachfältchen umrahmten seine Augen. Diese blickten allerdings im Augenblick ernst.

„Also, hopp, hopp, ab auf die Fähre, sonst geht die ohne Sie ab!" Er drehte sich um und lief auf die Fähre zu. Inzwischen hielten sich nur noch wenige Passagiere am Aufgang zur Fähre auf und Hannah stellte sich als letztes in die Reihe, direkt hinter diesen Mann. Er überragte sie um einen Kopf und sein breites Kreuz hätte jedem Wrestler zur Ehre gereicht.

Hannahs Magen rumorte im Gleichklang mit ihren Gedanken. Wahrscheinlich hielt er sie für eine weitere doofe Touristin. Was war ihre Antwort gewesen? Doch, doch? Eine bessere Antwort fiel ihr nicht ein? Sie hatte sich noch nicht einmal bedankt, dabei hätte sie ohne ihn beinahe die Fähre verpasst. Als sie an der Gangway ihr Fahrticket vorgezeigt hatte, war der Mann bereits verschwunden.

„Na dann vielleicht später", murmelte sie in ihren Schal und suchte sich einen Platz am Fenster ganz hinten in der Fähre. Nur drei der acht Bänke waren besetzt. Von vorne zog ein Schwall Kaffeeduft zu ihr nach hinten und sie war hin- und hergerissen, ob sie sich einen kaufen sollte. Ihr Blick fiel auf ihr Spiegelbild in der Scheibe und sie entschied sich dagegen. Die lange Anreise und die Meeresluft forderten ihren Tribut. Sie lehnte ihren Kopf an die Wand und schloss die Augen. Nur für einen Augenblick, schwor sie sich, dann war sie bereits tief und fest eingeschlafen.

Ein sanftes Stupsen an der Schulter und Hannah schreckte aus dem Tiefschlaf auf. Sie ächzte leise. Ihre steifen Glieder schmerzten und die noch nicht in Gänze verheilten Wunden taten ihr Übriges dazu.

„Wo bin ich?"

„Min Deern, min Deern!" Die Stimme kannte sie doch! Sie sah auf, direkt über ihr schwebte das wettergegerbte Gesicht des Mannes von vorhin. Hannah lief rot an. Womit hatte sie das verdient? Sie richtete sich auf.

„Entschuldigung!"

„Wir haben angelegt und Sie müssen jetzt die Fähre verlassen!" Er nickte ihr zu, Hannah verstand die Aufforderung und erhob sich.

„Au, mein Rücken!" Sie suchte an der Wand nach Halt.

„Stimmt etwas nicht?" Hannah schüttelte ihren Kopf.

„Es geht schon, ich brauche nur eine Minute."

„Min Deern, in einer Minute fahren Sie wieder zurück nach Norden." Hannah tastete nach dem Wasser in ihrer Jackentasche und nach den Schmerztabletten. Wann hatte sie die letzten genommen? Vor drei, vier Stunden? Sie zog den Schal ein Stück runter und schluckte hastig. Dann erst bemerkte sie seinen Blick. Aber wenn er ihre Verunstaltungen wahrgenommen hatte, so ließ er sich nichts anmerken. Stattdessen fasste er sie an der Ellenbeuge und führte sie die Gangway hinunter. Jeder Schritt schmerzte, aber der Mann an Hannahs Seite passte sich ihrem Tempo an. Auf dem Weg durch das Terminal von Norderney schwiegen sie. Draußen erfasste Hannah eine kräftige Windbö und sie schwankte gegen den Mann.

„Ruhig Blut, min Deern." War sie ein Pferd?, fuhr es Hannah durch den Kopf.

„Wo müssen Sie denn hin?" Hannah sah zu ihm auf. Sollte sie ihm wirklich sagen, wo sie hin wollte?

„Ich brauche ein Taxi, dann komme ich schon zurecht." Auf seiner Stirn bildete sich eine Steilfalte, aber wenn er etwas entgegnen wollte, so behielt er das für sich. Er nickte bloß und führte sie zum Taxistand.

„Dann noch einen schönen Aufenthalt!"

„Vielen Dank für Ihre Hilfe, auch wegen vorhin auf dem Deich!"

„Das machen wir hier oben so, min Deern." Eine schwarze Katze rannte zwischen den Bussen und Taxen hindurch und Hannah nahm das als gutes Omen.

Bevor sie noch etwas ergänzen konnte, hatte er ihr bereits den Rücken zugedreht. Sie ließ sich neben dem Taxifahrer auf den Sitz fallen. Bevor sie die Tür zuschlug, hörte sie eine Männerstimme sagen: „Gehen wir im Brauhaus noch schnacken, Kapitän?"

„Machen, wir min Jung!" Hannah überlief es heiß und kalt. Das konnte doch alles nicht mehr wahr sein! Ihr Begleiter und Helfer war der Kapitän der Fähre gewesen? Sie zog die Tür zu und dankte dem Himmel, dass es bereits dunkel genug war, damit er ihr Gesicht nicht mehr sehen konnte.

Kapitel 10

Hannah legte den Kopf in den Nacken. Das Gebäude im wilhelminischen Stil ragte fünf Stockwerke über ihr auf und nahm einen ganzen Straßenblock ein. Die Fassade erstrahlte in einem frischen Weiß. Die erleuchteten Zimmer warfen gelbe Vierecke auf die regennasse Straße.

Der Niesel hatte eingesetzt, kurz bevor Hannah aus dem Taxi stieg. Sie beeilte sich, die Rollstuhl-Rampe hinaufzulaufen. Sie wollte nicht gleich am ersten Abend um einen Verbandwechsel bitten müssen, nur weil sie zu lange im Regen gestanden hatte. Über der Eingangstür stand in Großbuchstaben „REHABILITATION AM MEER" und darunter: „Für Polytraumata, Atemwegserkrankungen und Dermatologie". Hannah knabberte an ihrer Unterlippe, die sogleich aufsprang. Sie gehörte wohl in alle drei Kategorien. Die Flügeltüren schwangen auf und sie betrat das Innere des Gebäudes. Erwartet hatte sie ein Krankenhaus. Sie hob die Augenbrauen. Ein roter Teppich führte auf einen Glaskasten zu. An den Wänden hingen Leuchter, die warmes Licht verbreiteten, und der Parkettboden glänzte wie frisch gewienert und gebohnert. An den Wänden standen rote Ledersofas, dazwischen grüne Zimmerpflanzen oder Cafétischchen. Hannah lief auf die Dame im Kasten zu. Durch eine Öffnung auf Brusthöhe konnte sie mit ihr sprechen.

„Guten Abend, Sie müssen Frau Keil sein! Mein Name ist Wegener!"

„Ja, die bin ich! Woher wissen Sie das?"

„Wir haben heute nur drei Patienten auf unserer Liste und die anderen beiden sind bereits heute Mittag angereist. Sie hatten aber auch den deutlich kürzeren Weg, im Gegensatz zu Ihnen. Hatten Sie eine gute Anreise?" Sie dachte an den Kapitän. Wenn jeder auf Norderney so freundlich war wie die Empfangsdame und der Kapitän …

„Ja, es war alles gut. Allerdings bin ich ein bisschen müde und hungrig."

„Das Abendessen ist bereits im vollen Gange und vorbei, sobald Sie sich frisch gemacht und ausgepackt haben. Was halten Sie davon, wenn eine Schwester Ihnen Essen aufs Zimmer bringt?"

„Das wäre super, vielen Dank! Aber bitte nur weiche Lebensmittel, ich schlucke noch nicht besonders gut."

„Schreibe ich so auf, kein Problem, dann machen wir das so!" Frau Wegener schob einen Zettel durch die Öffnung.

„Das ist Ihr vorläufiger Behandlungsplan für die kommende Woche. In der Tabelle finden Sie die Raumnummern der Behandlungsräume und Namen der Therapeuten oder Ärzte. Auf der Rückseite erlesen Sie die Essenszeiten, WLAN-Zugang und Freizeitaktivitäten." Hannah zog die Stirn kraus und die Empfangsdame lachte.

„Keine Bange, Sie finden sich schnell zurecht. Nehmen Sie den Plan überall mit hin, dann kann gar nichts schief gehen." Sie deutete auf den Gang gegenüber. „Sehen Sie das Board dort? Diese Wegweiser finden Sie auf allen Etagen. Und hier ist Ihre Code-Karte für Ihr Zimmer. Ihres befindet sich in der fünften Etage." Das Telefon klingelte. „Ein Moment bitte!" Hannah nickte und sah sich um. Nur zwei Patienten unterhielten sich leise im Foyer, sonst entdeckte sie niemanden. Links und rechts ging ein weiterer Flur ab. Ein Schild pries eine Bibliothek an und Hannah nahm sich vor, diese aufzusuchen. Ihr Lesematerial war im Krankenhaus bereits ausgegangen und der zweite Band von Wenn Wellen brechen lag verstaut im Koffer.

Frau Wegener legte den Hörer auf und sah hoch.

„Ach, da ist sie ja schon! Das ist unsere Kerstin, die Assistentin der Patienten, wie wir immer sagen." Die junge Frau trug einen weißen Kittel mit einer Schürze und erinnerte Hannah sofort an ihre Großmutter. Kerstin hatte noch kein Wort gesagt, da hatte Hannah sie bereits ins Herz geschlossen.

„Folgen Sie mir bitte, Frau Keil. Darf ich Ihren Rucksack tragen? Normalerweise bin ich auch für das Gepäck zuständig, Ihres ist ja noch unterwegs. Und deshalb wäre es mir eine Freude, wenn ich wenigstens Ihren Rucksack nehmen könnte!" Hannahs Mund stand weit offen. Dankbar registrierte sie, dass ihr Schal immer noch den Großteil ihres Gesichts bedeckte.

„Danke, Kerstin!" Sie reichte der jungen Frau den Rucksack. Nebeneinander liefen sie den Flur hinunter. Links und rechts gingen Türen ab. Am Ende eröffnete sich der Gang zu einer Halle. Zur Linken befand sich der Aufzug, geradeaus der Speisesaal und zur rechten eine geschwungene Treppe, die nach oben führte. Kerstin drückte den Aufzugknopf.

Oben angelangt, führte die junge Frau sie rechts den Gang hinunter und blieb neben der zweiten Tür stehen.

„Die 502 ist Ihr Zimmer. Ich zeige Ihnen, wie sich die Türe öffnet." Hannah streckte ihr die Karte hin, woraufhin Kerstin diese vor den Knauf hielt, bis ein Summer ertönte. Die junge Frau drückte die Türe auf und gab Hannah die Karte zurück.

„Ich lasse Sie dann mal alleine. Später bringe ich oder Schwester Marianne Ihnen dann Ihr Essen und etwas zu trinken!" Ohne eine Antwort abzuwarten, lief sie davon.

Hannah betätigte den Lichtschalter. Zu ihrer Linken befand sich ein Badezimmer, vor ihr öffnete sich der Schlaf-Wohnraum. Links stand das Bett, daneben der Kleiderschrank, rechts befand sich ein Schreibtisch, ein Sessel und ein Fernseher an der Wand. Hannah warf ihren Rucksack aufs Bett und schob die bodenlangen Vorhänge am Kopfende des Zimmers beiseite. Dahinter befand sich eine verglaste Doppelflügeltüre. Sie zog beide Seiten auf.

„Wow! Ist das schön!" Sie trat auf den Balkon hinaus und lehnte sich ans Geländer. Ihr Zimmer ging hinten raus, mit Blick aufs Meer. Im Mondlicht breitete sich die Nordsee endlos vor Hannah aus. Zwischen dem Haus und dem Meer lag nur noch der Deich und ein 500 Meter breiter Strand. Hannah zückte ihr Handy und knipste eine Serie von Bildern. Das Mondlicht tanzte auf den Wellen, die sich leise am Strand brachen. Spaziergänger warfen lange Schatten in den Sand. In der Luft lag ein salzig-würziger Duft. Hannah fotografierte wie im Rausch. Zwischendurch checkte sie die Bilder. Eines wild-romantischer als das nächste. Das schönste schickte sie an Olympia, woraufhin das Handy sofort klingelte.

„Ist nicht dein Ernst, Hani! Das ist ja wunderschön! Schicke mir auch Bilder bei Tageslicht, ja?"

„Na klar, mache ich. Die Rehabilitationsanstalt ist auch gar nicht wie in ein Krankenhaus, eher wie in ein Hotel. Und die Leute sind wirklich nett auf Norderney. Alle sind sehr aufmerksam und bemüht um mich."

Eine Windbö trieb Hannah zurück ins Zimmer. Sie stellte den Lautsprecher an und schälte sich aus dem Mantel. Die Mütze ersetzte sie mit einem Kopftuch, den Wollschal mit einem Seidenschal.

„Laut Post kommen deine Koffer morgen! Viel Spaß beim Auspacken!"

Hannah öffnete eine Doppeltür des Kleiderschrankes und verstaute die wenigen Kleidungsstücke aus dem Rucksack.

„Danke, für all' die Mühe, die du dir gemacht hast, Olli! War es schlimm, als du bei mir zu Hause warst?" Sie stellte den Laptop auf den Schreibtisch und stöpselte ihn an.

„Ihr wart immer das Traumpaar für mich, zumindest eine lange Zeit. Und wie du weißt, glaube ich an die ewige, große Liebe und hätte dich gerne überzeugt, bei Gero zu bleiben. Aber als ich dann bei dir in der Wohnung war, bin ich endgültig von der Idee kuriert worden."

Hannah ließ sich auf das Bett plumpsen und legte sich zurück.

„Dein Ex-Freund hat noch nicht einmal gefragt, wofür ich packe, geschweige denn geholfen. Er hat die Tür geöffnet und sich ins Wohnzimmer verzogen. Wegen ein paar Sachen musste ich nachfragen, die hat er mir kurz angebunden beantwortet, ansonsten hat er nur den fiesen Kater gekrault. Okay, ich gestehe ihm zu, dass da sicherlich viele Unsicherheiten im Spiel waren. Trotzdem …"

„Nach erwachsenem Verhalten hört sich das wirklich nicht an. Du, Olli, es klopft an der Tür!"

„Mach es gut, Süße! Und nicht unterkriegen lassen!" Hannah ächzte und öffnete. Vor ihr stand Kerstin mit dem Tablet.

Während Hannah am Schreibtisch saß und aß, betrachtete sie die Landkarte von Norderney an der Wand. Die Insel erstreckte sich in einer Länge von etwa 14 km von West nach Ost, und einer Breite von 2,5 km von Nord nach Süd. Der Westkopf, wo sich auch die Reha befand, sah auf der Karte nach der breitesten Stelle aus. Bei den Ausmaßen fühlte Hannah sich imstande, die Insel zu Fuß zu erkunden. Sie seufzte. Naja, dachte sie, vielleicht in ein oder zwei Wochen, wenn sie weiter gehen konnte als nur zehn Meter im Schlurfschritt.

Es klopfte erneut. „Herein!", rief Hannah, dann erinnerte sie sich, dass sie den Schlüssel hatte. Sie zog sich am Sessel hoch, da stand auch schon eine Fremde im Zimmer.

„Guten Abend, Frau Keil. Setzen Sie sich ruhig wieder. Wir Schwestern haben Schlüssel zu allen Zimmern." Sie trat ein und schloss die Tür hinter sich. „Ich bin Schwester Marianne. Eigentlich wollte ich eben schon kommen und Ihnen Ihr Essen bringen, aber es gab einen Notfall." Sie zog ihr rosafarbenes OP-Hemd zurecht. An den Bügelfalten erkannte Hannah, dass sie es frisch aus dem Schrank gezogen haben musste.

„Ich komme jetzt nicht jeden Abend, keine Sorge. Außer Sie brauchen mich und klingeln nach mir." Sie deutete auf die Klingel neben dem Bett. „Morgen haben Sie das Arztgespräch. Dr. Hammann verschreibt Ihnen alle nötigen Medikamente und passt den Behandlungsplan ihrem Gesundheitszustand an. Wie sieht es denn im Moment aus?"

„Der Tag war anstrengend. So viel habe ich in den letzten Wochen zusammen nicht gemacht. Schmerzmittel habe ich noch genug aber vielleicht könnten Sie einen Blick auf die Verbände werfen?"

„Dafür bin ich da!" Schwester Marianne zog einen Rolltisch, der bis oben hin ausgestattet war mit medizinischen Utensilien, vom Flur ins Zimmer. „Dann machen Sie sich bitte frei und ich schaue mir die Pflaster und Wunden an."

Hannah gähnte hinter vorgehaltener Hand. Schwester Marianne arbeitete schnell und effizient und versorgte die Verbrennungen im Handumdrehen. Frisch versorgt, sank Hannah aufs Bett.

„Sie können sich jetzt ausruhen, Frau Keil. Denken Sie nur daran, dass der Frühstückssaal um 7 Uhr öffnet und der Termin mit dem Arzt um 8 Uhr festgelegt ist. Gute Nacht!"

„Gute Nacht!" Ein letztes Mal mühte sich Hannah aus dem Bett, um einen Wecker auf 6.30 Uhr zu stellen, dann übermannte sie der Schlaf.

Mitten in der Nacht wachte Hannah auf. Sie lauschte in die Dunkelheit. Nichts. Durch das gekippte Fenster strömte kalte Luft herein, der Vorhang flatterte im Wind. Hannah fröstelte. Sie wickelte sich die Decke um die Schultern und tappte zum Fenster. Sie zog sich den Sessel heran und sah hinaus auf die See. Bis auf das leise Schwappen des Wassers herrschte Ruhe. Es fuhren hier so gut wie keine Autos. Für Erledigungen nahm man den Bus oder ging schlicht zu Fuß. Sie winkelte die Beine an und zog die Füße unter die Decke. Schwere umfasste ihr Herz. Wie lange war sie jetzt schon nicht mehr zu Hause gewesen? Erst die Food-Messe in Innsbruck, dann das Krankenhaus in Frankfurt und jetzt der Aufenthalt auf Norderney.

Würde sie überhaupt nach Hause kommen? Die Wohnung war nicht mehr die ihre. Die Narben entstellten sie und in ihrem Inneren hatte sich ein schwarzes Loch aufgetan. Das Schicksal zerrte sie in eine Richtung, die weder geplant noch erwünscht war. Hannah legte ihren Kopf in den Schoß. Könnte sie doch nur die Zeit zurückdrehen. Die Kirchturmuhr schlug 2 Uhr. Mit einem Seufzer richtete sie sich auf, schloss das Fenster und tapste zurück in ihr Bett. Sie drehte sich zur Wand. Die Stille ließ sie nicht schlafen. Zu Hause fuhr selbst in der Nacht regelmäßig ein Auto am Haus vorbei oder eine Straßenbahn ratterte in der Ferne. Am Wochenende schallten Rufe und Gelächter durch die Straßen, wenn die Feiernden von den Partys auf dem Weg nach Hause waren. Hannah wälzte sich und knuffte sich das Kissen zurecht. Ihre Hand ging zum Kreuz an ihrem Hals. Mit Gott hatte sie auch noch ein Hühnchen zu rupfen. Mit diesem Gedanken schlief sie ein.

Kapitel 11

Am frühen Morgen stieg Hannah in den Aufzug und drehte dem Spiegel den Rücken zu. Sie zupfte das Kopftuch zurecht und zog den Schal bis über die Nase.

Auf jeder Etage stiegen Patienten ein und sahen ebenso müde aus der Wäsche drein, wie Hannah sich fühlte. Im Erdgeschoss folgte sie den anderen in den Speisesaal. An drei Wänden standen Vierertische und an der linken Wand außerdem noch ein Buffet. Die vierte Wand bestand völlig aus Glas und schenkte den Patienten einen einzigartigen Blick über den Deich und das Meer. Hannah wurde klar, dass das Erdgeschoss höher gelegt war, um diesen Anblick gewähren zu können. „Sie müssen sich ein Tablett nehmen!" Eine Frau, untersetzt, gefärbte blonde Haare zwinkerte Hannah zu. Diese setzte sich in Bewegung und griff nach einem Tablett. Sie reihte sich in die Schlange ein und wartete, bis sie an der Reihe war. Mit jedem Gegenstand, den sie auf das Tablett legte, nahm das Gewicht zu. Sie stöhnte leise und entschied, lieber zweimal zu laufen. Hannah suchte sich einen Tisch, an dem noch niemand saß, und stellte ihr Tablett ab. Dann lief sie noch einmal los, und holte sich einen Kaffee mit Milch aus dem Automaten. Als sie an den Tisch zurückkam, saßen dort zwei Frauen. Hannah zog den Stuhl zurück und setzte sich. Die eine erkannte sie wieder, es war die Frau, die ihr den Hinweis gegeben hatte.

„Hallo, ich bin Hannah!"

„Wir sind Flora und Thea!" Sie deutete zuerst auf sich, dann auf die dunkelgelockte Frau neben sich. An der Frau war alles plüschig. An ihrem Schlüsselbund hing eine Plüschsternschnuppe, ihr Pullover war übersät mit Plüschknäueln, wahrscheinlich selbstgestrickt, überlegte Hannah, und um ihr Haar hatte sie in ein dickes Plüschgummi gewickelt.

„Müssen wir erraten wie du aussiehst?" Thea lächelte sie freundlich an. „Es wird auch schwierig mit Essen, glaub mir, den Kaffee dadurch zu filtern, wird nicht lecker. Einmal gefiltert reicht eigentlich." Flora prustete in ihren Tee und stupste Thea an.

„Hast du schon den Theo vergessen? Der war doch auch so vermummt und hatte seine Gründe!"

„Ach ja, entschuldige! Ich wollte dir nicht zu nahetreten!"

„Schon gut!" Hannah sah auf die weiße Tischdecke. Tränen sammelten sich in ihren Augen und am liebsten wäre sie aufgesprungen und in ihr Zimmer gerannt. Dann allerdings wäre der nächste Programmpunkt verhungern.

„Glaube uns, Hannah, es gibt hier nichts, was wir beiden noch nicht gesehen haben. Ich denke, es ist bei dir wie mit dem Theo?"

„Was war mit Theo?"

„Er ist in seinem Bett verbrannt, also bis zu einem gewissen Grad. Er hat sich so seines Aussehens geschämt, dass er sich auch immer versteckt hat hinter allen möglichen Kleidungsstücken. Was hat er geschwitzt, der Arme."

„Dann bin ich wohl wie Theo, nur dass mein Auto in Flammen aufgegangen ist, als es Bekanntschaft mit der Leitplanke gemacht hat." Hannah hob den Blick und sah nichts als Wohlwollen bei Flora und Thea. Der Kaffeeduft stieg ihr in die Nase. Sie schob den Schal bis zum Kinn herunter und senkte den Kopf.

„So kannst du keinen Kaffee zu dir nehmen! Glaub' uns: Wir lachen nicht, und wir ekeln uns nicht! Jetzt genieß endlich dein Frühstück, die Zeit rennt und du musst bestimmt gleich zu deinem Erstgespräch!"

„Mist, wie spät ist es denn?" Thea sah auf ihre Uhr.

„Schon 7.45 Uhr!"

„Dann muss ich mich beeilen!" Hannah tunkte das Graubrot in den

Kaffee. „Könnt ihr mir sagen, wo ich den Arzt finde?" Sie nahm einen weiteren Schluck und langsam entspannte sich ihr Körper in der Gegenwart der beiden Frauen. An ihnen sah Hannah keine Verbrennungen, aber unter dem ganzen Plüsch konnten genauso Narben verborgen sein wie sie bei ihr offen lagen.

„Zweite Etage, dritte Tür auf der linken Seite. Steht alles auf deinem Plan. Die erste Zahl bei den Zimmernummern und Behandlungsräumen ist immer die Etage." Flora sprach mit vollem Mund. Hannah nahm an, dass auch sie einen Termin auf dem Plan stehen hatte.

„Vielen Dank!", sagte Hannah. „Vielleicht sehen wir uns ja noch mal!"

„Oh, ganz sicher! Das Haus wirkt zwar riesig, aber man läuft sich trotzdem dauernd und überall über den Weg. Bis später!" Gemeinsam trugen sie ihre Tabletts zum Wagen und Hannah ging zum Aufzug. Ich brauche dringend eine Uhr und einen Thermobecher, machte sich Hannah eine Gedankennotiz und fuhr in die zweite Etage. Auf halbem Weg zum Arztzimmer stellte sie fest, dass ihr Schal noch unten am Kinn hing und sie zog ihn schnell hoch. Sie klopfte und ein Mann in einem weißen Kittel öffnete ihr. Hannah schätzte ihn auf über zwei Meter. Seine Glatze glänzte in der Sonne, die von draußen in den Behandlungsraum fiel. Er bat sie, Platz zu nehmen. Dr. Hammann blätterte in der Akte und sah nur selten auf. Hannah knetete ihre Finger und wartete. Der Arzt schlug die Akte zu.

„Dürfte ich bitte Ihren vorläufigen Plan sehen?" Hannah schob das Papier zu ihm rüber. „Das ist viel zu viel! Das gehen wir langsamer an." Er tippte etwas in den Computer ein. „Ich streiche Ihnen das Nordic Walking raus, gehen Sie lieber so ein bisschen am Strand spazieren, oder setzen sich erst einmal auf die Bank und schauen aufs Meer hinaus. Dafür nehmen wir Ergotherapie rein und die Physiotherapie!" Mit jedem Satz wurde Hannah der Mann sympathischer. Aus dem Drucker fiel der neue Plan und segelte zu Boden.

„Immer diese blöde Klappe, ich mag Technik nicht!" Dr. Hammann bückte sich nach dem Papier, händigte es Hannah aus und zerriss den alten Plan. „Hier haben Sie ein Rezept, damit bekommen Sie im Raum gegenüber, der Hausapotheke, Ihre Medikamente. Schräg gegenüber können Sie jeden Tag ab zehn die Verbände wechseln lassen. Die Schwestern tragen auch die Salben auf. In Notfällen können Sie jederzeit die Schwestern rufen. Habe ich was vergessen? Ach ja, die Blutabnahme!" Er umrundete seinen Schreibtisch und nahm Hannah aus dem rechten Arm Blut ab. „Ich möchte mir kurz ein Bild von Ihren Verbrennungen machen." Hannah zog sich aus und Dr. Hammann untersuchte sie. „Erinnern Sie sich an den Unfall?"

„Nicht so richtig", gab Hannah zu.

„Haben Sie Alpträume?" Hannah nickte.

„Flashbacks?"

„Ich glaube nicht."

„In Ordnung, Sie können sich wieder anziehen. Ich werde Ihnen noch einen Termin mit unserer Psychologin machen. Sie ist spezialisiert auf Traumata. Sie ist zufällig meine Frau und daher besonders sensibilisiert." Ein lächeln zupfte an seinen Lippen, das erste Mal, seit Hannah diesen Raum betreten hatte.

Mit einem Stoffbeutel, der bis oben hin vollgepackt war, verließ sie die Apotheke. Laut Zettel hatte sie erst wieder am Nachmittag Termine und damit jede Menge Zeit, den Ort zu erkunden. Sie beschloss, sich für eine Stunde hinzulegen, zur Wunderversorgung zu gehen und dann erst einmal auf den Deich zu klettern.

Am späten Vormittag packte Hannah sich dick ein und verließ durch den Hintereingang die Reha. Mit der einen Hand am Geländer zog sie sich die Treppenstufen zur Deichkrone hinauf und setzte sich, wie von Dr. Hammann angeraten auf eine Bank. Die meisten Spaziergänger hielten sich unten am Strand auf, daher wagte sie es den Schal ein Stück nach unten zu schieben und sich die Seebrise um die Nase wehen zu lassen. Der Strand erstreckte sich soweit das Auge reichte zu ihrer Linken und Rechten.

Auf dem Handy studierte sie den Busfahrplan. Gleich an der nächsten Ecke sah sie die Bushaltestelle. Wenn sie sich gleich auf den Weg machte, würde sie auch in ihrem Tempo den Bus noch rechtzeitig erreichen. Sie hievte sich hoch und zog den Schal vors Gesicht, nur die Augenpartie ließ sie frei. Die Linie 1 und Hannah trafen gleichzeitig an der Haltestelle Georgshöhe ein. Sie kaufte ein Tagesticket. Hannah fiel auf den erstbesten freien Platz und schaute zum Fenster raus. Pittoreske Häuser säumten den Weg ins Zentrum. Es waren kaum Menschen unterwegs, die Saison für Touristen hatte noch nicht begonnen und dafür war Hannah dankbar. Sie fuhr bis zum Kurplatz mit. Beim Anblick des Kurhauses, auch Konversationshaus genannt, entschied sie sich kurzerhand um. Dort musste sie unbedingt rein. Sie öffnete Wikipedia auf ihrem Handy und schlenderte über den kreisrunden Platz auf das Gebäude zu. Sie las:

„Inmitten der Kuranlage gelegenes Kurhaus, massiver, breitgelagerter Putzbau, teils mit Putzquaderung, offene Vorhalle mit Rundbogenarkaden mittig (seit 1837), Rundbogenfenster, Walmdächer mit Dachreiter. In seiner heutigen Form erbaut um 1850 als Konversationshaus für Badegäste unter Beibehaltung von Kubatur und Proportionen des hölzernen Vorgängerbaus von um 1800. Die gleichmäßige Aufteilung der Rundbogenfenster wird unterbrochen von den schwach vortretenden, mit Dreiecksgiebeln abgeschlossenen Risaliten. In der Mitte der Vorderseite befinden sich neun Rundbogenarkaden, die von kannelierten dorischen Säulen getragen werden. Die Mittelachse des breitgelagerten Kurhauses wird durch einen achteckigen Dachreiter betont. Die äußeren Eckpavillons sind nachträglich angefügt, der östliche aufgestockt worden. Die Breite des Gebäudes beträgt über 90 Meter."

Hannah hob den Blick vom Display und bewunderte, was der Beitrag beschrieb. Sie erklomm die Stufen und drückte den Summer für die Türöffnung. Im Inneren des Gebäudes roch es herrlich nach einem Gemisch aus Kaffee, Tee und frisch gebackenen Plätzchen. Doch nichts davon lockte Hannah. Der Wegweiser zur Bibliothek hatte ihre Aufmerksamkeit geweckt. Sie wandte sich nach rechts und folgte den Hinweisen. Ein Kristalllüster sowie ein Flügel bildeten das Herzstück der Bibliothek. Hannah konnte sich nicht satt sehen. Eine Wendeltreppe führte in die erste Etage, doch für heute wollte sich Hannah nur hier unten umsehen.

Mit ihren behandschuhten Fingern fuhr sie über die Buchrücken. In einer Sitzgruppe las ein Gast Zeitung. Hannah sog die Stimmung in sich auf. Hier würde sie sofort einziehen, wenn sie könnte. Sie ging weiter nach hinten durch. Hier standen in einem Regal säuberlich sortiert Norderney-Krimis. Warum nicht, dachte Hannah und zog zwei davon heraus. Die Titel sprachen sie auf Anhieb an. Sie schlenderte zurück in den Hauptraum, auf den Tresen zu. Aus dem Hinterzimmer kam ein Mann mit Nickelbrille und nickte ihr freundlich zu.

„He!" Hannah zuckte zurück und der Mann lachte.

„Das sagen wir hier so zur Begrüßung, min Deern!"

„He!", erwiderte Hannah.

„Sie lernen schnell! Sie werden sich gut eingewöhnen auf unserer schönen Insel. Die beiden Bücher möchten Sie ausleihen? Dann bräuchte ich von Ihnen bitte die Norderneycard und wir machen für sie eine Schnupperanmeldung. Ich bekomme dann von Ihnen vier Euro!" Er packte Hannah die Bücher samt Bon in einen Beutel.

„Vielen Dank!"

Hinter ihr raschelte das Zeitungspapier und eine Stimme ertönte: „Wenn das nicht min Deern von der Fähre ist!" Bitte, der Boden soll sich unter mir auftun, dachte Hannah und sie drehte sich langsam um. Da saß er. Die Zeitung ordentlich gefaltet auf seinem Schoß. Eine Pfeife hing in seinem Mundwinkel, jedoch ohne Glut. Er drückte sich aus dem Sessel und kam auf Hannah mit ausgestreckter Hand zu.

„Beim dritten Treffen müssen wir gemeinsam etwas trinken. Mein Name ist Christen Arendonk, nennen Sie mich Christen!" Hannah schob ihm vorsichtig ihre Hand entgegen, die Christen sanft ergriff. Er schüttelte sie nicht und drückte auch nicht zu. Er hielt sie einfach nur fest.

„Mein Name ist Hannah Keil. Ich schätze Ihr Angebot sehr, aber ich kann nicht." Christen entließ ihre Hand mit einer Zärtlichkeit, die Hannah diesem großen Mann gar nicht zugetraut hätte. Als wüsste er, dass sie zerbrechlich war und Schmerzen litt. Hatten Kapitäne einen Sensor für so etwas?

„Das heißt Sie wollen, aber können nicht?" Hannah nickte, schüttelte den Kopf, dann nickte sie, der Mann verwirrte sie.

„Ich muss zurück!", brachte sie schließlich hervor.

„Zurück ins Leben?" Was war hier los? Christen entrang Hannah ein kleines Lächeln, welches er nicht sehen konnte.

„Zurück in die Reha, ich muss zum Mittagessen. Eigentlich wollte ich mir noch eine Uhr kaufen und einen Thermobecher, damit ich auf der Bank sitzen und auf die See schauen kann!" Warum erzählte sie das alles einem Wildfremden? Sie wandte sich zum Gehen. Christen folgte ihr.

„Vorschlag: Ich rufe Dr. Hammann an und sage ihm, dass ich mit Ihnen einen schönen Ostfriesentee trinken gehe und wir schnacken."

„Sie kennen Dr. Hammann? Ich möchte nicht gleich am ersten Tag eine Sonderbehandlung."

„Wir spielen Skat zu Frage Nummer eins und zu zweitens: Kann ich verstehen, dann begleite ich Sie heim und wir holen den Tee nach. Ostfriesenehrenwort?" Hannah gluckste.

„Ostfriesenehrenwort!"

„Mein Fahrrad steht dort!" Mit weit aufgerissenen Augen sah Hannah ihn an.

„Sie müssen nicht gleich in Ohnmacht fallen! Sie setzen sich da rauf und ich schiebe!" Ohne ihre Antwort abzuwarten, schraubte er den Sitz runter, sodass Hannah bequem aufsteigen konnte. Christen legte eine Hand ans Lenkrad, die andere hinter ihr an den Sattel. Er roch nach der salzigen See und süßem Tabak. Hannah versuchte sich auf die Fußgängerzone zu konzentrieren, doch sein Geruch verwirrte sie.

„Ihre Einkäufe müssen Sie leider verschieben. Im Moment sind alle Läden zu. Die meisten öffnen sowieso, wann sie wollen. Besser Sie rufen an, bevor Sie sich auf den Weg machen. Keine Touristen, keine Läden!" Was für eine andere Welt, dachte Hannah. Aber sie könnte sich daran gewöhnen. Die Ruhe in den leeren Straßen brachte einen zu sich selbst. Das Meer warf die Seele zurück in den Körper. Hannah atmete tief ein. Es schmerzte nicht. Der hohe Gehalt an Jod in der Luft tat ihrer Lunge gut. Eine solche Reinheit hatte sie zuletzt in den Bergen verspürt. Sie versteifte sich.

„Ist etwas nicht in Ordnung?"

„Doch… schon gut."

„Geben Sie dem Wind alle Sorgen mit, er kümmert sich darum!"

„Eine Seemannsweisheit?" „Nein, eine Christen-Wahrheit!" Das Kopfsteinpflaster rüttelte an Hannahs Wunden und sie stöhnte leise. Sofort schob der Kapitän das Rad auf den Bürgersteig.

„Wir sind gleich da, hier auf Norderney ist nichts weit!"

„Woher wussten Sie, dass ich hier meine Reha mache und dass Dr. Hammann mein behandelnder Arzt ist?" Dann fiel es wie Schuppen von den Augen und sie sah weg von ihm auf die Straße.

„Ach ja, ich weiß schon. Tut mir leid!" Er hatte doch mehr gesehen, als sie vermutet hatte. Außerdem hatte sie sich gerade erst vor fünf Minuten verplappert, als sie von Uhr und Thermobecher gefaselt hatte.

Für einen Augenblick hatte sie sich wieder wie ein Mensch gefühlt. Mit einem Lidschlag war der Moment vergangen.

„Es gibt nichts zu entschuldigen, Hannah! Denken Sie an den Wind!" Er fuhr sie die Rollstuhlrampe hoch und sie stieg vorsichtig ab. „Vergessen Sie nicht, dass wir uns auf einen Ostfriesentee treffen!" Christen schwang sich auf das Rad und sauste die Rampe runter, bevor sie absagen konnte, denn das hatte sie gewollt. Mit den Büchern unterm Arm betrat sie das Gebäude, in dem es nach gebratenem Fisch und Salzkartoffeln duftete. Hannah lief das Wasser im Mund zusammen. Sie tauschte ihre Draußen-Kleidung gegen die Drinnen-Vermummung ein und eilte zum Speisesaal.

Kapitel 12

Zu Hannahs Glück hatten Flora und Thea auf den gleichen Plätzen gesessen wie am Morgen und Hannah hatte sich zu ihnen gesellt. Gemeinsam waren sie Hannahs Plan durchgegangen, sodass sie nun wusste, wo sie hinmusste. Flora begleitete sie, da sie den gleichen Weg hatte.

„Die Physiotherapeutin ist wirklich toll! Ich habe Gelenke entdeckt, von denen habe ich vorher noch nie etwas geahnt!" Hannah lachte.

„Du hast eine schöne Stimme", bemerkte Flora. Hannah drehte sich zu ihr.

„Danke, ich habe früher auch im Kirchenchor gesungen!"

„Hier gibt es auch einen Chor, wenn du möchtest. Der ist unabhängig von der Reha in der Kirche die Straße runter. Dort kann jeder mitsingen. Also wenn du willst."

„Lieber nicht!"

„Vielleicht ja in ein paar Wochen, wenn du dich eingelebt hast und alles ein wenig mehr verheilt ist … Ich muss hier abbiegen, aber deine Therapie ist gleich da am Flurende. Setz dich einfach vor die Tür auf den Stuhl, du wirst dann aufgerufen!"

„Danke Flora, du bist eine große Hilfe!"

„Kein Ding, wir sehen uns spätestens beim Abendessen!" Sie winkte kurz und verschwand in einem Raum, der sich als Turnhalle entpuppte. Hoffentlich muss ich da nicht mit allen Leuten Sport machen, dachte Hannah und ihr brach der Schweiß aus. Dann würde jeder ihre Makel sehen. Sie ballte die Fäuste, was sofort zu einem intensiven Schmerz führte.

Pünktlich auf die Minute öffnete sich die Tür und die Physiotherapeutin bat sie herein.

„Ich bin Frau Aster und werde sie ein bisschen durchbiegen in den nächsten zwanzig Minuten!" Hannah legte sich auf die Liege und ihre Glieder entspannten sich.

„Wo schmerzt oder zieht es Sie denn besonders?" Hannah ging gedanklich durch ihren Körper.

„Meine Arme und Hände mussten heute ganz schön etwas mitmachen."

„Gut, dann ziehen Sie sich bitte bis auf den BH aus." Hannah entkleidete sich und die Physiotherapeutin rieb sie mit einer wohlriechenden Salbe an den Stellen ein, die sie erreichen konnte und nicht von Pflastern bedeckt waren. Leise Klaviermusik klimperte im Hintergrund und Hannah schloss die Augen. Der Duft von Kamille stieg ihr in die Nase.

„Calendula-Salbe?", wollte sie von der Physiotherapeutin wissen.

„An den Stellen, die nur leichte Verbrennungen erlitten haben, ist das das Mittel der Wahl. Unter den Verbänden haben Sie sicherlich Octenisept oder Betaisodona, richtig?" Hannah nickte. Ihr Mund fühlte sich trocken an, das musste die Luft hier drin sein. Sie wünschte sich eine Flasche Wasser herbei und plante zukünftig immer etwas zu trinken bei sich zu haben. Die Berührungen der Therapeutin waren sanft, doch zielgerichtet. Nach der Behandlung spannten die Arme und die Hände viel weniger.

„Was ist Ihr nächster Termin?", wollte Frau Aster wissen. Hannah zog ihren Plan aus der Hosentasche der Jogginghose.

„Entspannungstraining, oh, das ist ja auch bei Ihnen!" Frau Aster reichte Hannah das Handtuch, auf dem sie gelegen hatte.

„Behalten Sie das für zukünftige Behandlungen. Na, dann folgen Sie mir mal. Sie waren heute meine letzte Einzelpatientin, jetzt kommen die Gruppenstunden."

„Dann bin ich nicht alleine dort?" Frau Aster schüttelte den Kopf.

„Aber der Raum ist abgedunkelt und alle liegen weit auseinander, jeder für sich auf einer Matte, zugedeckt mit einem Laken." Das beruhigte Hannah ein wenig. Gemeinsam betraten sie den Raum für Autogenes Training und Entspannung nach Jakobson. Thea kam ihr entgegen und strahlte Hannah an.

„Willst du dich neben mich legen? Die Matte ist noch frei."

„Na klar!" Hannah folgte Thea zum Ende des Raumes und überlegte, wie sie auf die Matte hinab gelangen sollte. Thea hatte es sich bereits bequem gemacht und die sechs anderen Teilnehmer lagen inzwischen ebenfalls unter ihren Laken. Nur Hannah stand da wie bestellt und nicht abgeholt.

„Warten Sie, Frau Keil, ich hole Ihnen einen Stuhl und Sie machen die Übung einfach im Sitzen. Entschuldigung, dass ich nicht eher daran gedacht habe!" Hannah sah auf den Boden und bewunderte die braune Auslegeware.

„Hier, setzen Sie sich und decken Sie sich mit dem Laken zu. Das Kissen ist für Ihren Rücken."

„Danke!", murmelte Hannah und wünschte sich zum zweiten Mal an diesem Tag, im Erdboden zu versinken.

Ihr Puls raste. So viel zum Thema Entspannung. Frau Aster ließ die Jalousien herunter und löschte das Licht. Nur eine kleine Tischlampe mit orangefarbenem Schirm schenkte einen Lichtpunkt in dem sonst nun völlig dunklen Raum. Hannah schloss die Augen und versuchte den Anweisungen der Therapeutin zu folgen. Ihre warme Stimme leitete Hannah durch das Autogene Training. In jeder Minute, die verging, entspannte sich Hannah mehr und mehr und folgte Frau Aster auf eine Traumreise.

Vierzig Minuten später öffnete Hannah erholt ihre Augen. Mit Erstaunen stellte sie fest, dass auch die Schmerzen schwächer waren als zuvor. Sie streckte ihre Glieder und genoss das wohlige Gefühl, das sie durchfloss. Langsam faltete sie das Laken zusammen.

„Behalten Sie das ruhig. Am besten, Sie packen sich eine Tasche mit den Utensilien, die Sie alle brauchen für die Anwendungen. Die meisten Patienten benutzen dazu den Stoffbeutel aus der Apotheke."

„Danke für die Tipps und noch einen schönen Abend!" Hannah folgte Thea in den Flur.

„Das hat richtig gutgetan, das hätte ich schon früher brauchen können!"

„Stressiges Leben?" Thea sah sie von der Seite an.

„Ich entwickele Lebensmittel ohne Zucker. Ein riesiger Markt. Total im Kommen." Hannah hielt inne. Ob sie wohl jemals wieder in ihrer Firma würde arbeiten können? Hannah holte tief Luft.

„Kann ich mir vorstellen. Zuckerfrei ist aber nicht so ganz mein Ding!" Thea lachte und zeigte auf ihren Bauch. „Dafür liebe ich viel zu sehr das

Essen. Und hier auf der Insel gibt es unheimlich gutes Essen. Am Wochenende nehmen wir dich mal mit und wir zeigen dir, was es alles Leckeres gibt. Oder isst du nur diese zuckerfreien Sachen?"

„Im Moment esse ich nur, was ich schlucken kann. Im Grunde nur Dinge, die weich oder flüssig sind."

„Okay, dann ist das abgemacht! Wir gehen Bier trinken!" Hannah stockte der Schritt.

„Bier?"

„Ja, hier auf der Insel brauen sie ihr eigenes! Das ist so gut!"

„Ich glaube nicht, dass ich mit all' den Medikamenten, die ich nehme, Alkohol trinken sollte!"

„Wir werden sehen! Hast du heute noch Programm?" Hannah verneinte.

„Ich wollte mal runter an den Strand, da bin ich noch nicht gewesen!"

„Na dann viel Spaß, ich muss noch zur Diät-Beratung!" Sie zeigte Hannah ein Daumen hoch und verschwand im nächsten Gang.

Nach der Physiotherapie und dem Entspannungstraining fühlte sich Hannah in der Lage, zum Strand zu gehen. Der Abend zog herauf und das Meer glühte in der untergehenden Sonne. Hannah zückte ihr Smartphone und knipste. Jetzt hatte sie komplett vergessen, Olympia ein Foto zu schicken, das tagsüber aufgenommen worden war. Sie war eine schlechte Freundin! Thea erinnert sie ein bisschen an Olli. Wenigstens was das Essen anbelangte, hätten die beiden Schwestern sein können. Sie stieg die Stufen zum Strand hinab und ihre Schuhe versanken im Sand. Am liebsten hätte sie ihre Schuhe und die Socken ausgezogen. Hannah biss sich auf die Lippe. Ihre Wünsche gingen einfach nicht mehr mit der Realität konform. Sie stapfte auf das Wasser zu. Der Wind wehte aus Norden ihr direkt ins Gesicht. Was hatte Christen noch gesagt? Sie sollte alle Sorgen dem Wind mitgeben? Das war leichter gesagt als getan. Hannah legte ihren Kopf in den Nacken. Dunkle Wolken trieben über den Himmel und drohten Regen über ihr auszugießen. Ein Spaziergänger mit seinem Hund warf Stöckchen und der Hund sprintete ins Wasser und brachte den Ast zurück. Eine Reihe von Holzstämmen lief ins Wasser und Hannah lehnte sich an den Nächstliegenden, der noch im Trockenen stand. Das Spiel des Hundes nahm sie gefangen. Seine pure Lebensfreude trieb ihr Tränen in die Augen. Das musste der Wind sein, redete sie sich ein und wischte sie verstohlen weg. Herrchen und Hund waren zu einer Einheit verschmolzen. Hannah wünschte sich, dass es diese Verschmelzung auch für sie irgendwo gab. Jemand, der sie an die Hand nahm und sagte, es würde alles gut werden. Die ersten Tropfen fielen vom Himmel und Hannah lief zurück Richtung Rehaklinik. Sie zog die Mütze tief ins Gesicht und den Schal hoch, damit die Pflaster trocken blieben. Schwester Marianne wäre sicher nicht begeistert. Wobei sie mit Sicherheit nicht die Einzige war, die sich draußen tummelte. Hannah beschleunigte noch einmal ihren Schritt und schob den Hintereingang auf. Drinnen rieb sie sich die schmerzenden Oberschenkel mit den schmerzenden Fingern. Sie stöhnte leise und blieb vornüber gebeugt stehen.

„Alles in Ordnung?" Kerstin stand hinter ihr und sah sie mit hochgezogenen Augenbrauen an. Hannah richtete sich Wirbel für Wirbel auf.

„Die Feuchtigkeit, das Laufen ... es war schon wieder alles ein bisschen viel. Seitdem ich hier bin, überanstrenge ich mich."

„Da sind Sie nicht allein!" Kerstin trat an sie heran und fasste sie am Ellenbogen. „Soll ich Sie in den Speisesaal bringen?" Wie auf Kommando knurrte Hannahs Magen und Kerstin lachte. „Dann ist die Entscheidung also gefallen! Wissen Sie, die meisten Patienten, die hier ankommen, denken, dass die Entlassung aus dem Krankenhaus gleichbedeutend mit Heilung ist. Dem ist aber ganz und gar nicht so. Wir hier in der Reha können für die Patienten einfach noch einmal ganz andere Dinge leisten, für die ein Krankenhaus weder die Zeit noch die Ressourcen hat. Wesentlich gesünder sind die Patienten deswegen noch lange nicht. Das braucht Wochen und Monate. Gerade bei den Krankheitsbildern in diesem Hause. Also geben Sie sich Zeit, gehen Sie alles langsam an. Ich helfe Ihnen mit dem Tablett. Was möchten Sie denn haben?"

„Ein Pfefferminztee wäre schön, Joghurt und ... oh, schön, es gibt Suppe! Dann bitte einen Teller Kräutercremesuppe." Sie zeigte auf den Tisch, an dem Flora und Thea bereits saßen. „Ich möchte mich gerne zu den Damen dort setzen!"

„Unsere Langzeitpatienten! Gute Wahl! Frau Groß und Frau Tüning kennen sich hier schon ausgezeichnet aus!" Hannah sackte auf dem Stuhl zusammen, zu erschöpft, um auch nur einen Finger zu rühren.

„Gebt mir ein paar Minuten!" Sie schloss die Augen und atmete tief durch.

„Danke, dass ihr mich bis zum Zimmer gebracht habt! Das wäre nicht nötig gewesen!" Auf Floras Stirn bildete sich eine Falte.

„Ich denke, schon! Du wärst uns beim Essen ja fast zusammengeklappt!" Hannah öffnete die Tür und Thea reichte ihr den Becher mit Tee. „Oder soll ich ihn dir reinbringen?"

„Nein, nein, schon gut!" Hannah knipste das Licht an.

„Meine Koffer sind ja da, die hatte ich ganz vergessen!"

„Die hat Kerstin bestimmt hochgebracht. Natürlich mit einem Wagen!", ergänzte sie, als sie Hannahs entsetzten Gesichtsausdruck sah. „Sollen wir dir auspacken helfen?" Hannah hob abwehrend die Hände.

„Das ist total lieb, ich möchte das lieber alleine machen." Die beiden sahen betreten drein. „Aber es wäre nett, wenn ihr mir die Koffer hinlegen und öffnen könntet. Das ist doch etwas schwer für mich!"

„Na klar!" Thea stürzte ins Zimmer und legte die Koffer so nebeneinander, dass Hannah beide parallel auspacken konnte.

„Super! Ich trinke jetzt in Ruhe meinen Tee, mache mir gute Musik an und dann lege ich los. Macht euch keine Gedanken, wir sehen uns morgen früh!"

„Dann hat sich auch unsere Frage erledigt, ob du mit uns heute Abend unten einen Film anschauen möchtest. Es ist nämlich Kino-Donnerstag."

„Nächste Woche, versprochen!"

„Egal welcher Film?"

„Egal welcher Film! Gute Nacht!" Die beiden Frauen vertieften sich in die Unterhaltung über den Thriller, der in einer halben Stunde begann, und überließen Hannah sich selbst. Sie fiel mit einem Seufzer auf ihr Bett und betrachtete die Kofferinhalte. Sie würde auf keinen Fall alles heute ausräumen, das hatte Zeit. Der Kulturbeutel blitzte hervor und sie zog ihn heraus. Olympia war einfach die Beste, dachte Hannah. Die wichtigsten Dinge lagen oben auf, oder waren sichtbar gepackt. Das Buch legte sie auf ihren Nachtisch, das Armband legte sie an. Ein kleines Päckchen mit Briefen steckte im Netz, das legte sie auf den Schreibtisch, um sie am nächsten Tag zu lesen. Sie schlüpfte in ihren Schlümpfe-Pyjama und die Hausschuhe. Die eigene Kleidung schenkte ihr ein Stück Menschsein zurück. Kein Krankenhaushemdchen, keine geliehene Kleidung oder wahllos bestellte, nein, ihre persönlichen Dinge hatten ihr gefehlt, wie sie nun bemerkte. Im zweiten Koffer lag ihr geliebtes Kopfkissen obenauf. Sie schlüpfte unter die Decke, nippte an ihrem Minztee und wählte Olympias Nummer. „Hey, Liebes, hast du die Koffer bekommen?"

„Danke, Olli!", schluchzte Hannah in die Leitung. „Du hast wirklich an alles gedacht! Selbst der kleine Teddy von meiner Taufe lag drin! Ich könnte dich umarmen!"

„Kannst du machen, wenn ich komme!" Olympias Stimme klang belegt. „Hör auf zu heulen, Süße, dann heule ich auch!"

„Tust du doch schon längst!" Hannah lachte und weinte gleichzeitig. „Ich glaube Gero hätte an all' die wichtigen Kleinigkeiten nicht gedacht. Selbst wenn wir noch zusammen gewesen wären. Sein Koffer wäre praktisch gewesen und ich hätte sicherlich genug Kleidung gehabt, aber die Herzenswärmer hätten gefehlt!"

„Danke für dein Loblied, Liebes, aber du hättest das auch für mich getan! Aber jetzt etwas anderes, hast du die Briefe schon entdeckt?"

„Ja, ich lese sie aber erst morgen, ich habe da heute keine Energie mehr für. Du hast nicht zufällig meinen Thermobecher eingepackt?"

„Doch habe ich!" Hannah konnte Olympia durch die Leitung grinsen hören. „Gero hat vielleicht geguckt, als ich an den Küchenschrank bin und deine Lieblingstasse und den Becher rausgeholt habe. Ich dachte mir, du kannst dir vielleicht einen Wasserkocher bestellen und dann auf deinem Zimmer Wasser abkochen, wegen deinem rauen Hals, du weißt schon!"

„Hier drin ist das Abkochen leider verboten, aber ich kann mir vom Automaten aus dem Speisesaal Wasser mit hochnehmen, das ist kein Problem!" Hannah gähnte laut. „Ich muss jetzt schlafen, ich bin fix und fertig!"

„Ja mach' das. Ich habe noch ein Telefondate!"

„Erzähl' mir morgen davon, ja?" Hannah fielen die Lider zu. „Bestelle Bonifacio viele Grüße von mir und sage ihm, hier ist es genau wie in dem Buch!" Hannah fiel das Handy aus der Hand. Die Müdigkeit hatte sie endgültig übermannt.

Der nächste Morgen begann mit Nebel draußen und Kopfschmerzen bei Hannah. Das muss der Klimawechsel sein, dachte Hannah und nahm eine Schmerztablette. Eine für alles! Das Frühstück hatte sie ausfallen lassen. Der Koffer hatte selbst gebackene Kekse von Olympias Mutter hervorgebracht, die sie mit einem Kaffee auf ihrem Balkon genossen hatte.

Der Windhauch trug den Duft von Frühling und sie hielt ihre Nase hinein. Das Meer war nicht zu sehen, die graue Suppe hatte es völlig verschluckt. Ob Christen bei diesem Wetter die Fähre sicher von Hafen zu Hafen fuhr? Und wieso spukte ihr der Kapitän durch den Kopf? Sie band sich ihr Kopftuch um und suchte das Schwesternzimmer auf. Auf dem Flur kam ihr Dr. Hammann entgegengeeilt.

„Guten Morgen, Frau Keil, das ist ja schön, dass ich Sie treffe. Ich habe gerade einen Zettel unten in Ihr Postfach geworfen."

„Guten Morgen, da habe ich noch gar nicht reingeschaut!"

„Sollten Sie aber mindestens einmal, besser zweimal am Tag. Die Behandlungspläne ändern sich dauernd und werden neu angepasst. Spätestens abends nach 19 Uhr sollten Sie noch mal runtergehen und nachschauen. Aber für meinen Zettel wäre heute Abend definitiv zu spät. Ich soll Ihnen nämlich vom alten Dänen ausrichten, dass er mit Ihnen heute Nachmittag Ostfriesentee trinken möchte." Hannah runzelte die Stirn.

„Der alte Däne?"

„Christen Arendonk!"

Hannah errötete. „Ach so. Ja …"

„Er holt Sie um 16 Uhr ab, er meinte, Sie müssten noch ein Versprechen einlösen." Die Röte in Hannahs Gesicht vertiefte sich. Sie nickte hastig. Als sich die Tür zum Schwesternzimmer öffnete und ein älterer Herr heraustrat, nutzte sie die Gelegenheit.

„Ich muss jetzt leider weiter! Danke, dass Sie mich informiert haben!" Dr. Hammann nickte ihr zu und Hannah verschwand in den Wundraum.

Kunsttherapie empfand Hannah als gewöhnungsbedürftig. Ihr Fokus hatte immer auf dem Sport gelegen, eine künstlerische Begabung besaß sie nicht, dachte sie. Frau Meurer lobte sie sehr. Die Kunsttherapeutin fand ihr erstes Bild ‚voller Tiefe und eine Offenlegung an Emotionen'. Hannah hängte das Bild, mit zwei Stecknadeln aus dem Kunstraum, über ihren Schreibtisch unter die Landkarte. Mit Grafit gezeichnete Linien zogen sich über das DIN A3 Blatt, dazwischen leuchteten Tupfer aus blauem Aquarell. Hannah verstand nicht viel von Kunst, aber das Zeichnen erfüllte sie mit Zufriedenheit und hatte ihr einen völlig leeren Kopf beschert. Für eine Dauer von vierzig Minuten zogen die Sorgen von dannen. Sie wusch die Schwärze von den Händen und suchte sich frische Kleidung aus dem

Schrank ohne Grafit-Flecken. Sie zog sich eine Bluse an, die an ihrem Körper schlackerte. Dazu eine Yogahose, die nicht über ihre Wunden rieb.

Auf dem Weg zur Bewegungstherapie klingelte ihr Telefon. „Mama! Schön, dass du anrufst! Wie geht es dir und Papa?"

„Deswegen rufe ich an!" Hannah nahm die Treppe, im Aufzug verlor sie regelmäßig den Empfang. Stufe für Stufe stieg sie hinab.

„Was ist denn los?"

„Papa ist im Krankenhaus. Das Antibiotikum schlägt nicht an und nach ein paar Tagen Besserung wurde es ad hoc wieder schlechter. Ich habe einen Krankentransport bestellt. Ich wollte dir nur Bescheid sagen, sorge dich nicht. Die Ärzte bekommen die Lungenentzündung in den Griff." Im vierten Stock setzte sie sich auf eine Bank und atmete tief durch. Die Nachricht und die ungewohnte Bewegung raubten ihr den Atem.

„Mama, ich höre doch, dass du dir Sorgen machst. Sag, wie schlimm ist es wirklich?" Ihre Mutter weinte leise ins Telefon und Hannah biss sich auf die Lippen.

„Sie haben ihm ein Atemgerät aufgesetzt, dahinter ist dein Vater einfach verschwunden, schrecklich." Frau Keil weinte lauter und die Worte kamen nur noch abgehackt.

„Ich … weiß … nicht … was ich … tun soll. Wir sind doch jetzt seit vierzig Jahren verheiratet. Wenn er mich jetzt verlässt …"

„Papa ist viel zu stur, um uns zu verlassen, Mama." Hannah räusperte sich. „Fährst du gleich in die Klinik?"

„Ja."

„Dann rufe mich bitte an, wenn du zurück bist."

„Mach ich!"

„Die päppeln Papa wieder auf, wirst sehen, der kommt in Topform zurück nach Hause!"

„Danke, Kind!"

„Tschüss, bis dann." Hannah legte auf und drückte den Aufzugknopf. Auf dem Weg in den Keller schluckte sie mehrfach. Ein dicker Klumpen hatte sich in ihrem Hals gebildet.

Frau Aster begrüßte sie, als würden sie sich bereits lange kennen. Hannah fühlte sich wohl bei der Physiotherapeutin, sie vermittelte Sicherheit und Kompetenz.

Etwas, was Tom aus der Firma völlig fehlte. Sein Büro war die Definition von Chaos. Seine Gedanken und Ideen wirbelten wie ein Tornado durcheinander. Seine Vorschläge basierten auf fundiertem Wissen. Die Kunden sahen diese in all dem Durcheinander leider nicht und so war es häufig Hannah überlassen, die Kompetente in Geschäftsgesprächen zu mimen. Ihre Kenntnisse entsprachen denen von Tom, doch das Kreativitäts-Sahnehäubchen floss aus seiner Feder. Hannah sorgte sich, dass die Firma den Bach runter ging, wenn sie länger wegblieb. Sie nahm sich vor, am Spätnachmittag im Büro anzurufen. Viel zu lange stand dieses Gespräch schon aus.

Frau Aster bat sie im Stuhlkreis Platz zu nehmen.

„Das ist die Hockergruppe und wir heißen Sie herzlich willkommen in unserem erlesenen Kreis!" Die drei Frauen und vier Männer lachten und winkten Hannah freundlich zu.

„Hier sind die frisch operierten Patienten, deren Körpern wir nicht so viel zumuten möchten. Daher machen wir alle Übungen im Sitzen!"

Hannah schwitzte, wie noch nie zuvor in ihrem Leben.

„Das kann doch gar nicht wahr sein!" Der Herr neben ihr beugte sich zu ihr rüber.

„Frau Aster kann einen ganz schön triezen, aber keine Bange, ihre Muskeln gewöhnen sich wieder dran!" Er zwinkerte ihr zu und schwang den Holzstock von der rechten in die linke Hand.

„Ich habe das Gefühl, jede Koordination verloren zu haben. Und das Gefühl obendrein."

„Vielleicht möchten Sie einmal die Handschuhe ausziehen, dann haben Sie einen besseren Griff für die Stange!" Die Gruppe starrte sie an, die Übungen hatten sie eingestellt.

„Ich … ich weiß nicht." Hannah umklammerte den Stock. Sicher, Frau Aster hatte Recht. Wenn sie ohne Handschuhe arbeitete, konnte sie fester zupacken. Aber dann würde jeder ihre Entstellungen sehen. Der Augenblick dehnte sich in die Länge. Die Frau schräg gegenüber zog sich den Pullover über den Kopf. Hannah sah sie mit weiten Augen an.

„Dann fange ich einfach mal an!" Die Frau saß da im Tanktop, ihre roten Haare schob sie zurück, sodass die Gruppe freie Sicht auf die unzähligen Narben hatte. Hannah schwindelte es. Die Frau war ihr Spiegelbild! Ihren

Oberkörper zierten großflächige Brandwunden. Mehrere Geschwulste prangten auf ihren Schultern und ein Gitter-ähnliches Geflecht zog sich vom Brustansatz über ihren Hals nach hinten zum Rücken. Sie lächelte Hannah an.

„Nur die Handschuhe, sonst sind hier die Übungen für die Katz!"

„Frau Cremer ist schon seit drei Wochen bei uns im Haus, wie es aussieht, schlagen die Therapien an." Hannah runzelte die Stirn. „Das bedeutet selbstverständlich nicht, dass Sie sich hier in drei Wochen ausziehen müssen!" Sie wandte sich an Frau Cremer. „Aber ich weiß ihre Geste sehr zu schätzen, vielen Dank!" Die anderen im Stuhlkreis nickten voller Anerkennung.

„Dann muss ich jetzt wohl auch!" Frau Aster schüttelte den Kopf.

„Bitte fühlen Sie sich nicht gezwungen!"

„Ich möchte gut mitmachen können, und wenn das bedeutet, die Handschuhe ausziehen zu müssen …" Der Mann neben ihr klopfte sich auf die Schenkel.

„Wir sind schon ein toller Haufen!" Kurzerhand zog Hannah die Handschuhe aus und ließ sie neben den Hocker fallen. „Damit müsst ihr jetzt leben!" Röte stieg ihr ins Gesicht. Dieses Mal tanzten Schmetterlinge in ihrer Brust. Das Gefühl von Befreiung stieg in ihr auf.

Nach dem Mittagessen legte sich Hannah für eine Stunde ins Bett. Die Gedanken an ihren Vater verhinderten, dass sie einschlief, sie döste ein bisschen, stand schließlich auf und zog sich zum dritten Mal an diesem Tag um. Bereits um 15.30 Uhr stand sie vor dem Hauptportal. Dick eingepackt in ihre Wintersachen. Der Wind umstrich sie spielerisch und sie genoss die vereinzelten Sonnenstrahlen. Noch hatten sie keine Kraft und konnten ihrer Haut nicht schaden. Das würde sich spätestens im Sommer ändern. Sie lehnte sich an das hüfthohe Mäuerchen. Mehrfach hatte sie das Smartphone hervorgezogen, ihre Mutter hatte noch nicht angerufen. Die Liste der Telefonanrufe, die sie gegen Abend noch tätigen musste, wurde immer länger. Eine Fahrradklingel bimmelte und Hannah zuckte zusammen.

„Moin, min Deern!"

„Hallo, Christen!"

Der Kapitän stieg vom Rad und bedeutete Hannah aufzusteigen. Hannah grinste in sich hinein. Als klassischer Norddeutscher machte man wohl nicht viele Worte. Wie am Vortag drehte er den Sattel runter und half Hannah aufzusteigen.

„Die Kopfsteinpflaster lassen wir heute besser, was?" Er lenkte das Rad zum Deich und schob es hinauf.

„Ich kann auch absteigen!"

„Das ist gar kein Problem, als Seefahrer bin ich da ganz anderes gewohnt."

„Dann sind Sie nicht immer Kapitän einer Fähre gewesen?" Christen schüttelte den Kopf und sah auf das Meer hinaus.

„Ich habe viele Jahre in der dänischen Marine gedient und Kreuzfahrtschiffe über die Meere gesteuert."

Hannah wartete, dass er seine Geschichte ausführte, aber der Kapitän blieb stumm. Aber warum sollte er auch ausführlich erzählen, wenn doch Hannah bisher kein Sterbenswörtchen über sich selbst preisgegeben hatte. Er wusste von ihr nur, dass Hannah Norderney-Krimis las und überall einschlief. Christen schob das Fahrrad Richtung Hafen oben auf der Strandpromenade entlang.

„Es gibt noch eine Christen-Weisheit!"

„Noch eine!" Hannah lachte leise. „Und die wäre?" Christen hielt das Rad an. „Wenn man Wasser sieht, musst man die Füße reinhalten!"

„Das meinen Sie doch jetzt nicht ernst?" Christen zuckte nur mit den Schultern.

„Absteigen!"

„Aye, Sir!"

Er half ihr vom Sattel und stellte das Rad an die Laterne. Christen bemerkte ihren Blick.

„Das klaut keiner! So, und jetzt Schuhe und Socken aus!" Er hatte sich seiner Fußbekleidung bereits entledigt und die Sachen in den Sand gestellt.

„Das Wasser ist eiskalt!" Christen grinste sie an und die Lachfältchen ließen seine Augen strahlen. Hannah seufzte theatralisch.

„In Ordnung!" Nicht ganz so elegant wie der Kapitän zog sie sich die Schuhe und die Socken aus. In stillem Einvernehmen stapften sie durch den Sand. Die Körner massierten ihre Füße. Die feuchte Kühle zog in die Waden, da der restliche Körper dick eingemummelt war, bildete der

Wärmeunterschied einen angenehmen Kontrast. Christen hatte offenbar bewusst die schmalste Stelle gewählt, denn sie näherten sich dem Wasser schon nach ein paar Metern. Die Flut tat ihr Übriges dazu. Bevor Hannah sich versah, hatte Christen sie ins knöcheltiefe Wasser gezogen. Die Eiseskälte bohrte sich wie Nadelstiche in ihre Zehen, Füße und Waden.

„Und jetzt wie ein Storch waten! Fördert die Durchblutung!"

„Das erinnert mich an Kneipp!" Christen nickte und führte sie parallel zum Strand entlang.

„Ist für alles gut! Immunsystem, Kreislauf, suchen Sie sich etwas aus! Sie können es brauchen!" Hannah atmete auf, als er auf den Strand zuhielt.

„Genug für heute!" Hannahs Haut kribbelte und sie bewegte die Zehen, um wieder warm zu werden.

„Steigen Sie so in die Socken!"

„Noch eine Christen-Weisheit?"

„Nein, eine Kur-Weisheit!"

„Na dann …"

Hannah stieg mit ihren nassen Füßen in die Socken und in die Schuhe. Wenigstens den Sand hatte sie weitestgehend abstreifen können.

„Sehen Sie, das Rad ist noch da!"

„In meiner Heimat wäre es längst weg gewesen!" Der Kapitän schüttelte den Kopf.

„Komische Leute!" Er bog vom Strand ab und folgten dem Wegweiser Richtung ‚Norderneyer Teehus'. Sie liefen einen kleinen gewundenen Pfad entlang und blieben vor einem gedrungenen Häuschen stehen.

„Die Teestube ist nur bei besonderen Anlässen geöffnet. Kurgäste nehmen hier an einer Teezeremonie teil." Hannah folgte ihm in die Stube. Rundum standen auf Regalbrettern alte Teekannen, antike Teeservice und viele andere Gegenstände aus Großmutters und Urgrossmutters Zeiten. Drei lange Tische mit Plastiktischdecken füllten den Raum in Gänze aus. Die hinteren beiden besetzte eine Gruppe Touristen. Christen half Hannah aus ihrem Mantel und hängte ihn an einen Haken im Eingangsbereich. Seinen dunkelblauen wollenen Kurzmantel hängte er daneben. Dann zog er Hannah einen Stuhl am ersten Tisch zurecht. Eine ältere Frau mit verschmitztem Lächeln und in eine klassische friesische Tracht gekleidet kam zu ihnen an den Tisch. Sie stellte ein Stövchen und zwei zierliche Porzellantassen samt Unterteller vor ihnen ab.

„He, Christen!"

„He, Antje!"

„Tee kommt sofort. Schnackt solange!" Sie schob ein Tellerchen mit drei Plätzchen vor Hannah. Hannah lachte.

„Ich hatte schon Kekse zum Frühstück!"

„Aber das ist Antjes Teegebäck! Das ist keine Mahlzeit, sondern ein Genuss!"

„Das glaube ich gern!" Er sah sie unter seinen buschigen Augenbrauen an.

„Warum frühstücken Sie Kekse?"

„Weil Sie mich an mein Zuhause erinnert haben!"

„Das ist ein außerordentlich guter Grund!" Damit schien alles für ihn gesagt. Antje kam mit einer geblümten Teekanne und stellte sie auf das Stövchen. Daneben platzierte sie ein Schüsselchen mit Kluntjes und ein noch kleineres Schüsselchen mit Sahne. Auf eine Serviette legte sie einen Löffel, den Hannah so noch nie gesehen hatte.

„Bei Christen sind Sie in guten Händen, ich gehe dann mal zu den Touristen und erkläre, wie man richtig Tee trinkt!" Christen fasste nach der Zange und legte Hannah zwei Kluntjes in die Tasse und goss Tee darüber. Zum Schluss nahm er den seltsamen Löffel und gab exakt einen Tropfen Sahne in den Tee. Kleine Wölkchen bildeten sich und der Duft des Schwarztees zog in Hannahs Nase.

„Beizeiten erzähle ich Ihnen gerne alles über die richtigen Tee-Ziehzeiten, jetzt genießen wir." Er klaute Hannah ein Gebäckstück und nippte an seinem Tee. Christen schloss die Augen und schien die Welt um sich zu vergessen. Hannah hatte noch nie einen Mann getroffen, der so verwurzelt war mit dem Augenblick wie der Kapitän. Das Jetzt war gut. Hannah lächelte vor sich hin.

„Min Deern", sagte er mit geschlossenen Augen, „Sie trinken ja gar nicht." Hannah verging das Lächeln. Daran hatte sie nicht gedacht. Zum Trinken musste sie den Schal abnehmen. Die Stube hatte sich bereits durch die vielen Körper aufgeheizt und Hannah schwitzte unter dem Tuch.

„Ich kann nicht!" Wenn er sie sah, würde er schreiend davonlaufen, und aus irgendeinem Grund wollte Hannah nicht, dass er ging. Christen schlug seine Augen auf und das Stahlblau schien bis in die Tiefen ihrer Seele vorzudringen. Er hielt ihren Blick gefangen. Er schob seinen Stuhl zurück.

„Entschuldigung!" Hannah saß wie erstarrt da. Ein Lächeln zupfte an seinen Lippen.

„Ich möchte bitte Plätze tauschen, die Touristen im Rücken sind mir unangenehm!" Hannah saß wie festgeklebt, dann gab sie sich einen Ruck und erhob sich ebenfalls. Sie tauschten die Sitzplätze.

„So ist es viel besser! Ich muss doch wissen, welches Völkchen meine geliebte Insel besucht." Er nickte und nippte am Tee.

„Danke!", hauchte Hannah und zog sich langsam den Schal herunter. Der Großteil ihres Gesichtes lag nun völlig frei. Zeigte jedes Pflaster, jede Narbe, ihr ganzes Entstellt-Sein. Sie beobachtete seine Bewegungen. Wenn er jetzt aufstand und ging, hätte sie es verstanden. Christen sah sie einfach nur an. Er nickte und nippte am Tee.

„Schmeckt er Ihnen?"

„Der Tee? Ja, sehr!" Und das tat er tatsächlich. Wie Samt floss er ihren Rachen hinab und wärmte sie von Innen.

„Das ist der beste Tee der Welt - unser Ostfriesentee!" Seine Augen leuchteten bei den Worten und Hannah verstand, warum er mit ihr Tee trinken wollte. Diese Zeremonie war so viel mehr als ein schnell gekipptes Bier. Er hatte ihr Zeit geschenkt. Und einen Moment, der ihm besonders wichtig war. Hannah fragte sich, wieso.

„Min Deern, es zieht ein Gewitter auf und wir machen uns besser auf den Weg zu Ihrem vorübergehenden Wohnsitz." Hannah sah nach draußen. Für sie sah es nicht nach einem Unwetter aus.

Christen folgte ihrem Blick und sagte: „Die Nase juckt!" Mehr nicht, damit war alles gesagt. Die Nordsee rollte auf den Strand und der Wind trug Sandkörner mit sich. Hannah kniff die Augen zusammen. Innerhalb von zehn Minuten hatte die Windstärke deutlich zugenommen.

„Kommen wir sicher nach Hause?" In der Ferne türmten sich schwarze Wolken und verdrängten die letzten Strahlen der Sonne. Hannahs Telefon klingelte.

„Können wir bitte kurz anhalten, das ist bestimmt meine Mutter."

„Wir brauchen nicht anhalten, telefonieren Sie ruhig!" Er sah auf die See hinaus. Er wirke nicht besonders besorgt, aber Hannah war sicher, dass er sie vor dem Gewitter absetzen wollte. Sie zog ihr Handy aus der Tasche und ging dran.

„Hallo Mama, wie geht es Papa?"

„Er bekommt jetzt eine Kombination von Antibiotika, das soll besser helfen!"

„Was macht er denn für einen Eindruck auf dich?"

„Er ist zuversichtlich und hat mich beruhigt!" Sie lachte leise. „Die Ärzte denken, sie bekommen die Lungenentzündung in den Griff. Bei uns Alten dauert das alles nur länger als bei euch jungen Menschen!" Hannah schnaubte.

„Außer man heißt Hannah Keil, dann ist das eine ganz andere Hausnummer!"

„Ach, Schatz, so war das doch nicht gemeint."

„Das weiß ich doch, Mama! Meldest du dich morgen noch einmal? Oder wenn es wichtige Neuigkeiten gibt?"

„Wir sprechen morgen, ich verstehe dich nur noch ganz schlecht!"

„Hier kommt ein Sturm auf!"

„Dann aber schnell rein mit dir! Du sollst dich bei so einem Wetter nicht da draußen alleine rumtreiben."

„Schon gut, wir sprechen uns morgen?"

„Gute Nacht, Kind!"

„Tschüss, Mama!"

Christen hatte bestimmt alles mitgehört, aber er verzog keine Miene. Er schob sie bis vor das Hauptportal und Hannah stieg ab.

„Vielen Dank, Christen, für diesen besonderen Nachmittag!"

„Schön, dass Ihnen der Ostfriesentee geschmeckt hat, und vergessen Sie nicht regelmäßig Ihre Füße ins Wasser zu halten. Das wird Ihre Stärke noch unterbauen, denn stark sind Sie, das können Sie mir glauben." Hannah knetete ihre Finger. Stärke würde ihr nicht als federführende Eigenschaft, zumindest im Moment, einfallen. Offensichtlich sah Christen etwas in ihr, was sie selber nicht erkennen mochte. Er nahm ihre Hand in seine und hielt sie fest, als wäre sie eine Feder.

„,Glück ist keine Station, bei der man ankommt, sondern eine Art zu reisen.' Das sagte Runbeck und ich schenke Ihnen die dänische Runbeck-Weisheit!" Hannah drückte seine Hand.

„Das ist wunderschön!" Noch immer hielten sich ihre Hände, eine hauchzarte Berührung, schöner als Hannah einen Händedruck jemals zuvor empfunden hatte. Regen setzte ein und eine Bö stieß Hannah Richtung Haupteingang und ihre Hände lösten sich voneinander.

„Wir sehen uns wieder!" Christen schwang sich auf sein Rad.

„Schlafen Sie gut, Hannah!"

„Sie auch, Christen!"

Kapitel 13

Es stürmte bereits den dritten Tag in Folge und das Wetter schlug auf Hannahs Gemüt. Die Sonne zeigte sich kaum und das Meer rollte in hohen Wogen auf den Strand. Trotz der Unbilden des Wetters hatten am Morgen einige Patienten den Weg zur Kirche auf sich genommen. Da sich das Gotteshaus nur wenige Schritte von der Klinik entfernt befand, ging Hannah mit ihnen in die Messe. Während der Predigt schweiften ihre Gedanken ab. Draußen prügelten Regentropfen auf die Fensterglasscheiben ein. Und die Gedanken auf Hannah. Was hatte sie Gott getan? Hörte er überhaupt noch ihr Flehen? Sah er wie schlecht es ihr ging? Wie hatte er den Unfall zulassen können? Hannah sah über die Köpfe der Gläubigen hinweg auf das Kreuz, das im Altarraum hing. Hannah dachte an Christen. Warum hatte er sich in den letzten Tagen nicht gemeldet? Jeden Morgen und jeden Abend war sie an ihr Postfach gerannt und hatte nachgesehen, ob dort Post von ihm lag. Nichts. Hatte ihn doch der Ekel gepackt, als er ihr Gesicht gesehen hatte? Nein, er war kein Schauspieler und er war ein Mann, der sagte, was er meinte. Es musste etwas passiert sein.

Hannah betrachtete den hängenden Jesus über dem Altar. Er litt, seine Gesichtszüge schrien den Schmerz hinaus. Warum mussten so viele Menschen leiden? Die Reha war ein Hort des Leides. Hannah ertrug es nicht mehr, sich in der Kirche aufzuhalten und schloss ihre Jacke. Sie schlug das Kreuzzeichen und verließ die Bank. Ein starkes Ziehen im Rücken raubte ihr für einen kurzen Augenblick den Atem. Sie wartete, bis es abebbte, dann huschte sie zum Ausgang und verließ die Messe.

Der Wind presste sich gegen sie und Hannah hatte Mühe sich dagegen zu stemmen. Ihr fehlte Kraft und Energie. Sie ging nah an der Häuserwand entlang, blieb immer wieder stehen und holte Luft. Der Weg zurück in die Klinik glich einer Zerreißprobe und sie fragte sich, ob Gott sie für ihre Gedanken strafte. Ihre Mutter würde sagen, dass dem nicht so war und sie Gottes Liebe im Herzen tragen sollte.

Dafür wog Hannahs Herz im Augenblick zu schwer. Sie wollte nicht zweifeln, doch zu viel geschah, was sie nicht verstand, und sie suchte jemanden, der Schuld daran trug. Der Wind ließ nach und Hannah atmete auf. Sie zog sich die Rampe hoch und schüttelte den Regen von der Jacke, bevor sie die Klinik betrat. Sie ließ sich aufs nächstliegende Sofa fallen. Das Smartphone vibrierte. Olympia!

„Hi!", brachte Hannah hervor, ihr Puls raste.

„Es sollte eigentlich eine Überraschung werden."

„Was denn?"

„Ich sitze in Norddeich fest!"

„Oh!"

„Ja, ich wollte dich besuchen kommen. Die Fähren gehen auch, aber ich traue mich nicht!" Hannah schmunzelte. Ihre Freundin traute sich etwas nicht, das war so selten wie ein Sechster im Lotto.

„Die See ist viel zu stürmisch!", jammerte Olympia. „Selbst wenn die Überfahrt nur zwei Minuten dauern würde, würde ich erbrechen, brechen, brechen …"

„Ich habe schon verstanden, was du mir sagen willst!" Hannah schälte sich aus der nassen Jacke und legte sie sich über den Arm.

„Laut Wetterbericht wird es übermorgen besser, dann komme ich!"

„Mensch, das wäre so toll, ein bekanntes Gesicht zu sehen! Ein bisschen kann ich dir hier auch schon zeigen, aber nicht viel. Vielleicht können wir auf der Marienhöhe einen Kaffee zusammen trinken. Der Ausblick von da oben ist Wahnsinn! Und der Kaffee erst."

„Jetzt läuft mir das Wasser im Mund zusammen! Aber hier in der Pension ist er auch nicht schlecht. Meine Mutter bringt mich um, wenn ich noch ewig von der Konditorei wegbleibe. Aber was macht man nicht alles für seine beste Freundin! Hast du die Briefe gelesen?"

„Noch nicht alle. Die Karte von meinen Leuten aus der Firma war ganz süß. Sie machen sich Vorwürfe, wo sie sich keine zu machen brauchen. Allerdings besorgt mich, wie es im Unternehmen läuft. Die Unterlagen mit den Unterschriften von den Deals waren alle in meinem Auto und sind verbrannt. Stan läuft im Moment von Pontius nach Pilatus und versucht die Abschlüsse zu verifizieren oder zu erneuern. Es gab auch Absprünge, Stan wollte mir nicht schreiben, wie viele. Offenbar hing die Unterschrift mit meiner Person zusammen und jetzt bin ich nicht im Büro erreichbar. Das haben einige Kunden zum Anlass genommen, die Kooperation noch einmal zu überdenken. Das ist traurig, ich hatte mir so viel Arbeit mit der Präsentation auf dem Messestand gemacht. Das frustriert mich. Ich habe mit Stan lange telefoniert, aber als Mitbegründerin fehle ich an allen Ecken."

„Trotzdem musst du dich erst um dich kümmern! Es bringt keinem etwas, wenn du nach ein paar Tagen bei der Arbeit zusammenklappst."

„Hast du das von meinem Vater gehört?" Hannah zog sich die Treppe hoch.

„Der wird schon wieder! Im Krankenhaus muss er seine Medikamente nehmen, da kann er sich nicht der Autorität der Ärzte verweigern!"

„Ich hoffe, du hast Recht, Mama klang so bedrückt. Ich muss jetzt in den Aufzug, sonst fallen mir die Beine ab. Wir sprechen später, dann erzähle ich dir auch von Christen!"

„Deine neue beste Freundin?" Die Aufzugtür schloss sich und der Empfang wurde unterbrochen.

Hannah schleppte sich in ihr Zimmer und sank auf ihr Bett. Sie legte sich auf die Seite, um den Rücken nicht zu sehr zu belasten. Sie fingerte nach dem Glas auf dem Nachttisch und drückte zwei Schmerztabletten aus dem Blister. Nein, Christen war nicht ihre neue beste Freundin. Eher ein Mysterium.

Ein Knall hallte durchs Haus, dann noch einer und noch einer. Das Licht flackerte und erlosch. Bitte, kein Stromausfall, dachte Hannah. Sie legte ihren Kopf auf ihr Kissen. Sie schloss die Augen und fiel in einen Zustand zwischen Wachen und Schlafen. Der Rücken ließ sie nicht zur Ruhe kommen und Hannah suchte in der Schublade nach einem alternativen Mittel gegen Schmerzen. In dem Apothekenbeutel fand sie ein Opiat. Sie rollte die Pille zwischen ihren Fingern hin und her, unschlüssig ob sie sie einnehmen sollte. Der Messerstich in ihrem Rücken nahm ihr die Entscheidung ab. Sie kuschelte sich in ihre Decke und wartete, dass das Medikament anflutete. Dieses Mal fand sie den Schlaf, den sie so dringend brauchte.

Hannahs Wecker klingelte und sie schreckte hoch.

„Autsch!" Hannah rieb sich die Augen. Ihr Magen knurrte und Schmerzmittel auf einen leeren Bauch vertrug ihr Körper nicht. Versuchsweise drückte sie den Lichtschalter und die Deckenleuchte ging an. Sie rappelte sich auf, schlurfte ins Bad und wusch sich mit einem Lappen das Gesicht. Mit dem Zeigefinger tupfte sie Salbe auf die roten Stellen an Wangen, Ohren und dem Hals. Das verstrubbelte Haar kämmte sie durch und legte es über die kahlen Stellen am Kopf. Am Haken hing das ausgewaschene Kopftuch. Für ihr Empfinden hing noch zu viel Feuchtigkeit im Stoff und sie drehte die Heizung auf. Im Schrank wühlte Hannah nach dem Ersatz. Das Schachbrettmuster eines Tuches gefiel ihr und sie band es um. Es klopfte an der Tür. „Ich komme!" Flora und Thea holten sie ab. Die beiden waren wie zwei Mütterchen, die sich sorgten. Die Kümmer-Gene waren hoch ausgeprägt und Hannah ein williges Opfer.

„Sonntags gibt es immer Eintopf!" Thea zog einen Flunsch.

„Magst du keinen?"

„Doch, aber ich werde nie satt!" Flora knuffte Thea in den Oberarm.

„Dann isst du eben zwei Portionen vom Schoko-Pudding und heute Nachmittag kannst du mein Stück Kuchen haben!" Hannah zog ihre nicht mehr vorhandene linke Augenbraue hoch.

„Nachmittags gab es doch noch nie etwas."

„Das ist auch für den Sonntag vorbehalten. Wer möchte, kann Spiele mitbringen und es wird gebastelt oder Bingo gespielt."

„Ich mag sehr gerne Brettspiele, wie Siedler von Catan, Mensch ärgere Dich nicht, Spiel des Lebens. Kartenspiele sind nicht so meins, außer Mau Mau." Im Brustwirbelbereich pochten die einzelnen Nervenstränge und Hannah rieb mit ihrer Hand darüber, um das Gefühl zu vertreiben.

„Ich bring dir das Tablett an den Tisch!", sagte Flora. „Ein oder zwei Bockwürste?"

„Gar keine. Oder doch, und dann gibst du sie Thea!"

„So machen wir das!" Hannah schlurfte Thea zum Tisch hinterher und Flora lud am Buffet das Essen auf die Teller. Mit einem Stöhnen ließ sich Hannah auf den Stuhl nieder.

„Morgen muss ich zu Schwester Marianne." Thea sah von ihrem Orangensaft auf.

„Ich glaube, die hat frei. Aber Schwester Susanne ist da." Thea verzog ihr Gesicht zu einer Grimasse. „Ich bin froh, dass ich keine Wundversorgung brauche, die ist so … hart." Hannah ließ sich zurücksinken.

„Nicht das auch noch! Aber ich kann nicht schwänzen. Mein Rücken fühlt sich einfach nicht richtig an. Danke, Flora!" Die Angesprochene zog ihren Stuhl zurecht.

„Guten Appetit, Mädels!" Hannah löffelte ihre Suppe um des Essens Willen. Hunger verspürte sie keinen. „Ist dir warm, Hannah?" Flora sah sie mit Argusaugen an. „Deine Pupillen sind anders als sonst."

„Ich fühle mich komisch." Sie zuckte mit den Schultern, den Pudding schob sie von sich. Erneut schob sich Übelkeit ihren Rachen hinauf.

„Nimm' du ihn, Thea, ich gehe mich bis zum Nachmittagskaffee hinlegen. Tut mir leid, heute ist mit mir nicht wirklich etwas anzufangen."

Kapitel 14

Das Büro der Psychologin befand sich auf der gleichen Etage wie Hannahs Zimmer. Sie schnappte sich den Thermobecher mit Kaffee und tappte langsam den Gang hinunter. Das Gehen fiel ihr zunehmend schwerer. Der Schmerz nistete in ihrem Rücken und verging nicht, egal welche Dosis Schmerzmittel Hannah zu sich nahm.

Sie war für die erste Sitzung am Montagmorgen terminiert. Gleich im Anschluss musste sie Schwester Susanne aufsuchen. Hannahs Magen grummelte, das Frühstück lag ihr schwer im Bauch. Mit einer Hand stützte sie sich an der Wand ab. Alle paar Schritte hielt sie inne und atmete tief durch. Ihre Lungen brannten, wie nach einem Marathon. Patienten überholten sie, aber niemand sprach Hannah an. Am Ende des Flures bog sie um die Ecke und setzte sich in die Wartegruppe.

„Guten Morgen, Frau Keil, willkommen zu unserer ersten Sitzung!" Hannah sah sich einer Frau gegenüber, die nicht größer als 1,50 m war, und Hannah stellte sie sich vor, wie Frau Dr. Hammann neben Herrn Dr. Hammann stand.

„Guten Morgen", murmelte sie. Wenn sie an das bevorstehende Gespräch dachte, schmerzte ihr Kopf und ihre Gedanken machten dicht.

„Setzen Sie sich! Machen Sie es sich bequem!" Die Psychologin deutete auf einen schwarzen Ledersessel vor ihrem Schreibtisch. Sie knipste die indirekte Beleuchtung an und nahm auf ihrem Bürostuhl Platz. Hannah deutete nach draußen.

„Gehen diese Unwetter auf Norderney immer so lange?" Frau Dr. Hammann sah Hannah an. Sie saßen auf Augenhöhe, der Stuhl musste sehr hochgestellt sein.

„Das Wetter ist auf der Insel sehr eigensinnig, Sie können an einem Tag alle Jahreszeiten erleben."

„Ich mag lieber Wetter, wo ich weit gucken kann. Es kann stürmen, aber ich muss in die Ferne schauen können." Sie knetete ihre Hände. Die Psychologin strich über die Akte, auf der Hannahs Name prangte.

„Das Wetter war Ihnen am Unfalltag nicht gewogen, habe ich gelesen." Hannah schwitzte, Hitze stieg in ihr auf.

„Nein, war es nicht." Draußen jagten die Wolken vorbei und der Regen klatschte ans Fenster. „Es hat geschneit, damals. Eigentlich mag ich Schnee, aber auf der Autobahn hat er mir die Sicht geraubt. Vielleicht war ich mit meinen Gedanken schon zu Hause." Galle stieg aus ihrem Magen auf und sie schluckte hart. „Ich weiß es nicht mehr genau. Es waren nicht viele Autos unterwegs. Ich meine mich zu erinnern, dass plötzlich Bremslichter vor mir auftauchten. Und dann bin ich in die Bremse gestiegen. Ich erinnere mich nicht mehr an viel. Der Kaffee flog durch das Auto." Hannahs Hände zitterten und der Thermobecher bebte. Sie räusperte sich. Ein Schmerz zuckte durch ihren Rücken und sie stöhnte leise auf.

„Lassen Sie sich Zeit mit der Erzählung!" Der messerscharfe Schmerz raste durch Hannahs Rücken und sie hatte das Gefühl, sie stünde erneut in Brand.

„Ich weiß nicht …" Schweißperlen rannen ihr über die Schläfen. „Ich fühle mich nicht gut!" Die Psychologin legte den Kopf schief. Ihr Blick wanderte über Hannahs Körper.

„Sie zeigen starke Reaktionssymptome!"

„Mir ging es letzte Nacht schon nicht besonders gut. Ich habe nicht viel geschlafen. Läuft hier die Heizung?" Hannah wischte sich mit dem

Handrücken unter dem Kopftuch über die Stirn. Die nächste Schmerzspitze bahnte sich ihren Weg vom Steiß bis in Hannahs Nacken und Übelkeit stieg in ihr auf. Sie rutschte im Sessel herunter und Frau Dr. Hammann griff nach dem Telefonhörer. Die Stimme der Psychologin klang dumpf in Hannahs Ohren, die einzelnen Worte verschwammen zu einem Einheitsbrei. Hannahs Sichtfeld schwärzte sich an den Rändern und ihre Hände krampften sich in die Sessellehne. Der Thermobecher rollte über den Boden unter den Schreibtisch.

„Christen", wimmerte sie, dann übermannte sie die Ohnmacht.

Hannah blinzelte. Das grelle Deckenlicht stach ihr in die Augen und sie schloss sie schnell wieder.

„Wo bin ich?", murmelte sie.

„Ganz ruhig, Frau Keil, Sie sind im Krankenhaus, in der Notaufnahme."

„Im Krankenhaus? Aber warum?"

„Sie sind ohnmächtig geworden." Hannah zwang sich, die Lider zu öffnen. Frau Dr. Hammann stand auf ihrer rechten Seite und hielt ihre Hand. „Ich habe den Krankenwagen gerufen. Gott sei Dank waren die Sanitäter schnell zur Stelle. Mein Mann hat Erste Hilfe geleistet. Es tut mir sehr leid. Ich habe Ihre Körpersignale zuerst als eine Abwehrhaltung interpretiert. Sie haben ein Trauma durchlebt, da sind diese Verhaltensmuster nicht ungewöhnlich. Nun, ich habe mich geirrt. Es tut mir sehr leid!"

„Ich hätte besser auf meinen Körper hören sollen. Nach der Sitzung bei Ihnen wollte ich auch zu Schwester Susanne gehen. Ich habe zu lange gewartet." Hannahs Schultern sackten herab.

„Machen Sie sich keine Vorwürfe. Es dauert Zeit, mit einer Erkrankung oder Unfallfolgen umgehen zu lernen. Dafür kommen Sie ja eigentlich zu mir." Die Schiebetür zum Behandlungsraum schwang auf und ein Arzt trat ein.

„Guten Tag, Frau Dr. Hammann hat uns Ihre Unterlagen aus der Reha-Klinik überlassen, und ich habe mir einen Überblick verschafft. Die Frankfurter Uniklinik hat sie in einem entzündungsfreien Zustand entlassen. Aber bei einem Verletzungsbild wie dem Ihren muss man immer damit rechnen, dass sich Entzündungsherde auftun. Manchmal früher, wie bei Ihnen, manchmal aber auch erst viel später. Das liegt nicht an einer schlechten Versorgung. Es tritt auf. Punkt. Ganz einfach. Ihre Temperatur liegt bei 39,6 und ihr CRP-Wert ist durch die Decke geschossen. Wir haben Ihnen Blut abgenommen, als sie bewusstlos waren." Er deutete auf Hannahs Arm. Sie sah hinunter und entdeckte, dass bereits ein Zugang lag. Sie stöhnte und ließ ihren Kopf zurückfallen.

„Die Untersuchung ihres Rückens hat ergeben, dass es eine Teilablösung gegeben hat. Sie müssen Antibiotikum bekommen und eine weitere Haut-Transplantation. Die Stelle ist nicht groß, aber wir müssen uns darum kümmern. Sie wollen weder eine Nekrose noch eine Blutvergiftung riskieren, richtig?" Hannah nickte. Ihr Blick verschwamm und sie versuchte ihren Blick auf den Arzt zu fokussieren. „Es liegt ganz bei Ihnen, ob Sie die Operation hier machen lassen oder wir sie ausfliegen. Ich habe Rücksprache mit dem Chefarzt gehalten und er sagte, wir sind im Stande die Operation hier durchzuführen. Aber wie gesagt, die Entscheidung liegt bei Ihnen."

„Nicht fliegen!" Hannah wurde schlecht bei dem Gedanken, das Unwetter durchfliegen zu müssen. „Ich möchte das hier machen." Der Arzt nickte.

„Dann werde ich alles veranlassen. Der Narkosearzt spricht gleich mit Ihnen, Sie unterschreiben die Papiere, dann operieren wir!" Er eilte aus dem Raum.

Tränen quollen aus Hannahs Augen. Frau Dr. Hammann drückte ihre Hand.

„Ich will das alles nicht!", schluchzte Hannah. „Und schon wieder bin ich ganz allein! Meine Freundin sitzt drüben in Norden fest, meine Familie hat selber Sorgen und mein Freund ist jetzt mein Ex!"

„Sie sind nicht allein, Frau Keil!"

„Ja, Sie sind hier, das freut mich auch, aber es ist trotzdem was anderes. Ich möchte Ihnen nicht zu nahetreten, Entschuldigung."

„Es ist alles richtig, was Sie sagen. Aber Sie sind nicht allein. Zumindest nicht nach der Operation!"

„Nicht?"

„Erinnern Sie sich noch, was Sie in meinem Büro als Letztes gesagt haben?" Hannah verneinte.

„Mein Kopf ist total umnebelt." Frau Dr. Hammann strich Hannah eine Strähne aus der Stirn und sie stellte fest, dass sie kein Kopftuch mehr trug. Resigniert schloss sie die Augen. Da zuckte ein Gedanke durch ihr Gehirn. „Christen!"

„Ja, Christen. Sie haben nach ihm gefragt und ich habe mir erlaubt, ihn anzurufen. Ihr letzter Gedanke galt ihm, ich konnte nicht anders. Im Augenblick steuert er noch die Fähre über den Ozean, aber morgen soll es aufklaren, dann übergibt er das Steuer wieder an seinen Kollegen. Unwetter übernimmt der Däne immer selbst!"

„Deshalb hat er sich auch nicht bei mir gemeldet!" Frau Dr. Hammann lächelte leicht. Flüssigkeit tropfte aus der Infusion in Hannahs Arm. „Ich schaffe das nicht mehr! Ich ertrage nicht noch mehr Narben, noch mehr Schmerzen …" Sie schluchzte so heftig, dass ihr ganzer Körper bebte. Eine Schwester betrat den Raum.

„Ich habe hier die Papiere! Oh, ist etwas passiert?" Hannah konnte vor lauter Weinen nicht sprechen.

„Frau Keil ist gerade ein bisschen überfordert", sagte Frau Dr. Hammann. Die Schwester nickte.

„Schon heute Abend haben Sie es überstanden und dann schlafen Sie sich gesund. Hier an der See heilt alles viel besser!" Sie half Hannah, sich aufzurichten und legte ihr die Unterlagen auf den Schoß. „Bitte an den drei Stellen unterschreiben. Ich habe gesehen, Sie haben eine private Zusatzversicherung, dann kommen Sie nach der Operation in ein schönes Einzelzimmer mit Blick aufs Meer." Sie reichte Hannah einen Stift. Ihre Hand zitterte bei den Unterschriften und ihr fiel der Stift aus den Fingern. Die Schwester sammelte die Zettel ein und legte sie in einen Ordner.

„Der Chefarzt telefoniert noch mit der Uniklinik in Frankfurt. Ich fahre sie jetzt schon einmal hoch." Hannahs Finger krampften sich um die Hand der Psychologin.

„Ich komme noch mit Ihnen rauf, in Ordnung?"

„Danke!", hauchte Hannah. Sie verlor die Kontrolle über das Zittern ihres Körpers und drohte von der Liege zu fallen.

„Ich spritze Ihnen etwas, dann hört das gleich auf!" Hannah beobachtete, wie die Schwester eine Flüssigkeit in die Infusion gab. Es dauerte nur wenige Augenblicke, da breitete sich Ruhe in ihrem Körper aus. Die Schwester fuhr die Trage vor den OP-Saal. „Das ist der Narkosearzt. Beim Herrn Dr. Marquard sind Sie in den besten Händen!" Der Angesprochene löste sich von der Wand und trat an die Liege heran.

„Guten Tag. Dann werde ich Sie mal aufklären."

„Ich weiß eigentlich Bescheid, ich mache das bereits zum unendlichsten Mal."

„Irgendwelche Unverträglichkeiten?"

„Eigentlich keine. Bis auf das Dipidolor, da ist mir immer schlecht von geworden."

„In Ordnung, es gibt Alternativen." Gemeinsam gingen sie den Fragebogen durch. „Dann wären wir soweit!" Hannah schüttelte den Kopf. „Ich kann nicht!"

„Sie schaffen das, Frau Keil!" Die Psychologin beugte sich zu ihr herunter. „Sie schlafen die Narkose aus und morgen ist dann Christen da."

„Können Sie bitte meine Familie informieren? Ich habe mein Handy auf meinem Zimmer in der Reha liegen lassen!"

„Mache ich, die Kontaktdaten haben wir vorliegen. Ich wünsche Ihnen alles Gute!" Sie drückte noch einmal sanft Hannahs Hand und wandte sich zum Gehen.

„Danke!", murmelte Hannah, dann wurde sie in den OP geschoben.

Hannah erbrach. Sie war kaum aus der Narkose erwacht, da überkamen sie Wellen der Übelkeit. Ein Pfleger hielt ihr eine Nierenschale hin. Äderchen platzten in ihren Augen vor Anstrengung. Hannahs Brust krampfte. Sie würgte Galle hoch. Es war, als stülpte sich der Magen auf links. In ihm herrschte völlige Leere, umso schmerzhafter würgte sie die Galle hoch. Ihr Gesicht lief hochrot an und die Adern an ihrem Hals traten hervor.

„Versuchen Sie ruhig zu atmen, immer durch die Nase."

„… kann … nicht." Ein erneuter Schwung Galle ergoss sich in die Schale und der Pfleger tauschte sie rasch aus. Er legte Hannah ein kühles Tuch auf die Stirn.

„Atmen Sie, Frau Keil, immer weiter atmen!"

„… versuch es …" Sie verschluckte sich und hustete. Der Pfleger schob ihr zwei Kissen in den Rücken. Sie spuckte Schleim in die Schale und sog die Luft tief in ihre Lunge. Eine leichte Besserung trat ein.

„Gut so, tief durch die Nase!" Der Pfleger hockte sich auf einen Hocker und hielt ihr eine frische Schale hin. Hannahs Magen beruhigte sich und der Hustenreiz ließ nach. Sie konzentrierte sich nur auf das Einatmen und Ausatmen. Wie sie es beim Autogenen Training gelernt hatte.

„Kann ich Sie alleine lassen?" Hannah nickte. Erschöpfung und die

Narkose umnebelten ihren Geist. „Ich schaue in zwei Minuten noch einmal nach Ihnen!"

„Mhm." Ruhe wollte sie, einfach nur Ruhe. Ruhe von allem. Stattdessen fühlte sie sich gefangen im Kreislauf von Krankheit und Schmerz. Einatmen und Ausatmen, mehr nicht, dachte sie. Tief ein und aus. Ihr Puls beruhigte sich und das Gewicht auf ihrer Brust ließ nach.

„Da bin ich schon wieder!" Der Pfleger erneuerte das Tuch und kontrollierte ihren Blutdruck. „Besser! Haben Sie Schmerzen?"

„Ein bisschen."

„Auf einer Skala von eins bis zehn."

„Fünf." „Dann gebe ich Ihnen noch etwas, denn bei vier dürfen Sie hoch auf Station." Er spritzte etwas in die Kanüle und wenige Sekunden später ließ der Schmerz nach. Einatmen und Ausatmen, mehr nicht, nicht vergessen!, ermahnte sie sich selbst. Keine Gedanken an die Vergangenheit, keine an die Zukunft. Sie dämmerte weg. Betten kamen und gingen. Der Pfleger trat an ihr Bett heran und Hannah öffnete ihre verklebten Lider.

„Bei welcher Zahl stehen wir denn jetzt?" Hannah horchte in sich rein. Eine diffuse Übelkeit schwamm unter der Oberfläche, der Schmerz sank.

„Eine Vier!" Sie war zu erschöpft, ausführlicher zu Antworten. Ihr Kopf brummte, wie nach einem Schlag mit der ‚Shovel of Death'. Ihre heiße Stirn sog die Kühle aus dem Tuch. „Bitte noch mal frisch."

„Na klar, so schnell kommen die nicht von da oben Sie abholen. Heute hatten wir nur Touristen im OP, ich würde ja eigentlich unseren Gästen nahelegen, den Strand aufzusuchen, anstatt in unseren Krankenhausbetten zu liegen." Er lachte über seinen eigenen Witz. Ich könnte mir auch etwas Schöneres vorstellen als mich hier aufzuhalten, dachte Hannah. Auf einmal wünschte sie sich in die Reha zurück, die ihr nun wie ein Paradies vorkam.

„So, das ist das letzte Tuch von meiner Seite aus, ich wünsche Ihnen alles Gute!" Das Bett schuckelte und setzte sich in Bewegung. Hannah musste eingenickt sein, sie hatte nicht mitbekommen, dass jemand gekommen war, sie abzuholen. Der Schlaf zerrte sie mit sich.

Leises Murmeln weckte sie. Sie öffnete die Augen und sah als erstes das Fenster. Sterne funkelten am schwarzen Himmel. Keine einzige Wolke jagte vorüber. Der Sturm hatte sich gelegt. Die Tür ihres Zimmers stand offen, draußen unterhielt sich die Nachtschwester mit einem Patienten.

Nein, kein Patient. Ein Kribbeln breitete sich in ihrem Inneren aus und Wärme umfloss ihr Herz. Er war wirklich gekommen! Ihr Blick fiel auf den Stuhl zu ihrer Rechten und da hing seine Jacke über der Rückenlehne. Ein Lächeln zupfte an ihren Lippen. Sie erschrak, als sie bemerkte, dass sie weder ein Tuch auf dem Kopf noch eines am Hals trug. Aber er hatte bereits dort gesessen und sie angeschaut, während sie schlief. Und er stand auf dem Flur und unterhielt sich mit der Schwester.

Hannahs Muskeln entspannen sich und sie brachte ihre Beine in eine entspanntere Position. Der Druck auf ihrer Oberschenkelrückseite ließ nach und ihr gelang es eine bequeme Liegeposition zu finden. Ein Schatten fiel in den Raum. Christen stand in der Tür und betrachtete sie. In seiner Hand hielt er eine Tasse mit Tee. Wenn sie raten müsste, dachte Hannah, dann tippte sie auf Ostfriesentee.

Er trat an ihr Bett heran und blieb dicht vor der Kante stehen. Ein müder Zug lag um seine Augen. Seine Lippen verzogen sich zu einem Lächeln voller Wärme. Christen hielt ihr den Tee hin.

„Es freut mich, dass Sie wach sind! Ich habe die Vorhänge aufgezogen, damit die Sterne zu Ihnen kommen können." Hannah nahm den Tee entgegen und pustete über den Dampf.

„Danke! Danke, dass Sie hier sind! Und das obwohl der Sturm Ihnen viel abverlangt hat. Sie sollten schlafen!" Sein Lächeln verbreitete sich.

„Ich bin genau da, wo ich sein möchte!" Er ließ sich auf den Stuhl niedersinken und legte die Beine übereinander.

„Im Sturm finde ich Ruhe!" Sein Blick wanderte zum Fenster hinaus, sein Gesicht lag im Schatten.

„Wie das?" Hannah drückte den Knopf und ihr Kopfteil fuhr nach oben. Sie nippte am Tee und sah Christen über die Tasse hinweg an.

„Im Sturm wird die Seele des Schiffes eins mit mir. Wir passen aufeinander auf, dass wir gemeinsam heil durch das Unwetter kommen. Was auf uns zurollt, prallt an uns ab, weil wir eine Einheit sind." Er sah auf Hannah. Sie nickte. „Das Schiff braucht mich und ich brauche das Schiff!", sagte er und fuhr sich mit der Hand durch das verstrubbelte Haar. An den Schläfen sah Hannah ergraute Strähnen und sie überlegte, wie alt er wohl sein mochte. Fünfzig? Wenn er lachte, wirkte er viel jünger. Hannah horchte in sich hinein und stellte fest, dass es ihr egal war, wie alt er war. Sein Wesen zog sie an. Und die Ruhe, die er empfand, sehnte sie sich herbei. Christen nahm ihr die Tasse ab, als Hannah diese auf dem Nachttisch abstellen wollte.

„Deshalb übernimmst du, Entschuldigung, Sie, die Fahrten bei schlechtem Wetter?"

„Auch. Meine Erfahrung sagt mir, dass ich das Steuer übernehmen muss und die Kollegen zu ihren Familien gehen sollen, dort sind sie besser aufgehoben. Allerdings ist das Fahren in der Rinne nicht so schwierig wie auf hoher See." Wieder wanderte sein Blick weit fort. „Bisher habe ich keinen Anker gehabt." Er räusperte sich und Hannah stockte der Atem. Was wollte er damit sagen? Aber Christen blieb still und überließ Hannah ihren eigenen Gedanken. Sie wünschte, sie könnte hinter seine Stirn schauen. Draußen auf dem Flur herrschte inzwischen Stille. Hannah dachte an ihren Vater. Nun lagen sie beide im Krankenhaus. Ein leiser Schmerz schlich sich in ihren Rücken und sie versuchte in eine andere Lage zu rutschen. Christen erhob sich. „Warte, Hannah." Offenbar waren sie zum Du übergegangen.

Er drückte den Schalter und das Kopfteil des Bettes fuhr ein Stück herunter. „Gib mir deine rechte Hand." Sie reichte sie ihm und er zog sanft daran, mit seiner Linken schob er ihr die Decke in den Rücken, damit sie nicht zurückrollte.

„Viel besser!" Er setzte sich wieder in den Stuhl. Die Kirchturmglocke schlug 4 Uhr. Hannah fielen die Lider zu. Sie streckte ihre Hand aus und Christen hielt sie, als sei sie ein Geschenk. Die Alpträume blieben fern und Hannah fand ein Stück Frieden im Schlaf.

Um 6.30 Uhr schneite die Frühschicht ins Zimmer und Hannas Träume fanden ein abruptes Ende.

„Guten Morgen, Frau Keil, wir beiden sind Schwesternschülerinnen und kümmern uns heute um Ihre Vitalwerte." Hannah rieb sich die dicken Lider. Sie musste schrecklich aussehen. Der Stuhl neben ihrem Bett war leer und die Jacke fehlte. Die jungen Frauen, fast noch Mädchen, maßen die Temperatur.

„38,3, die Tendenz geht nach unten. Der Blutdruck ist in Ordnung, Puls leicht erhöht, die Sauerstoffsättigung bei 98%. Gut, Frau Keil! Brauchen Sie Hilfe beim Waschen?"

„Ich denke schon."

„Wir dürfen nicht mit Ihnen aufstehen, das machen dann die Schwestern später. Wenn Sie möchten, bringen wir den Toilettenstuhl, dann ist das Waschen angenehmer für Sie." Jetzt war Hannah dankbar, dass Christen nicht mehr da war. Er fehlte ihr, ohne, dass sie formulieren konnte, wieso. Alles war so anders mit ihm. Kein Feuerwerk, keine Gefühlsexplosionen, aber Wahrhaftigkeit und … Angekommen-Sein. Einfach so. Hannah tat sich schwer diesen Gedanken zuzulassen. Wie konnte sie einem Fremden gegenüber derart empfinden? Das war unmöglich, oder? Sie traute sich nicht, diesen Gedankengang fortzuführen.

Die Glocke schlug und es kam Frühstück. Ein paar Bröckchen schluckte sie, doch es schmerzte der angeschlagene Hals und sie trank nur noch ein paar Schluck Wasser. Bei jedem Öffnen der Tür hoffte sie insgeheim, dass Christen hereinspazierte und eine Weisheit von sich gab. Genauso gut wusste Hannah, dass er besser fortblieb und sich ausschlief. Die Ringe unter seinen Augen hatten Bände gesprochen. Die Fähre fuhr nicht steuerlos aus dem Hafen, Passagiere warteten nicht. Hannah presste die Lippen aufeinander. Ihre Hände fuhren über die Bettdecke.

„Frau Keil! Besuch für Sie!" Die Schwester riss Hannah aus ihren Gedanken. Sie trat beiseite und Olympia schob sich an ihr vorbei ins Zimmer. Beim Anblick ihrer Freundin legte sich ein Klumpen in Hannahs Magen. Sie war blass, ihre Augen dick und aufgequollen.

„Olli!"

„Hani!" Ihre Freundin schluchzte laut auf und umarmte Hannah. Für einen Moment erfüllte nur das laute Weinen das Krankenzimmer.

„Weinst du wegen mir, Olli?", fragte Hannah.

„Nein, ja, doch, auch!"

„Bitte, sag mir was los ist!" Olympia löste sich von Hannah und ließ sich auf die Bettkante fallen, woraufhin Hannah aufstöhnte.

„Vorsicht!"

„Tut mir leid, Hani! Alles tut mir so leid. Du liegst hier und dein Vater …"

„Was ist mit Papa?" Der Klumpen in ihrem Magen verfestigte sich.

„Dein Vater ist heute Morgen verstorben!" Hannah lag da wie erstarrt.

„Was?" Olympia fasste nach ihrer Hand.

„Sie haben ihn noch beatmet, aber die Infektion …"

„Nein!" Hannah schlug sich die Hand vor den Mund. „Nein, nein, nein." Das Wimmern brach aus ihr heraus, sie krümmte sich zusammen. Sie schlug Ollis Hand beiseite. „Ich war nicht da! Ich war nicht bei ihm!" Ihr Wimmern schwoll an. „Warum?" Sie verbarg ihr Gesicht hinter beiden Händen.

„Es tut mir schrecklich leid!" Hannah schluchzte laut auf. Die Schwester betrat den Raum.

„Was ist passiert?"

„Frau Keil hat die Nachricht erhalten, dass ihr Vater verstorben ist."

„Oh mein Gott, das tut mir so leid! Soll ich Ihnen ein Mittel zur Beruhigung bringen?" Hannah schüttelte ihren Kopf.

„Ich will nur meinen Papa!" Die Schwester hob die Schultern.

„Kann ich irgendetwas anderes für Sie tun?"

„Bringen Sie uns doch bitte zwei Kaffee!" Olympia schnäuzte sich in ein Taschentuch und reichte ein weiteres Hannah. Die Frau nickte und eilte hinaus. Hannahs Blick wanderte zum Fenster. Wie konnte sie noch hier sein und ihr Vater nicht? Ein Sturzbach von Tränen lief über ihr Gesicht, ihre Lippen bebten. Wie konnte Gott das nur zulassen? Verzweiflung wuchs in ihr und breitete sich rasend schnell aus. In einer solch ungerechten Welt mochte sie nicht leben. Ihr Kopf sank ins Kissen und sie wünschte, einfach nicht mehr aufzuwachen. Olympia sah sie aus verhangenen Augen an.

„Hani!", sagte sie leise. „Deine Mutter hat mir gesagt, du musst stark sein!"

„Ich will aber nicht mehr stark sein!" Hannah blitzte ihre Freundin an. „Entschuldige!", schob sie hinterher. „Aber ich habe einfach keine Kraft mehr. Ich weiß nicht, wo ich noch Energie herziehen soll. Verstehst du?" Olympia nickte.

„Du wirst noch gebraucht, Hani!" Olympia wischte sich die Augen. „Ich brauche dich!"

„Ich muss zur Beerdigung! Mama braucht mich!" Olympia sah zu Boden.

„Deine Mutter möchte, dass du hier bleibst. Du sollst gesund werden!"

„Ich soll nicht kommen?" Hannahs Brust zog sich zusammen. „Das kann nicht sein!"

„Hani, du bist frisch operiert! Und wenn du nicht riskieren willst, dass sich schon wieder deine Haut ablöst und du nicht transplantiert werden willst, bleibst du genau hier!" Olympias Stimme war immer lauter geworden. „Du musst an dich denken!"

„Aber ich kann doch nicht nicht zur Beerdigung gehen, das ist doch mein Papa!" Sie schluchzte auf und dieses Mal ließ sie es zu, dass Olympia ihre Hand hielt. „Warum wird es immer noch schlimmer, statt besser? Da draußen muss doch auch ein bisschen Glück für mich sein!" Vielleicht war es das ja auch und sie sah es einfach nicht. Die Dunkelheit war zu übermächtig geworden.

„Ich will mir nicht vorstellen wie es ist, nicht dabei zu sein. Und es schmerzt mich, dass du all diese schrecklichen Dinge durchleben musst. Bitte halte durch. Ich weiß, im Moment gibt es keinen Trost, aber irgendwann wird es auch wieder für dich heller!"

„Ist das eine Christen-Weisheit?", fragte Hannah, dann wurde sie sich bewusst, dass Olympia noch nichts wusste. Olympia hob ihre rechte Augenbraue.

„Was für eine Weisheit?" Hannah sah auf ihre Decke. Die Türe öffnete sich und die Schwester kam mit zwei Tassen Kaffee herein. Sie stellte sie auf dem Tisch ab und zog ein paar Milchdöschen aus der Kitteltasche.

„Kann ich sonst noch irgendetwas für Sie tun?"

„Nein, danke", schniefte Hannah. Sie wandte sich an Olympia. „Aber du kannst etwas für mich tun. Ich brauche mein Handy aus der Rehaklinik und Wechselkleidung."

„Hole ich dir. Aber jetzt noch einmal zurück zu dieser Weisheit. Den Namen höre ich jetzt schon zum zweiten Mal. Also …" Hannah legte ihren Kopf zurück und schloss die Augen. Ihre Gedanken wirbelten durcheinander.

„Er ist der Kapitän der Fähre. Ich bin eingeschlafen, zweimal!" Ihre Wangen röteten sich. „Es war so peinlich, glaub mir. Er hat mich geweckt. Und ich wusste nicht, dass er der Kapitän ist." Sie schnäuzte sich in ihr Taschentuch. „Gib' mir mal bitte das Schmerzmittel, ja?" Olympia drückte ihr zwei Tabletten in die Hand und Hannah schluckte sie mit Kaffee runter. Sie wischte sich über den Mund. „Christen hat mich zum Tee eingeladen, weil wir uns dreimal über den Weg gelaufen sind."

„Tee?" Olympia riss ihre Augen auf.

„Er liebt Ostfriesentee und er hat mir gezeigt, wie man ihn richtig trinkt.

Und er hat mein Gesicht gesehen und ist nicht weggelaufen! Bei ihm habe ich das Gefühl, dass er in mich hineinsieht. Dass er mehr sieht als ich selbst. Ich weiß nicht ..." Erneute Tränen liefen ihr über die Wangen.

„Oh, Liebes, es tut mir alles so leid. Ich bleibe noch bis morgen, dann fahre ich zurück und helfe deiner Mutter."

„Danke!"

„Es wird schwer, nicht da zu sein. Ich konnte mich gar nicht von ihm verabschieden!"

„Wenn du ein bisschen fitter bist, gehst du zum Friedhof." Wie ein Moment ihr gesamtes Leben derart umkrempeln konnte. An Weihnachten hatten sie alle noch zusammengesessen. Gegessen, getrunken und gelacht. Silvester hatten sie sich Vorsätze für das kommende Jahr überlegt, die kamen Hannah nun klein und lächerlich vor. Nie hätte sie gedacht, dass sie im neuen Jahr von Gero getrennt sein würde, Entstellungen durch einen Unfall erleiden und einen Verlust zu verkraften hätte.

„Mein Vater liebte Magnolien, meinst du, du kannst welche besorgen?"

„Ob die jetzt blühen? Ich gebe mein Bestes! In Köln oder Düsseldorf finde ich bestimmt einen Laden, der exklusive Pflanzen führt."

„Legst du sie ihm auf den Sarg? Mama wird bestimmt ein Gesteck mit Rosen aussuchen." Hannah brachte die Worte kaum hervor. Olympia stellte ihre Tasse beiseite.

„Hani, ich muss dir noch etwas sagen."

„Ich will nichts mehr hören!"

„Sicher?"

„Nein, nicht sicher. Spuck schon aus!"

„Ich habe Gero gesehen."

„Und?"

„Mit seiner Sekretärin!"

„Oh!" Hannah schüttelte langsam ihren Kopf. „Willst du damit sagen, dass ..."

„Ich weiß nicht, was da läuft. Aber sie sahen intim miteinander aus." Hannah gab einen Knurr-Laut von sich.

„Glaubst du, er hatte schon etwas mit ihr, als wir noch ..." Olympia fuhr sich durch ihre Locken.

„Ich glaube es ehrlich gesagt nicht. Die Sekretärin war immer schon scharf auf ihn. Aber ich denke nicht, dass er darauf eingegangen ist. Die ganze Geheimniskrämerei ist nichts für Gero. Viel zu stressig. Aber nachdem er mit dir Schluss gemacht hat … eventuell hat die Tusse die Chance gewittert und genutzt. Und Gero hat wieder jemanden, der alles für ihn tut. Im Büro macht sie das ja sowieso schon." Hannah rang ihre Hände.

„Olli, wenn du jetzt noch einmal einen Satz mit ‚Hani‘ beginnst, bringe ich dich um." Hannah zog die Nase hoch. Inzwischen war sie so zugeschwollen, dass sie keine Luft mehr dadurch bekam.

„Es tut mir leid, dass ich der Bote für die schlimmen Neuigkeiten bin. Wenn du Kraft hast, nur ein kleines bisschen, ruf deine Mama an. Ich hole gleich dein Handy von drüben, dann kannst du dich bei ihr melden." Hannah nickte. Sie fühlte sich wie ausgehöhlt, ausgenommen mit einem scharfen Löffel. Ihr Herz blutete und ihre Seele lag zerbrochen zu ihren Füßen. Sie wollte nie wieder aufstehen.

Kapitel 15

„Mama?"

„Hannah, Kind!" Die Stimme ihrer Mutter klang gefasst. Was sollte Hannah sagen?

„Ich dachte, er schafft es!"

„Ich auch, meine Kleine!" Ihre Mutter seufzte lang und tief.

„Wenn du willst, komme ich nach Hause und helfe dir mit den Vorbereitungen!"

„Ich weiß das zu schätzen und unter anderen Umständen …" Sie räusperte sich und Hannah übernahm den Satz.

„Unter anderen Umständen wäre ich gesund und munter und hätte Papa zum Arzt gefahren!"

„Kind, hör' auf so hart zu dir zu sein. Du trägst gar keine Verantwortung. Er war erwachsen und hat die Entscheidung für sich getroffen. Er dachte, ihn könne nichts umhauen. Er war viel schwächer, als er dachte. Selbst wenn du ihn früher zum Arzt gefahren hättest …"

„Ich weiß doch, Mama. Trotzdem fühle ich mich schuldig."

„Dafür gibt es keinen Grund. Und für deinen Unfall kannst du auch nichts! Ich weiß, dass du leidest."

„Mama, dein Schmerz muss noch viel unerträglicher sein!"

„Ja." Für einen langen Augenblick herrschte Stille.

„Dein Vater ist für immer fort, mein Mann kommt nie wieder! Ich bin ab jetzt ..." Hannahs Mutter versagte die Stimme.

„Ich würde dich so gern drücken! Das ist alles nicht richtig! Ich sollte bei dir sein in deiner schwersten Stunde. Die Zeit gemeinsam mit dir durchstehen!" Hannah schlug auf den Bettrahmen. „Olli kommt morgen zurück und sie hilft dir bei allem, zögere nicht, sie um Hilfe zu bitten, ja?"

„Ihre Mutter ist auch schon hier gewesen. Selbst Sieglinde hat mir ihre Unterstützung angeboten. Der Bestatter kommt heute Abend noch und ... ach, all diese Dinge werden laufen, Hannah. Aber weißt du, wovor ich Angst habe?"

„Nein, Mama."

„Vor dem Alleinsein. Alleine den Kaffee morgens zu trinken, neben einer leeren Betthälfte einzuschlafen und wieder aufzuwachen. Nur für mich einzukaufen. Da fürchte ich mich vor. Wir waren immer zu zweit. Für vierzig Jahre ein Team. Verstehst du?" In Hannahs Hals bildete sich ein Kloß. „Aber das bedeutet jetzt nicht, dass du die Stelle von Papa einnehmen sollst. Du musst dein eigenes Leben führen. Und ich wünsche dir von ganzem Herzen, dass du einen Menschen findest, wie ich den Papa." Frau Keil schnäuzte sich in ein Taschentuch.

„Das wünsche ich mir auch. Ich dachte, ich hätte ihn bereits an meiner Seite gehabt, und dann wurde ich eines Besseren belehrt." Sie biss sich auf die Unterlippe.

„Es ist dann jetzt Zeit, dass du dem Leben eine Chance gibst."

„Wer will mich denn so haben? Mit all den Geschwülsten, Löchern und Narben?"

„Es kommt der Richtige für dich, mein Kind. Vielleicht ist er ja näher als du denkst."

„Was hat Olympia dir erzählt?"

„Nur, dass du einen Mann kennengelernt hast und mit ihm Tee trinken warst." Hannah verdrehte die Augen. „Wir sprechen da später noch einmal drüber. Jetzt geht es erst einmal um dich, Mama. Bevor ich es vergesse ..."

Hannah räusperte sich. „Papa hat sich gewünscht, dass in der Kirche das irische Segenslied gespielt wird." Es zerriss Hannah, dass sie nicht in die Heimat fahren konnte.

„Ich weiß, ich habe einen Brief gefunden, den hat er an mich adressiert im Sekretär im Büro hinterlassen. Ich wusste, dass er für diesen Tag vorgesehen ist." Frau Keil schluckte. „Darin steht auch, dass er immer bei dir ist und du das nie vergessen sollst."

„Ich weiß." Es klopfte. „Mama, ich muss jetzt Schluss machen, ich melde mich heute Abend noch einmal. Ich drücke dich ganz fest! Tschüss!" Hannah legte auf und sah zum Eingang. Als sich nichts tat, rief sie: „Herein!" Die Tür wurde aufgeschoben und ein Lichtstrahl fiel aus dem Flur ins Zimmer. Während des Telefonats hatte sich der Abend über Norderney gesenkt und Hannah lag im Dunkeln.

„Min Deern!"

„Christen!"

„Dein Verlust schmerzt mich."

„Woher weißt du …" „Deine Freundin war in der Klinik und hat es der Frau an der Pforte erzählt, sie musste ja in dein Zimmer gelassen werden. Von dort sind die Neuigkeiten weitergeflogen und schließlich bei mir gelandet."

„Dann bist du zu mir gekommen!" Tränen sammelten sich in ihren Augen und sprudelten hervor. Christen zog den Stuhl nah an ihr Bett und setzte sich. Er griff nach ihrer Hand.

„Weine ruhig, solange du willst. Lass alles rausfließen, ich bin da!" Und Hannah weinte, so sehr, wie noch nie in ihrem Leben zuvor. Der Schmerz explodierte in ihrem Inneren und bahnte sich seinen Weg. Es schüttelte sie, ließ sie erbeben und die ganze Zeit saß er da. Hielt ihre Hand, strich über ihren Handrücken, so zart, dass es kaum eine Berührung war. Tief in Hannah antworte ihre Seele auf seine Anwesenheit. Sie weinte, bis sie völlig leer und erschöpft ins Kissen fiel. Und seine Berührung füllte die Leere. Sie wandte ihm den Kopf zu und suchte seinen Blick. Sie las die Antwort in den stahlblauen Augen. Da war keine Lüge. Nur die Weite des Meeres und sie sah auf den Grund seiner Seele. Seine Hand lag auf ihrer und sie fiel in einen unruhigen Schlaf. Ganz weit entfernt spürte sie, dass sich sein Griff löste, doch sie war zu tief gefangen in der Wirren der Träume, die sie nicht loslassen mochten. Erst in den frühen Morgenstunden erwachte sie. Das Zimmer war leer, nur der Geruch von süßem Tabak und salziger See hing noch in der Luft. Ein Stich der Enttäuschung huschte durch ihre Brust. Sie hatte weder seine Telefonnummer noch seine Adresse. Sie wusste so wenig über ihn. Warum empfand sie dann diese Sehnsucht? Wieso schenkte seine Nähe ihr Ruhe?

Sie rieb sich die verquollenen Augen. Hannah drückte die Klingel und kurz darauf erschien eine Schwester.

„Guten Morgen, Frau Keil, wie geht es Ihnen?"

„Ganz okay, das Antibiotikum schlägt gut an, denke ich. Mein Gesamtbefinden bessert sich."

„Das ist schön zu hören. In ein paar Tagen können Sie unser Haus verlassen und zurück in die Reha."

„Das wäre super." Und das meinte sie so. „Könnte ich bitte einen kühlen Lappen für die Augen haben?"

„Ja sicher, kommt sofort." Hannah nahm das Handy, das Olympia bei den Schwestern abgegeben hatte, und öffnete die Fotos. Ihre Mutter hatte ihr ein Bild von dem Sarg geschickt, den sie für ihren Vater ausgesucht hatte. Sie betrachtete das Stück Holz, in das ihr Vater bald gebettet und zu Grabe getragen würde. Unvorstellbar der Gedanke, dass er in dem Sarg in die Tiefe abgelassen werden würde und Erde darauf geschaufelt wurde. Bei dem Gedanken schüttelte es sie. Er würde dort unten allein in der Kälte liegen, für immer und nie wieder zurück nach Hause kommen. Sie drückte das Foto weg und wischte sich die Nase mit dem Handrücken. Die Schwester kam mit einem Coolpack zurück, das sie in ein Handtuch eingeschlagen hatte, und einer frischen Infusion.

„Erstes Frühstück in der Flasche, in einer halben Stunde bekommen Sie auch Brot und Käse für Ihren Magen." Hannah legte sich das Kältepack auf die Augen und streckte den Arm aus.

„Dann geben Sie mir mal das gute Zeug!"

In dieser Position fand sie Olympia wenig später vor. „Soso, Liebes! Da bin ich mal eine Nacht weg und du machst hier einen auf Beauty-Queen!"

„Schön wär's!"

„Du hast Recht, es gibt Schöneres, als im Krankenhaus zu liegen!" Sie ließ sich auf den Stuhl fallen und für einen Moment wünschte sich Hannah, nicht ihre Freundin säße dort, sondern Christen.

„Ich habe dir einen Kaffee mitgebracht, aus der hiesigen Rösterei. Der ist tausend Mal besser als der Kaffee von der Krankenhaus-Station."

„Inzwischen hast du viel mehr von der Insel gesehen als ich, oder?"

Olympia zwinkerte ihr zu. „Vielleicht habe ich mehr gesehen von Norderney, du aber dafür das Wesentliche!"

„Ich weiß doch selbst nicht, was da ist. Ich weiß kaum etwas über ihn!"

„Aber du fühlst etwas!" Olympia deutete mit dem Finger auf Hannah. „Stimmt's?" Hannah knirschte mit den Zähnen.

„Ich weiß nicht genau, was ich fühle. Ich bin komplett verwirrt. Es ist schön, wenn er bei mir ist, und ich fühle mich leer, wenn er fort ist. Aber reicht das?"

„Wofür denn?"

„Eine Beziehung!" Die Worte rutschten heraus und Hannah stellte fest, dass sie tief in ihrem Inneren an eine Beziehung mit Christen dachte. Aber auf welcher Basis sollte diese beruhen? „Als ob ich nicht schon genug Probleme hätte." Sie nippte an dem Kaffee aus der Rösterei. „Der ist wirklich fantastisch!"

„Sag ich doch! Hast du noch einmal mit deiner Mutter gesprochen?"

„Ja, zweimal gestern. Sie hat mir auch ein Foto von dem Sarg geschickt, den sie für Papa ausgewählt hat."

„Wenigstens hat sie sich gegen eine Feuerbestattung entschieden. Meine Tante wurde vor vier Jahren eingeäschert und bei der Beerdigung sind wir im Trauerzug hinter der Urne hergelaufen. Das war nicht mehr meine Tante, verstehst du? Nur noch ein Haufen Asche in einer Dose. Es fiel mir schwer, die Urne mit meiner Tante in Verbindung zu bringen."

„Das stelle ich mir auch schwierig vor, aber wenn es der Wunsch von Papa gewesen wäre, hätte Mama ihn erfüllt." Hannah beugte sich zum Nachtkästchen rüber und zog die Schublade auf. „Ich habe gestern Abend einen Brief geschrieben. Bitte wirf ihn ins Grab für mich." Sie zog ein zusammengefaltetes Stück Papier heraus und reichte es Olli. „Schöner wäre es, wenn meine Worte bei ihm im Sarg liegen würden, aber es ist auch so in Ordnung. Heute Vormittag sagt Mama mir dann Bescheid, wann die Beerdigung ist."

„Ich fahre in einer Stunde mit der Fähre rüber nach Norden. Vielleicht erhasche ich einen Blick auf den Kapitän, damit ich mir endlich selbst einmal ein Bild machen kann!"

„‚Erhaschen' bedeutet bei dir, du stapfst ins Cockpit, stellst dich als meine Freundin vor und quetschst ihn dann aus. Das unterlässt du, okay?"

Olympia klimperte mit ihren Wimpern. „Ausnahmsweise. Aber du bist im Vorteil, denn du kennst Bonifacio, ich aber kenne Christen nicht. Das ist unfair!"

Sie schob den Brief in ihre Handtasche. „Hier, ich lasse dir auch meinen Kaffee da. Du brauchst ihn mehr als ich." Sie erhob sich aus dem Stuhl. „Ich muss jetzt, Liebes." Sie drückte Hannah sanft an ihre Brust. schnell wieder gesund!", flüsterte sie ins Ohr ihrer Freundin und küsste sie auf die Stirn. „Bis bald!", sagte Olympia und rauschte hinaus.

Am späten Vormittag vibrierte Hannahs Handy und sie rief die Nachricht auf: „Mein Kind, die Beerdigung findet am Freitag statt. Um 10 Uhr ist die Kirche und um 11.30 Uhr dann kurzes Gebet in der Kapelle auf dem Friedhof mit anschließender Beerdigung. Ich muss noch einiges erledigen, bis später!" Hannah schickte ein rotes Herz zurück.

Die Untätigkeit zerrte an ihren Nerven. Die ganze Welt drehte sich weiter und sie lag hier, zum Nichtstun verdammt. Sie legte sich in eine bequemere Position und döste ein.

Das Flüstern von zwei Frauenstimmen holte sie zurück in die Wirklichkeit. Zunächst vermochte sie sie nicht zuzuordnen. Sie blinzelte und blickte direkt auf einen mit Plüschpaspeln übersäten Pullover. „Thea, Flora, was macht ihr denn hier?"

Die beiden Frauen standen an ihrem Fußende und sahen auf Hannah herab. „Wir dachten, du würdest dich über ein bisschen Besuch freuen! Den ganzen Tag so alleine, das ist doch nichts." Hannah zog sich am Galgen hoch in eine Sitzposition.

„Wollt ihr euch nicht hinsetzen?" Sie deutete auf den Stuhl an ihrem Bett und den anderen am Tisch. „Ihr müsst da nicht rumstehen!" Die Frauen nickten, zogen sich die Wintermäntel aus und setzten sich.

„Wir sollen dir viele Grüße von Frau Cremer bestellen", sagte Flora. Hannah runzelte die Stirn. „Sie meinte, sie sei in deiner Hockergymnastik und sie wüsste genau, was du gerade durchmachst."

„Danke, bestellt ihr liebe Grüße zurück, falls ihr sie seht."

Du siehst sie eher, Thea, oder?", fragte Flora. Die Angesprochene bejahte.

„Du hast für ein riesiges Aufsehen gesorgt, als du bei der Psychologin umgefallen bist, die ganze Klinik spricht davon!", meinte Flora und tätschelte ihren Fuß.

Hannahs Wangen liefen rot an. „Oh, nein, das ist so peinlich!"

Flora winkte ab. „Überhaupt nicht. Es wird immer mal wieder jemand abtransportiert, da bist du nicht die Erste." Flora sah Thea an. „Damals auch der Theo, erinnerst du dich? Sogar zweimal! Der Arme. Er hatte ziemliche Kreislaufprobleme. Operiert worden ist er aber nicht."

„Ihr beiden seid Glückspilze!", lenkte Hannah vom Thema ab. „Kaum bin ich im Krankenhaus wird das Wetter besser und ihr könnt an den Strand und einkaufen und Eis essen gehen." Thea strich sich über ihren Pullover.

„Das kannst du auch bald alles machen." „Dann gehen wir ins Sportcafé, essen eine leckere Waffel, trinken eine heiße Schokolade mit Rum und lassen uns die Sonne auf den Pelz scheinen. Wie hört sich das an?", fragte Flora und sah sie unter gehobenen Augenbrauen an.

„Wunderbar!", gab Hannah zu. „In ein paar Tagen werde ich entlassen." Ihr Gesicht verdüsterte sich.

„Was ist los?", wollte Thea wissen.

„Habt ihr das denn nicht gehört?" Die Frauen schüttelten den Kopf und sahen sich an. „Nein, was denn?"

„Mein Vater ist an einer Lungenentzündung verstorben, während ich operiert wurde. Er wird am Freitag beerdigt."

„Wie schrecklich!", sagte Thea und ihr traten Tränen in die Augen. Flora schlug sich die Hand vor den Mund. „Wie kannst du das alles nur ertragen?"

„Das weiß ich auch nicht, wirklich nicht. Ich habe mich an der Übung aus dem autogenen Training versucht. Manchmal geht es, meistens aber nicht. Ich denke, ich habe nicht häufig genug teilgenommen."

„Können wir irgendetwas für dich tun?"

„Nein, leider nicht, aber danke für das Angebot!" Ihr Blick fiel auf den Tisch. „Ist der Blumenstrauß von euch?"

„Nein! Wir sind leider an keinem Blumenladen vorbeigekommen, wir hätten dir sonst einen mitgebracht."

„Alles gut, ich habe nur nicht mitbekommen, wer ihn dort hingestellt hat oder wer ihn mir geschenkt hat. Seltsam." Die beiden Frauen aus der

Reha zuckten mit den Schultern. Einen solchen Strauß hatte Hannah noch nie gesehen, geschweige denn geschenkt bekommen. Es sah aus wie selbst gepflückt und bestand nur aus zwei Pflanzenarten: Sanddorn und Strandhafer.

Kapitel 16

„Wenn der Wundheilungsverlauf in diesem Tempo weiter geht, können Sie am Samstag zurück in die Reha! Die Antibiose hat sehr gut angeschlagen und das Transplantat ist ordnungsgemäß angewachsen. Das freut uns als Klinik sehr, denn eine solche Operation machen wir in unserem kleinen Krankenhaus nicht jeden Tag. Die Entnahmestelle an Ihrem rechten Oberschenkel wird bald nur noch wie eine Schürfwunde aussehen. Dann können Sie sie mit Bepanthen behandeln. Die Stellen an Ihrem Rücken sollten aber weiterhin mit Betaisodona behandelt werden. Aber das können die Schwestern in der Reha genauso gut übernehmen. Dann sind Sie zurück in Ihrer gewohnten Umgebung und das kann dem Heilungsprozess nur zuträglich sein!" Hannah saß auf einem Stuhl am Fenster, einen Becher mit Tee in der Hand und sah hinaus. Der Arzt hatte ihr gegenüber Platz genommen und sah sie hinter seinen dicken Brillengläsern an. Er faltete die Hände auf den Knien. „Ich möchte ehrlich mit Ihnen sein. Ihre körperliche Verfassung macht mir weniger Sorgen als Ihre psychische." Hannah starrte auf die Nordsee hinaus. Morgen bestatte ihre Mutter ihren Vater und sie lag im Krankenhaus, natürlich war ihre emotionale Verfassung nicht die Beste. Sie seufzte leise.

„Das Leben spielt mir ja auch nicht sonderlich freundlich mit!" Sie sah den Arzt aus dunklen Augen an.

„Ich verstehe, dass Sie sich an einem Tiefpunkt in Ihrem Leben befinden. Sie müssen lernen mit den Folgen des Unfalls umzugehen. Der Tod einer geliebten Person alleine ist schon schwer zu verkraften und Sie kämpfen gleichzeitig an mehreren Fronten. Und trotzdem sage ich Ihnen: Schauen Sie, dass Sie sich aus diesem negativen Gefühlsstrudel befreien. Kümmern Sie sich um Ihre geistige Gesundheit. Das geht mit einer Therapie, zeitweise

Tabletten, aber auch mit Hilfe von guten Freunden. Die Natur hier auf Norderney kann bei der Heilung eine große Rolle spielen. Vielleicht ja auch von allem ein bisschen. Aber es hilft nicht, wenn alle Ihnen das sagen, Sie müssen selbst die Entscheidung treffen, sich aus diesem Loch zu befreien. Nicht von heute auf morgen. Aber in den kommenden Wochen sollten Sie sich selbst die Chance geben, zu heilen."

„Danke Herr Dr. ...?"

Er lächelte breit. „Dr. Kröger!"

„Danke, Herr Dr. Kröger." Hannah nickte ihm zu und sah wieder zum Fenster hinaus. Sie gab seinen Worten recht. Es war eine Entscheidung und zwar ihre. Aber noch war sie nicht so weit, auch wenn sich in der letzten Zeit immer wieder Momente eingeschlichen hatten, in denen sie so eine Art Glück, zumindest aber ein winziges bisschen Zufriedenheit empfunden hatte. Wenn diese Zeiten sich ausweiteten, vielleicht ging es ihr eines Tages dann ganz passabel.

Dr. Kröger schlug mit der flachen Hand auf seinen Oberschenkel. „Ich muss zum nächsten Patienten, wir sehen uns spätestens zur Entlassung. Genießen Sie noch ein bisschen die Aussicht, die ist einzigartig!" Er erhob sich vom Stuhl und winkte zum Abschied.

Das Meer glitzerte in der Mittagssonne, kleine Wellen schwappten an den Strand. Wesentlich mehr Spaziergänger liefen am Flutsaum entlang als noch vor einigen Tagen. Kinder spielten Ball und eine besonders wagemutige Frau stieg ins Wasser. Splitterfasernackt. Ein Lächeln zupfte an Hannahs Lippen. Noch nicht einmal, wenn ihr Körper absolut unversehrt wäre, würde sie es wagen, ohne Badeanzug ins Meer zu gehen. Die Frau sank bis zum Hals hinab und schwamm parallel zum Strand. Einige Spaziergänger sahen sich nach der Schwimmerin um. Vielleicht bewunderten sie, wie abgehärtet sie war, oder belächelten sie, weil sie nackt ins Wasser ging. Hannah hoffte Ersteres. Ein Mädchen ließ einen Drachen steigen, musste das Unterfangen abbrechen, da kaum Wind ging. Der Vater legte ihr einen Arm um die Schulter und beugte sich zu ihr hinab. Eine Träne lief Hannah über die Wange. Wie sehr wünschte sie sich, dass ihr Vater ihr gut zusprechen würde, den Arm um die Schulter legte, und sagte, es würde alles wieder gut.

Sie zog das Handy aus der Jogginghose und wählte Olympias Nummer.

„Entschuldigung, Hani, ich wollte mich schon längst bei dir gemeldet haben! Aber ich musste Strafstunden bei meiner Mutter in der Konditorei ableisten. Puh, ich habe so viel Torten gebacken wie noch nie zuvor. Meine Mutter hätte zur Inquisition gehen sollen, die Folter beherrscht sie famos!" Olympias Ausführungen entlockten Hannah ein Lachen. Sogleich bildeten sich Falten auf ihrer Stirn.

„Hast du die Blüten bekommen?"

„Oh, ja! Ich bin einfach die Beste! Ich habe einen Floristen in Düsseldorf gefunden, der verkauft Stern-Magnolien. Deren Blütezeit ist im März. Ich fahre morgen in der Früh dort hin und hole die Blumen ab."

„Danke, Olli!"

„Nicht dafür, Liebes. Ich wünschte, ich könnte mehr für dich tun!" Eine Mischung aus schlechtem Gewissen und Dankbarkeit stieg in Hannah auf. Sie räusperte sich.

„Ach, Liebes, ich habe deinen Kapitän zu Gesicht bekommen." Hannah vergrub ihr Gesicht in den Händen. „Ich habe mich an deine Anordnung gehalten und ihn nur aus der Ferne beobachtet. Er hat sich einen Tee im Bistro geholt und ist damit wieder verschwunden. Aber Himmel, hat der ein Kreuz!" Für einige Sekunden hatte Hannah gehofft, es wäre ein Kollege von Christen gewesen. Aber die Beschreibung passte zu gut zu dem Dänen. „Der hat ja Oberarme wie ein Kanute! Wie alt sagtest du, ist er?"

„Ich sagte gar nichts, denn ich weiß es nicht!"

„Meine Schätzung wäre mindestens fünfzig Jahre! Hani, der Typ ist super sexy. Aber er ist sicher zwanzig Jahre älter als du!" Hannah kaute auf ihrer Unterlippe. War das denn so schlimm? Gero war die gleiche Altersklasse wie sie und hatte sie verlassen. Also warum sollte sie sich nicht in einen Mann verlieben, der viel älter war als sie.

„Hani, bist du sauer? Du sagst ja gar nichts!"

„Ich glaube, das Alter ist für mich zweitrangig. Da ist eine Verbindung zwischen uns und …"

„Ich habe verstanden, tut mir leid. Sein Hintern sah knackig aus in der Uniform. Dieser verstrubbelte Blondkopf und mit den grauen Strähnen, hübsches Buffet hast du dir da ausgesucht!"

„Eigentlich war es anders herum. Ich hätte Christen nicht bemerkt, wenn er nicht auf mich zugekommen wäre."

„Und du fragst dich jetzt, warum, richtig?"

„Du kennst mich einfach zu gut. Ich gebe es zu, ich kann nicht nachvollziehen, warum."

„Frag' ihn das doch irgendwann einmal. Ich wette, er steht auf deine blauen Augen! Und deinen vollen …"

„Olli!"

„Aber du hast doch eine Oberweite zum Angeben! Ein bisschen abgemagert, aber das kannst du dir wieder drauf futtern, Liebes!"

Hannah lachte leise. „Die Klamotten schlackern ordentlich. Aber im Moment ertrage ich enge Kleidung nicht. Die scheuert so sehr auf den Wunden."

„Ich habe dir nicht das kleine Schwarze eingepackt, damit es in deinem Kleiderschrank versauert. Es kommt der Tag, da wirst du es anziehen."

„Träum weiter, Olli!"

„Dafür habe ich keine Zeit, ich laufe in zehn Minuten zu deiner Mutter rüber und helfe ihr, den Tisch einzudecken. Sie möchte den Beerdigungskaffee im Haus abhalten und nicht in einem Restaurant. Meine Mutter hat den Streuselkuchen gebacken und die Schnittchen schmieren wir morgen frisch." Hannahs Glieder schmerzten.

„Ich muss schlafen, Olli. Danke, dass du meiner Mutter hilfst und sie unterstützt."

„Schlaf gut, Hani, wir sprechen uns!" Hannah gähnte und streckte sich auf ihrer Bettdecke aus. In Sekundenschnelle übermannte sie der Schlaf.

Am Morgen der Beerdigung tigerte Hannah durch ihr Zimmer. Das Frühstück lag unberührt auf dem Tablett, bis auf einen Schluck Kaffee hatte sie nichts herunterbekommen. Alle fünf Sekunden kontrollierte sie die Uhrzeit auf dem Handy und überlegte, wo sich ihre Familie gerade befand. Um 8 Uhr in der Früh hatte sie ihre Mutter angerufen. Sie beide schluchzten ins Telefon und Worte waren fehl am Platz gewesen. Hannah hatte ihrer Mutter gesagt, wie sehr sie sie liebte und das Gespräch beendet. Die Sonne stieg golden über der Nordsee auf und Hannah wünschte sich, ihr Vater könnte diese Schönheit sehen. Sie setzte sich auf den Stuhl und ließ ihren Blick über die Dünen wandern. Seehafer bedeckte sie und sicherte das Inland vor Fluten. Der Strauß stand neben ihr auf dem Tisch, Christen allerdings hatte sie, seit der Nacht an ihrem Bett, nicht mehr gesehen. Sie seufzte leise. An diesem Morgen hätte sie ihn an ihrer Seite gebraucht, doch als Kapitän hatte er ein Schiff zu steuern. Sie öffnete Spotify und suchte nach dem „Segenslied". Hannah fand eine Version gesungen von einer Mezzosopranistin. Trauer legte sich auf ihr Herz. Sie spielte das Lied ab und versuchte mitzusingen, doch die Töne blieben ihr kläglich im Hals stecken. Dafür übernahm eine volltönende Stimme und Hannah schreckte hoch.

„Du bist da!" Sie stand von ihrem Stuhl auf und legte ihren Kopf an seine Brust. Christen zog Hannah an sich und legte sanft seine Hände um sie. Seine Stimme hallte in ihr wider und sie weinte Tränen in sein Hemd. Das Lied endete und Christen wiegte Hannah in seinen Armen.

„Komm mit!" Er hauchte die Worte in ihr Ohr. Mit verschleiertem Blick sah sie ihn an.

„Wohin?" Christens Augen strahlten warm, als er Hannah in ihre Winterjacke half.

„Warte es ab!" Er führte sie in den Flur, wo ein Rollstuhl bereit stand. Er breitete eine Decke über ihr aus und fuhr sie zum Aufzug. Auf dem Weg nach unten sprachen sie kein Wort. Christens Stimme hatte alle Saiten in Hannah zum Klingen gebracht. Noch nie hatte jemand für sie gesungen und dann auch noch so wunderschön! Sie schluckte gegen den Kloß in ihrem Hals an.

Vor der Klinik wartete ein Taxi und Christen half Hannah auf den Rücksitz. Er klappte den Rollstuhl zusammen und verstaute ihn. Er gab dem Taxifahrer eine Anweisung und das Auto setzte sich in Bewegung. Keine fünf Minuten später hielt der Wagen.

„Bitte warten Sie!", wies Christen den Fahrer an. Links von ihnen bohrten sich Stufen einen Weg in eine Düne und schlängelten sich in eine Höhe von 15 Metern. „Das schaffe ich nicht, Christen." „Dann schaffe ich das für dich!" Er hob Hannah auf seine Arme und ihr Herz machte einen Satz. Sie legte ihren Kopf an seine Brust. Es zog im Rücken und den Oberschenkeln, aber Hannah hielt den Schmerz aus, bis sie oben angelangt waren. In der Mitte stand ein sechseckiger Turm aus Stein. Auf seiner Spitze thronte ein auf dem Kopf stehendes Dreieck aus Holz. Christen ließ Hannah vorsichtig runter und sie setzten sich auf eine Bank zu Füßen der Bake.

Er legte den Arm um sie und Hannah sog seine Wärme in sich auf. „Weißt du, was das ist?"

„Ein Zeichen für Seefahrer?" Ein Lächeln malte sich in Christens Gesicht. Er nickte und sah sie an.

„Das ist das Kap Norderney. Ein Zeichen der Hoffnung und der Sicherheit für Seereisende. Jede friesische Insel hatte ihr eigenes Symbol, damit die Schiffe wussten, wo sie sich exakt befanden." Er deutete mit seiner freien Hand nach oben. „Ohne Baken wie diese und ohne Leuchttürme waren die Menschen auf See verloren und zerschellten an den tückischen Küsten. Bei Wind und Wetter wiesen sie den Weg nach Hause."

Sein Blick verfing sich in Hannahs. Seine Worte hinterließen ein warmes Gefühl in ihr, das sich in ihrem gesamten Körper ausbreitete. Er legte seine große Hand an Hannahs Wange und sie stellte fest, dass sie weder Schal noch Kopftuch trug. Christen sah sie an, als wäre sie das einzig Betrachtenswerte auf der ganzen Welt.

„Dein Vater ist jetzt auf dem Heimweg!" Hannah schluckte hart und legte ihren Kopf an seine Schulter.

„Ich ertrage den Gedanken nicht, dass er das nun alleine tun muss. Da wo er ist, kann ich ihm nicht folgen."

Christen sah in die Ferne, vorbei an der Bake. „Ich glaube nicht, dass er alleine ist. Treue Seelen werden ihn begleiten, bis er angekommen ist."

„Danke, dass du mich hergebracht hast!" Der Wind frischte auf und fuhr Hannah in die Kleidung. Sie fröstelte.

„Lass uns gehen. Wir kommen wieder!" Sand knirschte unter ihren Füßen, als sie sich von der Bank erhoben. Wieder nahm Christen Hannah auf die Arme und trug sie die Stufen hinab zum Taxi.

Zurück in der Klinik schob er Hannah im Rollstuhl in ihr Zimmer. Er half ihr aus der Jacke und deckte sie zu. „Der Strauß ist von dir, oder?" Christen nickte, seine Augen auf Hannah geheftet. „Das ist der schönste, ungewöhnlichste Strauß, den ich je erhalten habe!"

Er nickte. „Gut!" Er fuhr sich durch die Haare. „Ich muss gehen. Ich komme dich abholen, wenn du entlassen wirst."

Erst als er gegangen war, entdeckte Hannah einen Zettel auf ihrem Nachtkästchen. Sie faltete ihn auseinander und ihr Herz hüpfte ein weiteres Mal an diesem Tag. In fein-säuberlicher Schrift aus Tinte standen dort fünf Ziffern.

Kapitel 17

Hannah unterschrieb die Entlassungspapiere und schüttelte Dr. Kröger die Hand. „Denken Sie daran, geben Sie Acht auf Ihren Körper und Ihre Seele! Und wenn Sie noch einmal eine Transplantation brauchen, was wir nicht hoffen, kommen Sie gerne wieder. Ich habe Ihnen Medikamente aufgeschrieben, die Sie in der Apotheke der Reha-Klinik erhalten." Er hob die Hand zum Gruß und eilte hinaus.

„Na, dann lass uns dieses Haus verlassen." Christen schob Hannah mit dem Rollstuhl zum Eingang. An der Pforte ließen sie ihn zurück und verließen das Krankenhaus. Draußen stand das Fahrrad an der Hauswand angelehnt. Christen klemmte den Rucksack von Hannah auf den Gepäckträger und half ihr dann auf den Sattel. Er schob Hannah den ganzen Weg zur Klinik. „Ich bringe dich und deinen Rucksack noch ins Zimmer, dann muss ich zur Fähre. Ein Kollege hat den Dienst für mich übernommen, damit ich herkommen konnte."

„Okay!" Hannah genoss jede Sekunde in seiner Gegenwart. Auch wenn die Zeit mit ihm nur kurz währte. Ein Knoten bildete sich in ihrem Magen und wollte auch nicht verschwinden, als Christen sie anlächelte. Der Tag würde kommen, an dem sie zurück musste, in ihr altes Leben. Zurück zu ihrer Familie, zu ihren Freunden und ihren Kollegen in der Firma.

„Ob Herrenbesuch überhaupt erlaubt ist?"

„Was ist los?" Die Aufzugtüren schlossen sich und er sah Hannah an.

„Wenn die Reha zu Ende geht, dann …" Christen fasste nach Ihrer Hand.

„Wir sind jetzt hier! Das Morgen kennen wir nicht. Mach dir keine Gedanken über etwas, das noch nicht ist!" In der fünften Etage liefen sie bis zu Hannahs Zimmer und sie schloss auf. Christen ging an ihr vorbei und platzierte den Rucksack auf dem ungemachten Bett. Er legte seine Hand an ihre Wange und sie schmiegte sich an ihn. „Wir sehen uns, min Deern!"

„Tschüss, Christen!" Hannah löste sich von ihm und er schloss leise die Tür hinter sich. Sie ging ins Bad und zog sich das Kopftuch und den Schal an.

Beim Mittagessen kreischte Thea vor Freude, als Hannah den Saal betrat. Einige Patienten lächelten ihr zu und ihre Nervosität legte sich. Flora half ihr mit dem Tablett. Gemeinsam gingen sie zum Tisch. „Es ist so schön, dass du wieder da bist! Geht es dir denn auch besser oder haben sie dich rausgeschmissen, weil sie dein Bett brauchten?"

„Nein, nein!" Hannah hob abwehrend die Hände. „Es geht mir besser. Mein Rücken heilt gut und ich muss nicht weiter stationär behandelt werden. Das kann jetzt auch Schwester Marianne übernehmen. Sie ist doch wieder da, oder?", flehte sie leise.

Thea nickte und ihre Locken flogen. „Keine Bange, ich habe sie heute Morgen im Verbandsraum gesehen! Alles paletti!" Hannah fiel ein Stein vom Herzen. Da aß es sich gleich viel besser.

Im Sekretariat bat sie am Nachmittag um einen Termin mit Frau Dr. Hammann. Die Frau hinter dem Schreibtisch besah sich Hannahs Plan und passte ihn an. „Viel können Sie im Moment noch nicht machen. Die Hockergymnastik und die Wassergymnastik müssen dem Arztbericht nach noch ein wenig ruhen. Daher sollte es kein Problem sein, einen freien Termin für Sie bei der Psychologin zu finden."

„Danke sehr!"

„Der neue Plan ist in einer Stunde in Ihrem Fach."

Hannah begab sich ins Erdgeschoss und setzte sich in das Café. Sie bestellte einen Milchkaffee. Von hier aus hatte sie einen guten Blick auf die Fächer und alle, die kamen und gingen. Ein Mann und eine Frau setzten sich an den Tisch hinter Hannah. Sie nippte an ihrem Kaffee und scrollte sich durch die Nachrichten. Am Abend zuvor hatte sie mit ihrer Mutter sehr lange telefoniert. Sie hatten über die Beerdigung gesprochen, und ferne Verwandte, die an allem etwas auszusetzen gehabt hatten. Die Suppe beim Beerdigungskaffee war zu kalt, die Blumen passten nicht zum Sarg und der Priester hatte nicht die richtigen Worte gefunden. Irgendwann war Olympia der Kragen geplatzt und hatte an Hannahs Mutter statt die beiden Alten hinauskomplimentiert. Frau Keil war ihr vor lauter Dankbarkeit um den Hals gefallen. Hannah konnte einfach nicht fassen, dass sich Familienmitglieder derart daneben benahmen an der Beerdigung ihres Vaters. Der Rest der Familie und Freunde hatten die Beerdigung als würdig empfunden. Hannah blätterte sich durch die Fotos, die Olympia ihr geschickt hatte. Sie wischte sich über die Augen und schnäuzte sich in die Serviette.

„Hässlich!", sagte eine männliche Stimme und eine weibliche Stimme stimmte zu. Hannah sah hinaus ins Foyer, bisher war die Dame mit ihrem neuen Plan noch nicht erschienen. „Wie kann man nur so leben?"

„Keine Ahnung, ich würde mich umbringen!" Hannah sah von dem Display auf. Sie wagte es nicht, sich umzudrehen. Der Mann senkte seine Stimme, trotzdem verstand Hannah jedes Wort.

„Siehst du diese komischen Wülste da im Nacken? Sind da Würmer drin?" Hannah kroch die Hitze ins Gesicht. Die Frau kicherte. Es klang dumpf, offenbar hielt sie die Hand vor ihren Mund.

„Hast du den linken Arm gesehen? Das sieht aus, als wäre der Arm durch den Fleischwolf gedreht worden!" Die beiden prusteten los und Hannah drehte sich langsam um. Ohne zu blinzeln starrte sie die beiden an, dann sprang sie auf. Der Kaffee flog über den Tisch und die Tasse klirrte zu Boden. Blind vor Tränen rannte Hannah so schnell sie konnte aus dem Café, direkt in Floras Arme.

„Was ist denn los?" Die kleinere Frau hielt Hannah vorsichtig an den Oberarmen fest. „Du bist ja völlig durch den Wind!"

„Da drinnen …" Hannah schluchzte auf. Flora zog sie in ihre Arme.

„Was ist da drinnen?"

„Sie haben gelacht, über meine Narben!" Flora erstarrte.

„Wer?"

„Das Pärchen! Ich muss hier weg!" Sie löste sich aus Floras Umarmung und wollte davonstürzen.

„Nichts da, bleib hier sitzen!" Sie zeigte auf das Sofa an der Wand und Hannah hockte sich hin. Flora raste wie der Wind davon. Wenig später tauchte sie in Hannahs Gesichtsfeld auf.

„So, denen habe ich was erzählt! Aber das geht gar nicht. Komm mit!" Sie zog Hannah hinter sich her, der alle Kraft aus dem Körper gezogen schien. Sie nahmen einen Seitenaufzug in die Direktionsetage. Dort klopfte Flora mit der Faust an die angelehnte Tür des Klinikdirektors.

„Kommen Sie herein, was gibt es denn so Dringendes?" Der hagere Mann winkte die beiden Frauen ein und bat sie, Platz zu nehmen. Da Hannah kein Wort herausbrachte, übernahm Flora das Sprechen für sie.

„Da ist dieses Reha-Pärchen. Seit zwei Wochen sind sie zusammen und genau so lange machen sie sich über Patienten lustig. Aber jetzt ist es genug! Sie haben sich über meine tapfere Freundin Hannah Keil lustig gemacht!" Sie zeigte auf Hannah, die zusammengekrümmt in dem Sessel saß, als hätte sie einen Tritt in die Magengrube erhalten.

„Frau Keil, stimmt das, was Frau Tüning sagt?" Hannah nickte ohne aufzublicken. Ihre Lippen bebten und Übelkeit stieg in ihr auf.

„Sie ... sagten ... ich hätte Würmer ..." die restlichen Worte gingen in einem Heulkrampf unter. Sie wiegte sich vor und zurück.

„Können Mitpatienten die Situation bezeugen?" Der Direktor schob seine Brille mit Goldrand zurecht.

„Das weiß ich nicht, aber ich kann Ihnen drei weitere Patienten nennen, über die sich das Reha-Pärchen lustig gemacht hat." Der Mann beugte sich hinter seinem Schreibtisch vor.

„Bitte schreiben Sie mir die Namen von den anderen Patienten und diesem Pärchen auf. Ich kümmere mich sofort darum." Sein Blick verhärtete sich. „So ein Benehmen dulde ich nicht in diesem Haus." Flora schrieb die Namen nieder und schob den Zettel zurück zu dem Direktor.

„Vielen Dank!"

„So etwas darf nicht passieren, nicht in meinem Haus und nicht sonst irgendwo!" Sein Hals lief rot an. „Bringen Sie bitte Frau Keil in ihr Zimmer und besorgen Sie ihr eine schöne Tasse Tee." Flora half Hannah aus dem Sessel und zog sie an der Hand hinter sich aus dem Büro. Auf dem Weg in Hannahs Zimmer begegneten sie Thea und Frau Cremer, die sich den beiden Frauen anschlossen und in Hannahs Zimmer folgten. Flora nahm Hannah die Türkarte aus den Fingern, da sie wie Espenlaub zitterte.

„Ich hole Tee für alle!" Thea drehte sich auf dem Absatz um und eilte davon.

Völlig benommen stand Hannah in ihrem Zimmer. Flora zog die Bettdecke beiseite und klopfte auf die Matratze.

„Komm', leg' dich hin." Hannah streifte sich die Schuhe von den Füßen und ließ sich auf das Bett sinken. Sie rutschte ans Kopfteil und zog die Knie an. Flora legte ihr die Decke über und strich ihr eine verirrte Strähne aus dem Gesicht. Hannah legte ihren Kopf auf ihre Knie. Würde das jetzt ihr ganzes Leben so weiter gehen? Dass Menschen mit den Fingern auf sie zeigten und sie beschimpften oder demütigten?

„Frau Keil, oder darf ich Hannah sagen?" Die Matratze senkte sich ab und Hannah sah auf. Die Frau von der Hockergymnastik saß auf der Kante und lächelte Hannah an. „Nenn' mich Irene." Hannah nickte bloß und ließ ihren Kopf auf die Knie zurücksinken. „Weißt du, ich hasse Sätze, die mit: ‚Ich weiß genau, wie du dich fühlst beginnen'. Das weiß niemand, außer dir selbst." Irene zog den Reißverschluss ihrer Strickjacke auf und schob sie sich von ihren Schultern. Sie reichte sie Flora und steckte sich dann ihre roten Haare zu einem lockeren Knoten hoch. Bis auf das Top, saß sie entblößt auf dem Bett. Hannah sah auf und blinzelte ihre Tränen weg. Irene schob ihren linken Träger herunter, sodass Hannah beinahe die ganze Brust sehen konnte. „Siehst du diese Wunden?" Sie deutete auf mehrere Zwei-Cent-große Kreise. „Die hat mir mein Freund verpasst mit einem Zigarettenanzünder. Das hat er immer gemacht, wenn er glaubte, dass ich Fehler gemacht hatte. Der Fernseher war nicht laut genug, das Bier zu warm, solche Sachen eben!" Hannah sah sie aus weit aufgerissenen Augen an. Sie sah zu Flora, die ebenso schockiert dreinsah, wie Hannah sich fühlte. Irene schob den Träger zurück an seinen Platz. „Er fand das lustig. Über Wochen hat er mich malträtiert."

Hannah schluckte. „Und du bist bei ihm geblieben?"

„Ich wusste nicht wohin." Sie zuckte mit den Schultern. Hannah beugte sich vor.

„Das tut mir leid!"

Irene lächelte, doch es erreichte nicht ihre Augen. „Das ist ja noch nicht alles! Eines Abends, ich schlief bereits, fing Kurt an, auf mich einzuprügeln. Er zerrte mich aus dem Bett in die Küche. Ich hatte vergessen, ihm neue Zigaretten zu kaufen. Er zog die Schublade auf, um mir zu zeigen, dass sie leer war, dann knallte er meinen Kopf auf die Tischplatte." Irene presste die Lippen aufeinander. „Was dann passierte, kann ich nicht genau sagen. Von einem auf den anderen Moment stand ich in Flammen!" Sie schüttelte den Kopf, wie um die Erinnerungen loszuwerden. „Und das bin ich jetzt!" Sie zeigte auf ihren Oberkörper. „Das sind meine Zeichen, man könnte auch sagen, ich bin gezeichnet." Irene fuhr mit ihrer Hand über die Narben und malte sie nach.

„Wie konntest du überleben?", wollte Hannah wissen.

„Man hat mich draußen gefunden, ich muss instinktiv auf die Straße gelaufen sein. Passanten haben mich gelöscht!" Sie lachte auf, in Hannahs Ohren klang es bitter. „Zu Beginn wollte ich nicht mehr leben. Ich habe meine Retter gehasst. Warum hatten sie mich nicht sterben lassen? Nun, das denke ich jetzt nicht mehr. Ich bin zwar gezeichnet, aber ich werde nach der Reha noch einmal ganz neu beginnen. Vielleicht mache ich eine Lehre, die ich nie machen durfte, oder suche mir einen Job auf Gran Canaria. Wir werden sehen. Weißt du, ich bin jetzt frei! Dieser Mistkerl sitzt im Gefängnis und kann mir nie wieder etwas tun. Diese Freiheit lasse ich mir nicht mehr nehmen!" Sie drehte sich zu Flora um.

„Kannst du mir meine Strickjacke zurückgeben?" Sie zog sich an und wandte sich wieder an Hannah. „Finde deinen Sinn in diesem ganzen Scheiß und dann ist egal, wer ekelhaft zu dir ist und dich bis aufs Blut verletzt. Verstehst du?" Hannah nickte und drückte Irenes Hand.

Es klopfte und Flora öffnete Thea die Tür. Sie balancierte ein Tablett mit vier Tassen Tee und einer Flasche Rum.

„Die habe ich aus meinem Zimmer geholt. Macht schnell die Tür zu, damit das keiner sieht. Alkohol ist in der Reha nämlich verboten." Sie zwinkerte Hannah zu. „Nur ein Schuss für die Nerven, okay?"

„Okay." Hannah nickte ergeben. Was für ein Tag! Die vier Frauen stießen mit den Tassen an.

„Auf das Leben!", sagte Irene.

„Auf das Leben!", erwiderten Hannah, Thea und Flora.

Die Abendessenszeit war so gut wie vorüber, als sie den Saal betraten. Der ältere Herr aus der Hockergymnastik sah sie und kam auf sie zugelaufen.

„Wisst ihr schon das Neueste?"

„Nein, wir waren die ganze Zeit in Hannahs Zimmer!", sagte Irene. „Was ist denn passiert?"

„Das Läster-Pärchen musste packen und die Rehabilitation verlassen!" Thea klatschte in die Hände.

„Es wird noch besser!", sagte er und sah die vier an.

„Für mich reicht es schon, dass sie weg sind", meinte Hannah.

„Wenn man aus einer Rehabilitationsmaßnahme rausgeworfen wird, muss man die Kosten selbst tragen!" „Autsch!", meinte Flora. „Das wir die beiden teuer zu stehen kommen. Ich gönne es ihnen!"

Hannahs Magen grummelte. „Ich hole mir noch schnell Brot vom Buffet!" Bei dem Wort musste sie grinsen, und als sie sich mit einer Zange die Scheibe Brot nahm, dachte sie an Christen.

Kapitel 18

Am Montagmorgen öffnete Hannah ihr E-Mail-Postfach und fand eine Nachricht ihrer Firma vor. Sie klickte darauf und nippte an ihrer Thermotasse.

„Liebe Hannah!", las sie. „In der letzten Woche haben wir uns zu einer Notfall-Sitzung zusammengefunden und die Situation des Unternehmens besprochen. Als junges Start-Up haben wir nicht die Ressourcen, Deinen Ausfall auf Dauer zu kompensieren. Dir, Als Mitbegründerin, möchten wir vorschlagen, Dich rauszukaufen. Als Patent-Inhaberin möchten wir Dir ein Angebot unterbreiten, um das Patent von Dir zu erwerben, damit die Firma bestmöglich und in Deinem Sinne fortgeführt werden kann. Wir haben uns diese Entscheidung nicht leichtgemacht, aber im Sinne des Unternehmens diesen Schritt in Betracht gezogen, und nach Abstimmung, eingeleitet. Wir geben Dir eine Bedenkfrist bis zum 31. März. Teile uns bitte in schriftlicher Form Dein Einverständnis mit. Mit freundlichen Grüßen, Tom, Sofia und Stan."

Hannahs Lider flatterten, als Sie die E-Mail ein weiteres Mal durchlas. Ihr Herz sackte in die Hose. Niemals hätte sie damit gerechnet, aus ihrer eigenen Firma, ihrem Baby, geworfen zu werden. All die Arbeit, die unendlichen Stunden, die sie für das Unternehmen gegeben hatte. Die Firma beruhte auf ihrer Idee und ihrem Patent. Hannah rieb sich über die Stirn. Alle Anteilseigner hatten sich gegen sie entschieden, weil sie einen Unfall gehabt hatte und Zeit zur Heilung brauchte. Die letzten drei Jahre waren der pure Horror gewesen. Sie hatte ihr Angestelltenverhältnis in einer Aroma-Fabrik aufgegeben, für eine Idee. Diese Idee hatte sich fantastisch entwickelt und auf dem Höhepunkt des Unternehmens wurde sie hinauskomplimentiert.

Hannah rieb sich über die juckende Kopfhaut. Langsam wuchsen die Haare nach und sie überlegte sich, die Haare auf eine gemeinsame Länge schneiden zu lassen. Aber das war jetzt ihr geringstes Problem. Wenn sie rausgekauft wurde, hätte sie genug Ersparnisse für eine Weile. Sie ließ den Kugelschreiber durch ihre Finger wandern. Was sollte sie mit dem Patent machen? Behalten oder verkaufen? Sie verschob den Gedanken auf später.

Wenn sie ein eigenes Unternehmen gründen wollte, war ein Patent von Vorteil. Würde sie die Kraft finden ein weiteres Mal eine Firma zu gründen? Mit all den Faktoren wie Stress, nächtelanges Arbeiten, Geldmangel, keine Kunden und Kredite am Hals?

Sie rieb sich über ihr Gesicht und versuchte zu verdauen, dass sie ihre Firma nie wieder betreten würde. Schon wieder ein Nie wieder!, dachte sie. In letzter Zeit bestand ihr Leben nur noch aus absolutistischen Aussagen. Hannah schüttelte den Kopf. Jetzt ging es erst einmal um ihre Gesundheit. Irene wusste auch nicht wie es weiterging und quoll über vor Zweckoptimismus. Hannah knurrte den Bildschirm an und klappte ihn zu. Sie griff nach der Postkarte ihrer Kollegen und zerriss sie. Die Papierfetzen rieselten in den Papierkorb. Sie steckte den Wochenplan in ihre Hosentasche und machte sich auf den Weg zu Frau Dr. Hammann.

Ihre Gedanken kreisten um die E-Mail. Ihr Vater wäre im Dreieck gesprungen, wenn er das noch miterlebt hätte. Hannah konnte sich exakt vorstellen, wie die Sitzung abgelaufen war. Sofia war als Erste umgefallen. Profit war ihre Religion. Sophia hatte dann auf Stan eingeredet und ihm vorgerechnet, was der Firma an Geldern durch die Lappen ging, wenn Hannahs Posten für Wochen und Monate unbesetzt blieb. Für Stan zählten nur Zahlen. Als Letztes hatte Tom sicherlich für sie eingestanden und das rechnete Hannah ihm hoch an.

Die Türe zum Besprechungszimmer stand offen und Hannah klopfte an. „Kommen Sie herein, Frau Keil!" Hannah nahm auf dem Sessel Platz und die Erinnerungen an die vergangene Woche kamen in ihr hoch.

„Es ist mir sehr unangenehm, was letzte Woche passiert ist!" Sie knetete ihre Finger in ihrem Schoß.

„Das ist nichts, worüber Sie sich Gedanken machen müssen, diese Dinge passieren unseren Patienten ab und an einmal. Wir sind eine Klinik und für alle Fälle gerüstet." Sie lächelte Hannah an. „Naja, wenigstens die Ärzte und die Schwestern. Mir ist noch nie jemand in der Sprechstunde zusammengeklappt. Wie geht es Ihnen denn heute?" Hannah horchte in sich hinein.

„Körperlich erhole ich mich langsam. Seitdem die Entzündung raus ist und das neue Transplantat anwächst, habe ich weniger Schmerzen und mein Gesamtbefinden wird von Tag zu Tag besser."

„Das freut mich zu hören!" Frau Dr. Hammann machte sich Notizen auf einen Block. „Und ihre psychische Verfassung?" Hannah rieb sich über ihre Augen.

„Was ich Ihnen erzähle, unterliegt der Schweigepflicht, oder?"

„Aber natürlich, Frau Keil!"

„Es stürzen so viele verschiedene Dinge auf mich ein, ich bin völlig verwirrt. Eine Mischung aus Zukunftsangst, Hoffnungs-Fitzelchen, Trauer und Verlustängsten. Ich weiß nicht wie es weitergehen soll. Meine Firma, die ich mitgegründet habe, hat mich hinauskatapultiert. Diese Information hatte ich heute ganz frisch in meinem E-Mail-Postfach. Dazu kommt, dass ich meinen Körper, ich will nicht sagen, verachte, aber ich knabbere sehr an meinem neuen Aussehen. Mein Vater ist gerade verstorben und ich konnte mich nicht verabschieden und dann ist da noch … Christen." Hannah stützte ihre Ellbogen auf die Knie und barg ihr Gesicht in den Händen.

„Das ist alles so … ahh!"

„Okay, eins nach dem anderen!" Frau Dr. Hammann faltete ihre Hände auf dem Schreibtisch. „Wenn Sie diese Punkte in eine Reihenfolge bringen müssten, welcher macht Ihnen am meisten zu schaffen?" Hannah richtete sich wieder auf und lehnte sich zurück. Sie kaute auf ihrer Unterlippe.

„Der Verlust meines Vaters ist ganz frisch und schmerzt mich sehr, das ist aktuell wohl mein Punkt Eins. Dann kommt mein Körper, dann Christen, dann die Firma." Sie wischte sich die schweißnassen Hände an den Oberschenkeln ab.

„Wir bieten jeden zweiten Mittwoch ein Seminar zum Thema Trauer an." Die Psychologin schaute in ihren Kalender. „Das wäre übermorgen! Ich möchte Sie gerne dort anmelden!" Hannah nickte. Frau Dr. Hammann tippte etwas in ihren Computer.

„Jetzt bekommen Sie schon wieder einen neuen Plan! Ihr nächster Punkt ist der Unfall und seine umfassenden Folgen auf ihren Körper und ihr ganzes Leben. Ich möchte, dass Sie detailliert den Unfall zu Papier bringen. Wie haben Sie den Tag begonnen? Was haben Sie gefühlt? Gesehen? Gerochen? Schreiben Sie alles auf. Sie werden merken, dass Sie Lücken haben, aber die Erinnerungen kommen wieder. Haben Sie Alpträume?" Hannah kniff sich in die Nasenwurzel.

„Ja, ich kann mich nicht genau erinnern. Sie sind diffus. Ich wache dann senkrecht im Bett auf. Meistens bin ich klatschnass geschwitzt." Die Psychologin machte sich weitere Notizen und sah zu Hannah auf.

„Schaffen Sie es, bis zu unserer nächsten Sitzung, Ihre Geschichte aufzuschreiben?"

„Ich denke schon!"

„Es wird Sie etwas Zeit kosten. Splitten Sie das Schreiben ruhig, wenn Sie sich nicht in der Lage fühlen, alles auf einmal zu schreiben."

„In Ordnung."

„Kennen Sie das Thalasso-Bad in der Nähe des Konversationshauses?" Hannah schüttelte den Kopf.

„Ich würde gern dort mit Ihnen hingehen." Hannah sah Sie aus weit aufgerissenen Augen an. Ihre Hände bebten und sie ballte sie zu Fäusten.

„Das kann ich nicht!" Die Psychologin legte ihren Kopf schräg.

„Nicht morgen und nicht nächste Woche. Aber vielleicht in drei oder vier Wochen. Hier kennt Sie niemand, das ist ein riesiger Vorteil. Und das Bad hat gleich mehrere Vorteile: Es gibt einen Spa-Bereich mit Meerwasserbecken, das würde den Heilungsprozess ihrer Haut beschleunigen und ihrem Wohlbefinden guttun. Außerdem gingen Sie in die Konfrontation. Je öfter Sie das tun, umso leichter wird es Ihnen später fallen in Situationen zu gehen, die Ihnen nicht behagen." Sie beugte sich vor. „Frau Keil, Sie haben ein eben solches Recht am Sozialleben teilzuhaben, wie alle andere Menschen auch, vergessen Sie das nicht. Und vor allem: Verwehren Sie sich diese Erfahrungen und Erlebnisse nicht. Wir üben das gemeinsam!" Sie wartete, bis Hannah leicht nickte. „Dann haben wir noch Punkt drei. Aufgrund der freundschaftlichen Verbundenheit meines Mannes mit Christen Arendonk würde ich das Feld lieber Ihnen beiden überlassen. Was das Thema anbelangt, komme ich in einen Interessenkonflikt."

„Das verstehe ich." Ihre Freundin Olympia sprach sicherlich äußerst gerne über das Männerthema, dachte Hannah.

„Für Punkt vier wäre unsere Rentenstelle im Haus zuständig, die Damen können Ihnen sicherlich sachkundiger weiterhelfen, als ich das kann. Dennoch können wir hier in den Sitzungen herausfinden, welche Ziele und Wünsche Sie haben und wie Sie sie erreichen können."

„Puh, das muss ich alles erst einmal sacken lassen!"

„Eins nach dem anderen, Frau Keil. Sie beginnen mit Ihrer Geschichte, am Mittwoch nehmen Sie das Angebot des Trauerseminars wahr und irgendwann demnächst machen Sie sich einen Termin bei der Stelle für Arbeit. Aber vielleicht hat sich das bis dahin schon erledigt und Sie wissen wo Ihre Reise hin geht!" Die Psychologin erhob sich und reichte Hannah die Hand. „Wir sehen uns zum nächsten Termin, bis dahin ein paar gute Tage!"

„Vielen Dank! Ich suche jetzt besser Schwester Marianne auf, damit der Rücken so bleibt, wie er ist!" Hannah hob die Hand zum Gruß und zog die Türe zu. Die nächste Patientin saß bereits in der Wartegruppe.

Sie ließ sich Zeit auf dem Weg zur Wundversorgung. Die Psychologin hatte ihr Gefühlschaos strukturiert und sie in eine Reihenfolge bringen lassen. In Hannahs Kopf herrschte mehr Ordnung als zuvor und die Spannung in ihrem Kreuz ließ nach. Die Sitzung hatte ihrer Seele und ihrem Geist gutgetan. Ihre Probleme zu sortieren hatte dazu beigetragen und dafür dankte Hannah der Psychologin im Stillen.

Schwester Marianne sah aus, als wollte sie Hannah um den Hals fallen. Bei ihrem Auftauchen hüpfte sie von einem Fuß auf den anderen, als stünde sie unter Strom.

„Frau Keil, was machen Sie denn nur für Sachen. Kommen Sie herein und setzen Sie sich. Ich habe mir solche Vorwürfe gemacht, aber die Wundränder sahen gut aus, bevor ich meine freien Tage hatte. Ojemine, ich frage mich, ob wir die Operation verhindern hätten können." Sie rannte um Hannah herum wie ein aufgescheuchtes Huhn. „Das war aber jetzt Ihr letzter Ausflug zum Doktor Kröger, versprochen?" Hannah nickte wie ein kleines Schulmädchen und musste grinsen.

„Es geht jetzt schon viel besser!" Schwester Marianne atmete laut aus.

„Dann machen Sie sich doch einmal frei und ich schaue mal, was der Herr Doktor für eine Arbeit geleistet hat." Hannah schlüpfte aus den Schuhen und der Hose und zog sich bis auf die Unterwäsche aus. Schwester Marianne setzte die Brille auf, die an einer Kette um ihren Hals baumelte.

„Ihre Oberschenkel verheilen ausgezeichnet! Drehen Sie sich bitte einmal um! Sehr schön, die Wundverbände können wir stellenweise verkleinern und hier sogar weglassen! Nun zu ihrem Gesicht und der Kopfhaut, setzen Sie sich doch bitte auf die Liege." Die Schwester zog sich frische Handschuhe an und tastete über die Narben. „Ich möchte, dass Sie hier gar kein Pflaster mehr tragen. Die Abdeckung brauchen Sie nicht mehr. Ich denke, an der Stelle im Gesicht haben Sie das aus Sichtschutz-Gründen geklebt, aber ich möchte Sie bitten, Luft an die Stellen zu lassen. Unsere Seeluft ist wunderbar geeignet, zur Wundheilung beizutragen." An Hannahs Lippen zupfte ein Lächeln.

„Das höre ich heute schon zum zweiten Mal!" Schwester Marianne hob spielerisch den Zeigefinger.

„Dann sollten Sie es auch glauben! Hier im Gebäude-Inneren brauchen Sie eigentlich auch kein Kopftuch. Draußen können Sie ruhig eine Kopfbedeckung tragen!"

„Das ist mir ein bisschen viel auf einmal. Ginge es auch nach und nach? Also erst einmal keine Pflaster mehr und den Schal lasse ich auch weg, aber das Kopftuch behalte ich an?"

„Jetzt wird hier auch noch gehandelt. Aber in Ordnung. Nächste Woche geht es dem Kopftuch an den Kragen." Hannah zog sich wieder an. „Vielen Dank!" Schwester Marianne drückte ihr eine neue Tube in die Hand.

„Und wenn Sie glauben, dass irgendwo etwas nicht stimmt, kommen Sie sofort zu mir oder klingeln!"

„Mache ich!"

Auf dem Weg in ihr Zimmer überlegte Hannah, ob sie mit der Niederschrift sofort beginnen sollte. Der Widerhall des Aufschlags auf die Leitplanke brandete durch ihren Körper und sie schob die Aufgabe auf den Abend.

Kapitel 19

„Min Deern,", begann der Brief, „hiermit lade ich Dich herzlich ein, mit mir heute Abend um 19 Uhr zu essen. Ich koche uns ein klassisches dänisches Gericht. Ich hole Dich mit dem bewährten Untersatz ab! Dein Christen!"

Hannah drückte das Stück Papier an die Brust. Zusammen mit dem neuen Wochenplan hatte sie es aus ihrem Postfach gezogen. Ein Abendessen! Ihr Herz hüpfte. Sie schaute auf ihr Handy und sah, dass es bereits Zeit war, sich umzuziehen. Sie ging in den Speisesaal, um sich für das Abendessen abzumelden. Sie trug sich in die Abwesenheitsliste ein. Jemand tippte ihr auf die Schulter und Hannah drehte sich um.

„Thea! Hi!"

„Du isst nicht mit uns zu Abend?"

„Heute nicht."

„Aber du wirst uns noch vom Fleisch fallen, wenn du immer das Essen schwänzt. Du bist doch schon ganz abgemagert!" Hannah sah an sich herunter. Thea hatte Recht, ihre Kleidung schlackerte in einem Ausmaß, das sie eigentlich neue Sachen brauchte. Was sie zur nächsten Frage brachte: Was sollte sie für heute Abend anziehen?

„Ich verhungere schon nicht!"

„Warte!", sagte Thea und verschwand im Speisesaal. Hannah tippelte von einem auf den anderen Fuß.

„Hier!" Thea tauchte im Türrahmen auf und schnaufte, als hätte sie einen Marathon bestritten. In ihrer Hand hatte sie zwei Bananen und eine Birne.

„Danke, Thea! Das ist so lieb von dir! Das war doch gar nicht nötig!"

„Doch, ich sorge mich halt!" Sie tätschelte Hannah die Schulter. „Wir sehen uns!"

„Ja, wir sehen uns, bis später!" Hannah drehte sich um und eilte zum Aufzug. Ihr Herz quoll über vor so viel Zuneigung, die sie von Thea erfuhr. Sie drückte das Obst und Christens Brief fest an sich und lächelte vor sich hin.

In ihrem Zimmer riss sie die Türen ihres Kleiderschrankes auf. Was ziehe ich an? Sie zog den Stapel mit den Hosen heraus und sah sich der Entscheidung gegenüber, eine Wahl zwischen einer roten, einer blauen und einer geblümten Jogginghose treffen zu müssen. Hannah fasste sich an den Kopf. Das Kleid kam nicht in Frage. Sie sah die Blusen durch und ihr Blick fiel auf eine schwarze. Sie nahm sie vom Bügel und hielt sie über die Hose mit den roten Blüten. Sie seufzte. Besser würde es nicht werden und die Kombination fiel so eben noch unter ‚passabel'.

Sie legte Deo und das Keks-Parfum auf und schlüpfte in die frischen Sachen. Statt der Sportschuhe entschloss sie sich für die Schnürstiefel. Vor dem Spiegel legte sie sich das Kopftuch an. Den Schal ließ sie liegen. Um kurz vor Sieben zog sie sich den Mantel an und machte sich auf den Weg ins Foyer.

Sie sah Christen bereits durch die Scheiben der Flügeltüren. Sie winkte ihm zu und trat hinaus. Salz-Luft strich von der See landeinwärts. Der Himmel breitete sein Sternenzelt über ihnen aus. Christen lächelte und strich über Hannahs Wange. Er half ihr in den Sattel und schlug den Weg Richtung Ort ein. Hannah legte ihre Hand auf seine auf dem Lenkrad und Christen verstärkte seinen Griff an ihrem Rücken. Sie sprachen kein Wort. Hannah genoss seine Nähe. Am Rande eines überschaubaren Industriegebietes hielt er das Rad an und half Hannah abzusteigen. Er lehnte den Drahtesel gegen den Jägerzaun und öffnete das Türchen.

Wilde Blumen wuchsen im Vorgarten. Ein Kiesweg führte zu einer Tür, deren Sturz so niedrig angelegt war, dass Christen sich bücken musste, um einzutreten. Hannah entfuhr ein Glucksen und betrat hinter ihm das Häuschen. In dem schmalen Flur gab es keinen Platz für zwei Personen und Christen führte sie geradeaus durch in die Wohnstube. Er nahm ihr die Jacke ab

„Setz dich ruhig auf das Sofa, ich mache uns erst einmal einen echten Tee!" Er verschwand durch eine noch niedrigere Tür in die Küche. Hannah ließ sich auf das Sofa nieder und die Federn quietschten. Sie schob sich ein Kissen in den Rücken und sah zu Christen rüber. In der Küche stand ein schmiedeeiserner Küchenblock, den Christen mit Spänen befeuerte und einen Topf auf die Ringe der Herdplatte stellte. Der Rauch stieg Hannah in die Nase und erinnerte sie an Lagerfeuer und Zelten im Taunus. Christen ging an ihr vorüber zu einem Buffetschrank und holte Porzellan-Tassen und Porzellan-Unterteller heraus.

Links und rechts des Schrankes hingen Portraits von einer Frau und einem Mann, der Kleidung nach aus dem vorherigen Jahrhundert.

„Wer sind die beiden?"

„Meine Großeltern mütterlicherseits."

„Ist das hier ihr Haus?" Christen schüttelte seinen Kopf.

„Nein, ich bin der erste aus meiner Familie, der in Deutschland lebt und arbeitet."

„Warum bist du nach Deutschland gekommen?"

„Ich konnte nicht mehr in Dänemark bleiben." Er ging zurück in die Küche und holte die Kanne mit Ostfriesentee. Sein Blick verdüsterte sich und Hannah wagte nicht, weiter in ihn einzudringen. Er vermisste

Dänemark, denn er kochte ihr Essen aus seiner Heimat, aber er mochte nicht in die Heimat zurückkehren, weil … ja, warum?, fragte sich Hannah. Sie räusperte sich.

„Was machst du uns denn zu essen?"

„Stjerneskud!" Er nippte an seinem Tee. „Das bedeutet: Sternschnuppe!"

„Das hört sich wundervoll an!"

„Und so schmeckt es auch! Nimm deine Tasse mit zum Tisch ins Nebenzimmer, ich habe dort eingedeckt." Er führte Hannah durch die Küche in ein Esszimmer, mit den Ausmaßen einer Abstellkammer. In der Mitte stand ein runder Tisch mit zwei Stühlen und ein Sideboard. Das schmale Fenster ging zum Vorgarten hinaus. Christen stellte das Stövchen auf das Sideboard. Dort standen verschiedene Zutaten aufgereiht.

Christen zog Hannah den Stuhl zurück und sie setzte sich. „Zu dem Gericht gehören traditionell Bier und Schnaps, aber ich habe es abgewandelt. Wir trinken Tee dazu." Er lächelte und seine Zähne blitzten auf. In der Mitte des Tisches stand eine rote Kerze, die er mit einem Strich eines Streichholzes anzündete. Er nahm Aufstellung neben dem Sideboard und erklärte die Zutaten.

„Hier haben wir Roggenbrot mit paniertem Schollenfilet, dazu Garnelen, Salat und Limfjord-Kaviar." Christen räusperte sich. „Ich hoffe, du magst Fisch!" Hannah lachte laut auf.

„Wenn nicht, hättest du jetzt ein Problem. Aber sei beruhigt, ich liebe Fisch!" Christen wischte sich über die Stirn.

„Dann habe ich aber noch einmal Glück gehabt." Er schaltete die Heizplatte aus und bereitete zwei Teller vor. Einen stellte er vor Hannah, den anderen vor seinem Platz, ab. Christen hob die Teetasse.

„Auf das Heute, skål!" Hannah hielt ihm ihre Teetasse hin und stieß mit ihm an. „Prost!"

In der Stille war nur das Klappern des Bestecks zu hören. In Christens Händen wirkte das Messer und die Gabel zierlich, die Teetasse verschwand beinahe in Gänze zwischen seinen Fingern.

„Warum bist du zur See gegangen?" Christen wischte sich mit der Serviette über den Mund.

„Mein Großvater und mein Vater fuhren ebenfalls zur See. Unser Blut besteht zu neunzig Prozent aus Meerwasser, sagte mein Großvater immer."

Sein Blick schweifte in die Ferne. „Eigentlich wollte ich dauerhaft zur Marine, doch Auslandseinsätze und der damit verbundenen Waffengewalt, haben mich abgehalten. Ich habe dann bei einer Reederei angeheuert und mich hochgearbeitet. Vor zehn Jahren wurde ich zum Kapitän befördert und habe Kreuzfahrtschiffe über die Ozeane gesteuert." Er schüttelte den Kopf. „Heute kann ich sagen, dass das nicht mein Lebenstraum war. Die Fährfahrt liegt mir viel mehr."

„Hat es dir zu schaffen gemacht, längere Zeit von zu Hause weg gewesen zu sein?" Christens Augen verdunkelten sich.

„Ich war immer zwiegespalten. Ich liebe das Meer, die Weite, die Seeluft, bei einer starken Brise beginne ich erst so richtig zu leben." Seine Augen sprühen. Doch sogleich verändert sich sein Gesichtsausdruck wieder. „Aber ich musste immer die Familie und meine Freunde zurücklassen. Und das für Monate. Bei wichtigen Ereignissen wie Geburten, Hochzeiten, sogar Beerdigungen bin ich nicht da gewesen." Hannah sah auf ihren Teller herab.

„Deshalb hast du mich abgeholt und mit mir diesen Moment an der Bake verbracht!"

Christen nickte. „Niemand sollte in einem solchen Augenblick alleine sein!" Hannah drehte die Gabel in ihren Fingern. War er nur bei ihr gewesen, um sie zu trösten? Als guter Freund? Aber er hatte den Arm um sie gelegt und die Treppe hinaufgetragen. Sie wusste nicht mehr, wie sie sein Verhalten einordnen sollte. Und doch saß sie hier. Gemeinsam mit ihm am Tisch bei Kerzenschein. Sagte er zu jeder Frau ‚min Deern'?

„Schmeckt es dir nicht?"

Hannah sah auf. „Doch, sehr!" Sie schob sich eine Garnele in den Mund.

„Aber etwas bedrückt dich." Christen sah sie aufmerksam an.

„Bevor der Unfall passiert ist, war ich selbstsicher. Ich habe mich in meinem Körper wohlgefühlt, meine Gefühle säuberlich geordnet. Ich habe mich Herausforderungen gestellt und war dabei die Erste in der Reihe. Ich war eine außerordentlich gute Sportlerin, Deutscher Meister im Hockey und im Rudern habe ich in der Regionalliga mitgespielt. Mein Weg lag klar ausgebreitet vor mir. Keine Zweifel, keine Unsicherheiten." Hannah seufzte. „Nun ist alles auf den Kopf gestellt. Meine Gefühle sind das Chaos pur, mein Körper …" Sie stockte. „Mein Selbstvertrauen ist in den Flammen mit aufgegangen. Ich bin nicht nur äußerlich verbrannt. Das Feuer hat mir alles genommen."

„Nicht alles!" Christen steckte seine Hand über den Tisch und fasste nach Hannahs. Er umfasste ihre Hand und streichelte mit dem Daumen über ihren Handrücken.

„Ich weiß nicht, wie du früher warst, ich kann es mir vorstellen, aber die Hannah, die ich sehe, ist für mich viel anziehender." Hannah stieg die Röte in die Wangen. „Ich sehe eine Kämpferin, eine echte Nordin!" Christen drückte ihre Hand. „Ich sehe in dir eine Wikingerin. Nur du selbst musst sie noch finden. Sie liegt vielleicht verschüttet in dir, aber sie ist da. Schau genau hin!"

„Eine Frau in der Uniklinik Frankfurt hat zu mir gesagt, ich solle mich nicht so anstellen …" Hannah fuhr sich über die Augen. „Das geht mir immer noch sehr nah."

„Auf solche Äußerungen solltest du nicht hören. Jemand, der dich nicht kennt, darf auch nicht urteilen. Und auch sonst niemand." Er lächelte sie an und leuchtende Wärme hüllte ihr Herz ein.

„Danke."

„Lass uns zu Ende essen, ich habe auch noch Nachtisch!" Hannahs Augen weiteten sich. „Dessert passt immer rein, gut, dass mir das Schlucken inzwischen besser gelingt. Dein Essen hätte ich nicht missen wollen. Was gibt es denn?"

„Lass dich überraschen!" Was hatte sie auch anderes erwartet?

Christen räumte die Teller ab und ging in die Küche. Draußen herrschte inzwischen tiefste Dunkelheit und Hannah fragte sich, ob die Menschen, die vorüberliefen, hereinschauten und ihnen bei ihrem Abendessen zusahen. Aus der Küche zog der Duft von karamellisierten Nüssen ins Esszimmer und Hannah lief das Wasser im Mund zusammen. „Bin gleich bei dir! Möchtest du einen Kaffee oder Espresso zum Nachtisch?", rief Christen aus der Küche

„Ja, sehr gerne einen Espresso!"

Wenige Momente später erschien er im Türrahmen, in jeder Hand ein Glas. „Das Dessert nennt sich dänische Knuspercreme. Sahne, Frischkäse, Himbeeren und obendrauf ein paar Mandeln und fertig ist das Gericht. Ich habe natürlich ein bisschen vorbereitet, damit du nicht so lange warten musst!"

„Das ist wunderbar! Danke, dass sieht richtig lecker aus!"

„Ich hole noch den Espresso, eine Sekunde." Hannah starrte auf das farbenfrohe Dessert. Der Mann war gesegnet mit vielen Talenten und Kochen gehörte eindeutig dazu. Christen reichte ihr den Espresso und einen Löffel.

„Dann probiere mal!"

Der Geschmack explodierte auf Hannahs Zunge. „Das ist himmlisch!"

Christen strahlte. „Das freut mich! Ich war nicht sicher, was du mögen könntest, aber dann dachte ich mir, dass ich mit einem echten dänischen Gericht nichts falsch machen kann!" Seine Freude übertrug sich auf Hannah.

Verspannungen in ihrem Rücken ließen nach, die sie bisher nicht bemerkt hatte. Sie rührte Zucker in ihren Espresso.

„Man könnte bestimmt Bonbons herstellen, aus meiner zuckerfreien Schokolade, mit Espressogeschmack und in der Mitte eine Mandel." Sie betrachtete ihren Espresso mit ganz neuen Augen.

„Ich komme gerade nicht mit. Du willst Bonbons machen?"

Hannah stellte das Tässchen ab. „Das war mein Lebensinhalt, weißt du? Ich gründete eine Firma unter der Prämisse, gesunde Lebensmittel zu entwickeln. Ich halte das Patent auf eine zuckerfreie Schokolade. Die Zutaten kann ich dir leider nicht verraten!" Sie grinste ihn an. „Ich wollte immer den Genuss mit der Gesundheit verbinden."

Christen nickte. „Spannendes Arbeitsfeld." Hannahs Augen verdunkelten sich.

„Ja, aber sie haben mich mehr oder weniger rausgeschmissen. Weil ich krank bin und unklar ist, wann ich wieder dort auftauche. Sie wollen die Firma vorantreiben, das kann ich verstehen, aber das Unternehmen gründet auf meiner Idee. Bis zum Ende des Monats muss ich mich entscheiden, ob ich ihnen mein Patent verkaufe. Rauskaufen werden sie mich auf alle Fälle, da habe ich gar keine Entscheidungsgewalt mehr und vor Gericht gehe ich nicht."

Ihr fiel es wie Schuppen von den Augen. Sie wollte nicht in die Firma zurück. Lieber gründete sie eine neue Firma. Sie lächelte Christen an.

„Das Patent behalte ich, und eine neue Idee habe ich auch." Sie klatschte in die Hände. „Ich könnte Pralinen herstellen auf Basis meiner Rezeptur."

Christen hörte ihr mit einem breiten Lächeln im Gesicht zu.

„Du solltest einmal in den Bonbonladen in der Stadt gehen. Die Süßigkeiten dort sind zwar nicht zuckerfrei, aber du würdest sie lieben. Und vielleicht inspiriert dich das eine oder andere Bonbon für neue Rezepte!"

„Das wäre fantastisch, ich möchte auf jeden Fall mal dort hin!" Christen umrundete den Tisch und zog sie von ihrem Stuhl hoch. Er hielt sie an beiden Händen fest und sah sie an. Sein Blick verankerte sich mit ihrem und Hannah wurde schummrig, ihre Eingeweide fuhren Karussell. Christen ließ ihre Hände los und legte sie an Hannahs Wangen. Er beugte sich vor und senkte seine Lippen auf ihre. In dem Moment der Berührung durchfuhr sie eine Hitze von den Zehenspitzen bis zum Haaransatz. Sie erwiderte den leichten Druck seiner Lippen. Dann verkrampften sich ihre Hände, ihr Magen und ihr Rücken. Ihre Glieder erstarrten. Sie stolperte einen Schritt zurück.

„Ich kann nicht … es tut mir leid, ich weiß nicht, was mit mir los ist, ich …"

„Hannah, mir tut es leid, ich habe dich überfallen. Du sahst so glücklich aus und ich dachte …" Christen fuhr sich durch sein Haar.

„Du hast nichts falsch gemacht, Christen! Ich bin es, die komisch ist. Ich … bitte, ich möchte nach Hause!" Tränen sprangen in Hannahs Augen und sie wischte sich mit dem Handrücken darüber. Sie schluckte.

„Ich wollte es auch, aber …" Sie knetete ihre Finger. Sie schritt rückwärts aus dem Raum und eilte durch die Küche in die Stube.

„Warte, ich hole deine Jacke!" Christen half ihr hinein, keiner sprach ein Wort. „Ich bringe dich in die Reha, komm, steig auf und mach dir nicht zu viele Gedanken, min Deern!" Schweigend fuhren sie die Straße hinauf bis zur Klinik.

Kapitel 20

Hannah weinte sich in den Schlaf. Was hatte sie getan? Sie schlug auf ihr Kissen. Christen hätte sie niemals geküsst, wenn er sie abstoßend fände. Warum konnte sie die Zärtlichkeit nicht annehmen? Sie stöhnte in ihre Faust, die sie vor ihren Mund presste. Sie wälzte sich, bis sie schließlich mit rotgeweinten Augen einschlief.

Den Frühstücksraum betrat sie als Erste, schnappte sich zwei Brötchen und ein Päckchen Kakao. Auf schnellstem Weg verließ sie den Saal und aß in ihrem Zimmer. Ein Blick auf ihren Wochenplan ließ sie aufstöhnen. ‚Konfrontationstherapie‘ stand an erster Stelle. Das Wort sprang sie an und akute Unlust erfasste sie. Langsamer als nötig packte sie ihren Rucksack. Treffpunkt war das Foyer und Hannah ließ sich in ein Sofa fallen.

„Was machst du denn für ein Gesicht?“ Flora baute sich vor ihr auf, die Hände in die Seiten gestemmt. „Erst lässt du dich nicht beim Frühstück sehen, dann hockst du hier wie der leibhaftige Miesepeter. Haben wir dir etwas getan?“

„Was?“ Hannah riss die Augen auf. „Nein, auf keinen Fall!“ Sie klopfte auf den freien Platz neben sich. „Setz’ dich doch, ich erkläre es dir.“ Sie sah auf die Uhr an der Wand. „Ich habe noch drei Minuten, bis Frau Dr. Hammann mich abholen kommt.“ Flora setzte sich neben Hannah und schlug die Beine übereinander.

„Also, wo drückt der Schuh?“

„Ein Mann wollte mich gestern Abend küssen und ich bin weggerannt?“

Flora starrte sie an. „Moment, ich komme gerade nicht mit. Welcher Mann, welcher Kuss und wo?“

„Ich habe ihn schon vor der Reha kennengelernt und wir haben uns einige Male getroffen.“

„Ah, jetzt wird mir so einiges klar!“ Flora grinste. „Erzähl weiter!“

„Gestern Abend hat er für mich gekocht, und ich sage dir: Der Mann kann kochen! Allerdings erkläre ich das als absolute Kochniete. Naja, nach dem Dessert sind wir uns nähergekommen und er hat mich geküsst. Zuerst fand ich es wunderschön und dann …“ Hannah schlug ihre Augen nieder. „Mein Körper hat ein Eigenleben entwickelt. Ich bin erstarrt und dann wollte ich nur noch weg.“

„Vielleicht hast du gemerkt, dass er nicht der Richtige ist.“ Hannah schüttelte heftig ihren Kopf.

„Er ist wunderbar! Nein, das Problem bin ich!“

Flora tippte ihr auf die Schulter. „Da kommt deine Psychologin! Wir treffen uns später, dieses Halbwissen macht mich jetzt richtig neugierig!“

„Aber bitte erzähl es nur Thea und Irene weiter.“

„Ehrenwort! Viel Spaß!“ Hannah verdrehte die Augen.

„Guten Tag, Frau Keil. Kommen Sie, mein Auto steht vor der Klinik. Ich fahre uns rüber zum ‚bade:haus‘." In Hannah stieg Übelkeit auf. Dr. Hammann hatte grünes Licht gegeben. Ihre Wunden verheilten sehr gut und der Kontakt mit Wasser sollte keine Schäden mehr anrichten können, meinte er. Sie sollte es nur nicht übertreiben, hatte er noch angefügt und bestimmt geglaubt, er mache Hannah eine Freude mit der Erlaubnis.

Ihr Magen schlug Purzelbäume und Schweiß trat auf ihre Stirn. Sie schnallte sich an und starrte auf die Straße. „Sie schaffen das, Frau Keil! Wir machen kleine Schritte."

Die Psychologin parkte das Auto in einer Seitenstraße und Hannah holte sich ihren Rucksack vom Rücksitz. Nebeneinander liefen sie auf den Haupteingang zu. Hannahs Schritte verlangsamten sich. Sie zwang sich zu jedem weiteren Schritt. Der Schweiß lief ihren Nacken herunter, ihre Hände glitschten und die Tasche drohte ihr aus der Hand zu rutschen. Frau Dr. Hammann sah zu ihr hoch und streckte ihre Hand aus.

„Machen Sie eine Pause, atmen sie durch. Wenn es Ihnen hilft, schließen Sie die Augen."

Hannahs Puls raste. Sie konzentrierte sich auf ihren Atem und beruhigte sich. „Wir können weiter." Sie gingen auf die Drehtür zu und ließen sich ins Innere befördern.

Am Counter kauften sie zwei Tickets und Frau Dr. Hammann zeigte Hannah den Weg zu den Umkleiden. Hannahs Schritt stockte. Im Vorraum befanden sich keine Badegäste. Was, wenn es in den Schwimmbecken nur so vor Menschen wimmelte? Alle würden sie anstarren, mit dem Finger auf sie zeigen und laut lachen! Tränen schwappten über ihre Wimpern und rannen über ihre Wange.

„Setzen Sie sich hier in den Korbsessel. Lehnen Sie sich zurück." Die Psychologin nahm ihr den Rucksack aus den Fingern und stellte ihn auf den Fliesen ab. „Sie sind bereits sehr weit gekommen, Frau Keil. Glauben Sie, Sie schaffen noch einen weiteren Schritt?"

„Der wäre?", presste Hannah heraus.

„Wir gehen in die Umkleiden und ziehen uns um."

„Was kommt dann?" „Sie kommen heraus und wir gehen zum nächstgelegenen Schwimmbecken." Die feuchte Wärme drang Hannah in jede Pore und sie schälte sich aus ihrer Jacke.

„Ich gehe in die Umkleide!" Sie schnappte sich den Rucksack und schloss sich ein. Wie sie es auch in ihrem Zimmer tat, entkleidete sie sich, bis sie völlig nackt dastand. Ohne ihren Körper anzufassen oder anzusehen, schlüpfte sie in den Badeanzug. So stand sie da, zu keiner weiteren Handlung fähig. Ihre Gedanken und ihr Körper schienen gelähmt. Leise Musik drang aus den Lautsprechern, Lachen hallte durch die Umkleiden. Hannah bebte. Es klopfte an ihre Tür.

„Frau Keil, kommen Sie heraus?"

„Ich kann mich nicht bewegen."

„Atmen Sie tief durch, denken Sie an einen Ort, der für Sie Sicherheit bedeutet." Wärme, Christen, seine Umarmung, schoss es ihr durch den Kopf. An keinem Ort fühlte sie sich besser aufgehoben. Die Starre fiel von ihr ab und sie plumpste auf die schmale Sitzbank.

„Bitte öffnen Sie die Tür, Sie müssen nicht herauskommen, ich möchte mich nur überzeugen, dass es Ihnen gut geht." Hannah hob ihren Arm und entriegelte die Tür. Frau Dr. Hammann schob ihren Kopf herein. Sie trug einen schwarzen Badeanzug, der in ihrem Nacken verknotet war. Hannah sah von ihr auf ihre Füße und schüttelte den Kopf.

„Ich verstehe das nicht. Es sollte mir doch egal sein, was andere denken."

„Das ist ein Prozess und Sie sind schon viel weiter, als noch vor ein paar Tagen. Sie machen das toll. Was ist Ihr nächster Schritt?"

„Nach Hause gehen." Hannah hätte schreien können. Der Duft von Salz und Eukalyptus lag in der Luft und lockte, in das Becken zu steigen. Sie wünschte sich so sehr, schwimmen zu gehen, zu tauchen oder sich im Whirlpool zu entspannen. Ihr Geist zerstörte ihre Wünsche und Hannah verspürte Hass auf sich selbst.

„Seien Sie nicht enttäuscht, freuen Sie sich über die Schritte, die Sie geschafft haben. Beim nächsten Mal kommen Sie vielleicht einen weiter."

„Jetzt haben Sie sich extra für mich umgezogen, das tut mir sehr leid."

Frau Dr. Hammann lächelte. „Das mache ich sooft es nötig ist. Ich lasse Sie dann alleine, wir treffen uns auf der anderen Seite wieder." Hannah nickte, eine Mischung aus Hoffnung und Verzweiflung fraß sich durch ihre Eingeweide. Den Badeanzug pfefferte sie in die Tasche und stieg in ihre Kleidung.

Vor dem bade:haus atmete Hannah tief durch. Sie sah die Psychologin an.

„Ich brauche ein bisschen Zeit für mich und würde gerne zurücklaufen"

„Das ist gar kein Problem, Frau Keil. Soll ich Ihren Rucksack mitnehmen?"

„Nein, danke, das geht schon!" Sie verabschiedete sich und schlenderte in die Fußgängerzone. Sie betrachtete die Auslagen in den Schaufenstern. Ein Geschäft mit Tees in der Auslage lockte sie an und sie ging hinein, die Mütze tief ins Gesicht gezogen.

„Was kann ich für Sie tun?" Eine rundliche Frau sah sie freundlich an.

„Ich hätte gerne einen Sanddorntee und einen echten Ostfriesentee!"

Die Frau lachte. „Eine sehr gute Wahl!"

„Ich hätte auch gerne die Tasse mit den Schafen und ein Teesieb." Die Frau packte die gewünschte Ware in eine Papiertüte und reichte sie Hannah. „Vielen Dank!" Sie bezahlte und verließ den Laden. Ein weiteres Mal fiel ihr auf, wie freundlich die Menschen hier waren. Sie lief die Straße hinunter und der Duft von Salmiak stieg ihr in die Nase. Sie drehte sich um und entdeckte ein schmales Lädchen. In der Auslage stapelten sich Tüten mit Lakritze, Gummibären, Zuckerstangen und Pastillen in allen Formen und Farben. Das musste der Laden sein, von dem Christen gesprochen hatte. Die Türglocke bimmelte, als sie eintrat. Hannah fand sich in ihrem persönlichen Paradies wieder. Eine alte Frau kam durch den Vorhang getreten, der den Verkaufsraum von dem Hinterzimmer trennte.

Hannah sah sich um. Die Frau zeigte mit dem knochigen Finger auf sie. „Für Sie habe ich hier eine wunderbare Mischung für den Hals. Die Pastillen haben eine beruhigende Wirkung." Sie zog einen 500 Gramm Beutel aus einer Kiste und reichte ihn Hannah.

„Das ist die perfekte Mischung für Sie!"

„Woher wissen Sie …?" Hannah sah die Frau aus großen Augen an. Diese öffnete ihren Mund zu einem zahnlosen Lächeln.

„Ich arbeite jetzt seit über fünfzig Jahren in diesem Laden. Da habe ich ein Gespür entwickelt für meine Kunden. Sie sind ein guter Mensch, ich sehe Ihnen an, dass Sie schätzen, was Sie hier sehen!" Hannah griff nach der Tüte und drehte sie in ihren Händen.

„Das tue ich. Ich weiß, welche Arbeit in der Bonbon-Manufaktur steckt. Es braucht körperliche Kraft und Geschick, Süßwaren herzustellen. Und dann kommt noch der Verkauf dazu. In der heutigen Zeit wird in großen Mengen maschinell hergestellt und die Kunden kaufen Massenware in

Massen. Sie schätzen das Handwerk nicht mehr wirklich. Gott sei Dank nicht jeder! Es gibt immer noch Kunden, die handgemachte Ware kaufen und mögen." Hannah lächelte die Frau an.

Diese legte den Kopf schräg. „Sind Sie aus der Branche?" Hannah nickte. Ein Schmerz fuhr ihr durch den Oberschenkel in den unteren Teil des Rückens.

„Es tut mir leid, ich muss gehen, aber ich komme wieder!"

„Das würde mich sehr freuen, Sie sind eine nette Gesellschaft!" Hannah reichte der Frau das Geld und steckte die Pastillen zu den anderen Errungenschaften. Sie schenkte der Verkäuferin noch ein Lächeln und verließ den Laden. Die Anstrengungen des Tages schlugen über ihr zusammen und sie fragte eine Passantin nach der nächsten Bushaltestelle. Die Frau zeigte ihr den Weg und Hannah atmete auf, denn der Bus hielt nicht weit entfernt. Sie überquerte die Straße und setzte sich auf die Bank. Sie ächzte und lehnte sich zurück. Sie schaute in die Tüte und holte die Pastillen hervor. Sie öffnete das Goldschleifchen und steckte sich ein grünes Bonbon in den Mund. Die Verkäuferin hatte Recht, genau dieses Bonbon hatte sie in ihrer Verfassung gebraucht. Ihr Handy vibrierte und sie öffnete die Nachricht. „Min Deern, darf ich Dich heute Abend an den Strand entführen? Christen"

Ihre Finger schwebten über dem Display. Woher hatte er denn ihre Handynummer? Sie schüttelte ihren Kopf. Hannahs Herz machte einen kleinen Satz und sie tippte: „Ich würde mich sehr gerne von dir entführen lassen. Ich muss mich vorher noch ein bisschen hinlegen. 19 Uhr?" Sie drückte auf absenden. Keine Sekunde später klingelte es erneut und sie las auf dem Bildschirm: „Ich freue mich!"

Mit einem Lächeln auf den Lippen stieg Hannah in den Bus.

Kapitel 21

Gegen Abend legte sich der Wind. Dick eingepackt saß Hannah im Foyer. Viel zu früh hatte sie ihr Zimmer verlassen. Nun scrollte sie sich durch die Nachrichten. Olympia schrieb, dass Bonifacio sie besuchen kam.

Hannah lachte und schrieb zurück: „Mit seinem Fahrrad?"

„Nein, mit der Bahn! Was machst du heute noch?" Hannah legte den Kopf in den Nacken. Was sollte sie schreiben?

„Ich gehe an den Strand", schrieb sie schließlich und schloss das Nachrichtenfenster. Mit ihrer Mutter hatte sie ausgemacht, gegen 22 Uhr zu telefonieren.

„Na, wer sitzt denn hier schon wieder?" Thea ließ sich neben sie plumpsen, Irene und Flora zogen sich zwei Stühle heran. Hannah stöhnte leise.

„Bevor ihr fragt, ja, ich treffe mich mit ihm!" Thea klatschte in die Hände. „Wir gehen nur am Strand spazieren, keine große Sache!" Hannah schob das Telefon in ihren Rucksack und zog sich die Handschuhe an. Ihr Blick wanderte zur Tür. Sie seufzte leise. „Nach dem Malheur gestern …"

„Kopf hoch!" Irene beugte sich zu ihr vor. „Du hast dir ein Stück vom Glück verdient! Ich beneide dich ein bisschen! Ich wünschte, mich würde auch ein Mann am Strand bei Sonnenuntergang küssen!"

Flora stieß Irene in die Seite. „Die Sonne ist längst weg!" Die Frauen lachten. Hannah sah hinaus. Ein Schatten lief auf und ab. Das musste Christen sein. Sie erhob sich und die anderen taten es ihr gleich.

„Oh nein, vergesst es! Ihr kommt nicht mit raus!"

„Das ist nicht fair!" Thea stemmte ihre Fäuste in die Hüfte.

„Jetzt lasst die Frau in Ruhe! Kommt, wir gehen uns am Automaten noch einen koffeinfreien Kaffee holen!", sagte Flora. Sie wandte sich an Hannah. „Aber später wollen wir jedes Detail! Viel Spaß!" Sie zwinkerte Hannah zu. „Ab mit dir!"

„Danke euch! Ihr seid toll!"

Die Schiebetür öffnete sich und entließ sie in den Abend.

Christen trat auf sie zu und nahm ihre rechte Hand. „Min Deern, ich freue mich, dass du zugesagt hast!" Über seine Schulter hing ein Rucksack.

„Ich habe mich über deine Nachricht gefreut!" Sie gingen unter den Straßenlaternen entlang. Sie umrundeten die Klinik und stiegen die Stufen zum Deich hinauf. Der Nachmittagsschlaf hatte Hannah erfrischt. Die Schmerzen hatten sich zurückgezogen und die Stufen fielen Hannah weniger schwer, als noch vor einigen Tagen.

Laternen erhellten den Weg auf der Deichkrone.

„Wo möchtest du lang, Christen?"

„An den Strand. Wir laufen ein Stück rechts runter und suchen uns eine windgeschützte Stelle."

„Das hört sich gut an!" Sie nahmen den nächsten Abgang. Die Nacht breitete sich sternenklar über ihnen aus, das Meer plätscherte an den Strand. Der weiße Schaum leuchtete im Licht der Laternen.

„Woher hast du meine Handynummer?" Sie sah zu Christen auf. Sein Gesicht lag im Dunkeln. Er lachte leise.

„Ich habe meine Beziehungen!"

„Wer könnte das wohl sein? Irgendjemand aus der Klinik, richtig? Dürfen die meine Nummer überhaupt rausgeben?"

„Asche auf mein Haupt! Ich habe Kornelius bestochen!"

„Wer ist Kornelius?" Hannah hatte kein Gesicht zu diesem Namen.

„Das ist mein anderer Skatbruder und gleichzeitig der Direktor der Klinik!"

Hannah prustete laut. „Wo bin ich da nur reingeraten?" Sie versetzte Christen einen kleinen Stoß und sie schwankten zur Seite.

„Vorsicht, wir fallen noch um!" Christen grinste sie an.

Hannah lachte. „Will ich wissen, womit du den Direktor bestochen hast?"

„Auf keinen Fall, dass bleibt unter uns Skatbrüdern!" Hannah schüttelte sich. „Ausnahmsweise!" Christen zog sie nach rechts.

„Hier sind die Dünen wesentlich höher als der Deich am Weststrand." Hannah legte ihren Kopf in den Nacken, aber in der Dunkelheit konnte sie den oberen Rand nicht sehen. Christen zog eine isolierte Picknickdecke aus dem Rucksack und breitete sie aus.

„Wenn ich da unten am Boden bin, komme ich nicht mehr hoch!", warnte Hannah ihn mit einem Lächeln.

„Dann hebe ich dich auf meine Arme und trage dich heim!" In Hannahs Bauch tanzte ein Schwarm Schmetterlinge. Christen half ihr, sich hinzusetzten.

„Willst du ein Kissen für den Rücken? Dann kannst du dich an der Düne anlehnen."

„Du hast wirklich an alles gedacht!" Christen zog ein längliches Kissen aus dem Rucksack, das Hannah wiedererkannte. Bisher zierte es das Sofa in seinem Wohnzimmer.

„Es wird versanden!", gab sie zu bedenken.

„Dann hätte es nicht Kissen werden dürfen!"

Hannah lehnte sich an. „Eine Christen-Weisheit?" Sie erahnte sein Grinsen mehr, als dass sie es sah. Er setzte sich links neben sie, ganz dicht, und Hannah lehnte sich an seine Schulter. Die Hände steckte sie zwischen die Knie.

„Du hattest Recht, mich nicht zu küssen!", begann Christen unvermittelt.

Hannah sah zu ihm auf. „Warum?", fragte sie, ihre Stimme nur ein Hauch. Christen bewegte sich neben ihr, seine Jacke raschelte.

„Du weißt nicht viel von mir und das möchte ich gerne ändern."

„Es lag nicht an dir, sondern an mir. Ich zweifle so sehr. Heute war ich in dem bade:haus und habe es nicht aus der Kabine rausgeschafft, aus Angst, dass ich ausgelacht oder angestarrt werden könnte." Sie legte ihren Kopf auf ihre Knie. Seine Hand strich über ihren Rücken.

„Das kommt mit der Zeit und ich wäre gerne an deiner Seite, wenn du diesen Weg beschreitest. Aber erst möchte ich dir meine Geschichte erzählen." Hannah drehte ihren Kopf und sah ihn an. Sein Gesicht lag im Schatten und sie war sicher, dass Christen in diesem Augenblick froh darüber war. Sie lehnte sich zurück an das Kissen. „Ich höre dir zu!" Christen rückte ein Stück von ihr ab und sah sie an.

„Wo soll ich beginnen? Das ist nicht leicht. Es ist nun schon neun Jahre her und trotzdem …" Er hielt inne. „Der Hochsommer hatte Dänemark fest im Klammergriff. Für mich war Hochsaison und ich fuhr das Kreuzfahrtschiff auf der damaligen Route durch die Adria. Immer im Kreis, immer neue Honeymooner. Ich war mehrere Wochen von zu Hause fort." Hannah ahnte, was Christen als nächstes sagen würde. „Zuhause bedeutete ein kleines Häuschen am Rand der Dünen von Skodbjerge und darin eine Frau und ein Kind."

Hannah sackte das Herz in die Hose. Ihr Körper versteifte sich, sie wusste nicht, ob sie mehr hören mochte. Sie sah auf die See hinaus und wappnete sich.

„Meine Frau hütete unseren vierjährigen Sohn. Ich hatte ihm vor meiner Abfahrt ein Planschbecken gekauft. Ich habe es aufgeblasen und unter der Markise aufgebaut. Mille, meine Frau, schickte mir tausende Fotos von Aksel. Aksel mit Ball im Wasser, Aksel, wie er Mille nass spritzt." Hannah hörte ein Lächeln in seiner Stimme, überschattet von Dunkelheit. Christen zog sein Handy aus der Jackentasche und öffnete ein Foto. „Das ist Aksel!" Hannah sah einen blonden Jungen in der Mitte eines Planschbeckens. Die Hände hoch über dem Kopf erhoben, den Ball hatte das Foto nur am unteren Rand erfasst. Er trug eine blau-weiß gestreifte Badehose. Die Augen hatte er eindeutig von Christen. Hannah sah von dem Kind zu Christen. Das Display beleuchtete sein Gesicht und sie sah Wasser in seinen Augen. Hannahs Herz krampfte sich zusammen.

„Was ist passiert?"

„Ich war nicht da - das ist passiert. Ich habe Mille an diesem Tag auf dem Festnetz angerufen. Wir machten gerade Halt in Argostoli, die Gäste gingen auf Landausflüge und ich wollte die Stimme meiner Frau hören." Christen streckte seine Beine aus. „Wir gaben uns später gegenseitig die Schuld. Ich habe ihr vorgeworfen, dass sie ins Haus gegangen ist, und sie hat mir vorgehalten, dass ich sie auf dem Festnetz angerufen habe und nicht auf dem Handy. Unsinnige Anschuldigungen, ich weiß. Wie dem auch sei. Wir haben nicht lang gesprochen in diesem Telefonat. Vielleicht eine Minute, möglicherweise zwei. Mille hat dann Schluss gemacht, sie wollte auf die Veranda, zu Aksel." Christen fasste nach Hannahs Hand. „Einige Zeit später klingelte mein Handy. Es war Mille. Ich habe erst nicht verstanden, was sie sagte. Vielleicht wollte ich es auch nicht verstehen." Hannah drückte seine Hand. „Aksel ist ausgerutscht, weiß der Himmel warum. Er ist in einem Planschbecken mit einer Wasserhöhe von höchstens zwanzig Zentimeter ertrunken. Er trieb mit dem Gesicht nach unten, als Mille aus dem Haus kam."

Christens Stimme versagte. Er brauchte einen Moment, sich zu fassen. Hannah saß starr neben ihm. Sie fühlte den Schmerz Christens in ihr nachhallen. Tränen schossen ihr in die Augen und sie schluchzte leise. „Ich habe mich auf dem Schiff ablösen lassen und bin so schnell es ging nach Hause gereist. Ich war wie betäubt, mein kleiner Junge sollte nicht mehr da sein? Nie wieder durch das Haus toben? Mein Zuhause löste sich innerhalb eines Augenblicks in Nichts auf. Unsere Ehe hat den Tod von Aksel nicht überstanden. Auf dem Papier sind wir noch verheiratet, aber Mille hat mich ein paar Monate nach dem Unfall verlassen und ich habe das Haus verkauft. Anschließend habe ich im Ausland nach einer Stelle gesucht und in Deutschland gefunden. Seitdem fahre ich die Fähre zwischen Norden und Norderney. Ich habe Dänemark kein einziges Mal mehr besucht. Nicht meine Freunde und auch nicht meine Familie. Ich habe ihre Blicke nicht ertragen."

Er sah Hannah an und zog ein Taschentuch aus seiner Hosentasche. Er reichte es ihr und sie schnäuzte hinein.

„Es tut mir unendlich leid, was dir widerfahren ist! Niemand sollte sein Kind verlieren! Ich kann nur in Ansätzen nachvollziehen, welchen Schmerz du ertragen musst!"

Christen drückte ihre Hand. „Du gehst nicht?"

„Nein, ich laufe nicht weg. Zumindest nicht weit!" Hannah lächelte schmal.

„Aber?"

Hannah atmete laut aus. „Wir sind beide ... gebrochen. Ich habe schon so viel mit mir selbst zu kämpfen, ich weiß nicht, ob ich stark für zwei bin. Ich ..."

„Ich verstehe dich, aber du musst mich nicht heilen."

„Das kann sein, aber meine eigene Geschichte ist für mich schon schwer zu verarbeiten und ich stehe noch ganz am Anfang. Bitte gib mir Zeit." Hannahs Herz krampfte bei ihren Worten.

„Damit kann ich leben. Solange du mich nicht komplett abschreibst und in den Wind schießt." Christen erhob sich und klopfte sich den Sand von der Hose. Hannah rückte ein Stück beiseite, sodass er die Decke falten und das Kissen im Rucksack verstauen konnte. Er schnallte sich die Tasche auf den Rücken und beugte sich zu Hannah hinab.

„Dann wollen wir mal, min Deern!" Christen hob sie auf seine Arme und sie legte ihren Kopf an seine Schulter. Tief sog sie seinen Duft in sich ein. Ihre Gefühle schienen verworrener denn je.

Kapitel 22

Hannah saß im Speisesaal und starrte zum Fenster hinaus. Sie war früh dran, kaum einer der Tische war besetzt. Noch vor dem Frühstück hatte sie begonnen, ihre Geschichte von dem Unfall zu Papier zu bringen. Die ersten Sätze klangen holprig, aber es ging nicht darum, einen Roman zu schreiben. Sie hatte eine halbe Stunde lang geschrieben. Es stockte und sie merkte, dass sie große Lücken in ihrer Erinnerung hatte. Schließlich hatte sie die zerstückelten Sätze sich selbst überlassen und war in den Frühstückssaal gegangen. Die Sonne kratzte am Horizont und die Schwärze wich dem Tag. In einer halben Stunde war ihr Termin bei Frau Dr. Hammann. Danach Wunderversorgung, Ergotherapie und Stuhlkreis, wie sie liebevoll die Hockergymnastik nannte. Egon aus der Selbigen setzte sich ihr gegenüber an den Tisch. „Guten Morgen!" Hannah nickte ihm zu. „Nicht besonders gesprächig zur frühen Stunde, oder?" Er legte seine faltige Hand auf den Tisch. „Ich könnte dein Großvater sein. Wenn du reden möchtest, ich bin für dich da." Der alte Mann erhob sich.

„Vielen Dank, Egon, das ist wirklich lieb von dir!"

„Ich wünsche dir einen schönen Tag, Hannah, wir sehen uns gleich in der Gruppe." Mit einem Lächeln entfernte er sich vom Tisch. Hannah nahm den letzten Schluck aus ihrer Tasse und fasste nach ihrem Tablett. Auf dem Weg zur Abgabe kam Hannah Flora entgegen.

„So früh schon unterwegs?"

„Ja, ich muss zur Therapie." Hannahs Gesichtsmuskeln verkrampften sich. „Ich sollte meinen Unfall aufschreiben, aber ich bekomme die einzelnen Momente nicht zusammen. Meine Erinnerungen fliegen wie einzelne Fetzen durch mein Gehirn. Nachts träume ich davon, wache auf und weiß nicht, ob das, was ich geträumt habe, Wirklichkeit oder Fiktion ist." Sie stöhnte leise und schob das Tablett in den Ständer.

„Das tut mir leid, da kann ich dir leider nicht helfen. Aber vielleicht mit deinem anderen Problem." Sie hob vielsagend die Augenbrauen. Hannah stieß Luft aus der Nase aus.

„Heute Morgen wollen mir alle helfen, steht auf meiner Stirn geschrieben: hilfloses Reh?" Flora tätschelte ihren Arm.

„Du trägst deine Probleme in einer nicht übersehbaren Kiste vor dir her. Lass dir helfen! Dafür sind wir doch alle hier. Wegen der professionellen Unterstützung, aber auch wegen des Austauschs mit Gleichgesinnten. Mach davon Gebrauch! Oh, ich muss los, die Wassergymnastik ruft!"

„Tschüss, Flora!" Hannah verfiel in einen leichten Trab, sie drohte zu spät zu kommen.

Hannah keuchte, als sie die Tür der Psychologin aufdrückte.

„Entschuldigung, Frau Dr. Hammann!" Sie ließ sich in den Sessel plumpsen und zog den Zettel aus der Hosentasche.

„Guten Morgen, Frau Keil, alles gut, Sie sind genau pünktlich." Die

Psychologin klappte den Laptop zu. „Heute wollten wir mit ihrer Geschichte weitermachen. Haben Sie denn schon einen Teil aufschreiben können?" Hannah faltete das Papier auseinander und strich darüber.

„Ich glaube, ich muss mir ein Notizbuch zulegen. Aber zu Ihrer Frage: ja, aber ich bin unzufrieden."

„In wie weit?"

„In meinem Kopf herrscht ein völliges Durcheinander, was diesen Tag betrifft. Zu Anfang liegt alles klar vor mir und dann wird es schemenhaft. Einzelne Erinnerungen schwirren durch mein Hirn. Sie ergeben keinen Sinn." Hannah rang ihre Hände.

„Geben Sie sich Zeit! Erzählen Sie mir, was Sie bereits haben." Die Psychologin beugte sich vor und Hannah begann vorzulesen. Frau Dr. Hammann machte sich Notizen. Hannah stolperte über ihre Worte, als weigerte sich ihr Mund, sie auszusprechen. Die Buchstaben tanzten vor ihren Augen, wie das Laub in einem Herbststurm. Sie schüttelte den Kopf, um klar zu werden. Schließlich zerknüllte sie das Papier und knetete es in ihren Händen.

„Frau Keil, Sie haben ein Trauma erlitten und das verschwindet nicht von heute auf morgen. Ich mache Ihnen folgenden Vorschlag. In unserer nächsten Sitzung erzählen Sie mir die Geschichte. Ich plane eine Doppelstunde ein, dann haben Sie alle Zeit der Welt. Stellen Sie sich einen Schrank vor, in den die Kleidung einfach so hineingeschmissen wurde, ein riesiger Berg an Wäsche. Wir bringen in dieses Chaos Ordnung hinein und sortieren die Kleidungsstücke dahin, wo sie hingehören." Hannah nickte matt, Erschöpfung nahm sich ihrer an und der Tag war noch lang.

„Wir sehen uns übermorgen!" Hannah hob die Hand zum Gruß und schloss die Tür hinter sich. Draußen stieß sie lautstark die Luft aus. Sie streckte ihr Kreuz und schüttelte die Arme aus. Die Sitzung hatte ihr alles abverlangt, eine solche Anstrengung mochte sie nicht jeden Tag erleben.

Auf dem Weg zur Wundversorgung klingelte ihr Handy. „Hallo Mama!"

„Guten Morgen, Kind, du klingst müde!"

„Ich schlafe nicht gut und die Therapien laugen mich aus. Aber wie geht es dir?"

„Ich treffe mich gleich mit Olympia und Sieglinde. Wir schreiben

Danksagungen und bereiten das Sechswochenamt vor. Meinst du, du könntest kommen?"

„Ich versuche es, Mama. Ich kann es dir nicht versprechen. Aber bis Mitte April ist es noch eine Weile, und wenn ich gute Fortschritte mache, sehen wir uns."

„Das wäre schön! Habe ich dir erzählt, dass Gero auf der Beerdigung gewesen ist?"

„Nein. War er alleine?"

„Er ist mit seinen Eltern gekommen. Wir haben nicht gesprochen, aber sein Kommen war eine Geste."

„Nach all den Jahren wäre es auch unverschämt gewesen, wenn er weggeblieben wäre."

„Ich hätte es auch verstanden, trotzdem habe ich mich gefreut. Es klingelt, das sind die guten Helferlein. Du hast auch Kondolenzpost erhalten, ich habe sie für dich beiseitegelegt, soll ich sie dir schicken?"

„Das wäre schön, bis später, Mama!" Sie legte auf und betrat die Wundversorgung.

Als die Hockergymnastik endete, atmete Hannah auf. Ihre Muskeln schmerzten und die Narben zogen. In ihrem Zimmer trug sie die Salbe auf die juckenden Stellen auf und wickelte sich ein frisches Tuch um den Kopf. Auf ihrem Handy erschien eine WhatsApp.

„Grillen heute Abend?" Sie öffnete die Nachricht und tippte zurück.

„Gern, wie immer um 19 Uhr?" Zurück kam ein Daumen hoch. Hannah lächelte und legte sich aufs Bett. Gegrilltes Essen zog sie dem Buffet im Speisesaal vor. Somit konnte sie sich noch ein Nickerchen gönnen. Sie drehte sich auf die Seite und schlief ein.

Pünktlich erschien Christen vor der Tür der Klinik. „He!", sagte Hannah. „Ich hätte auch zu dir laufen können! Ich schaffe schon ein paar Meter mehr, meine Kondition kehrt zurück!"

„Das freut mich, aber ich hole dich gerne ab!" Eine Pfeife hing in seinem Mundwinkel und Rauch steig auf. Hannah kletterte auf das Rad und sog den Tabakduft ein. Ihr Hals kratzte. Sie schob sich eine Pastille in den Mund.

„Du bist in dem Süßigkeiten-Laden gewesen!" Hannah strahlte Christen an.

„Das war ein Paradies! In dem Laden steckt so viel Liebe. Nur ein bisschen überfüllte Regale, aber kann es genug Bonbons geben? Nein!", beantwortete sie ihre Frage selber. Sie legte ihre Hand auf Christens. „Danke für den Tipp!" Er beugte sich zu ihr herunter.

„Gern geschehen." Christen hauchte einen Kuss auf Hannahs Ohr und sie ließ es geschehen. Ihr Magen knurrte.

„Was grillst du denn? Ich wollte eigentlich zu meinem 30. Geburtstag grillen, aber dann kam alles anders und ich habe im Krankenhaus gefeiert."

„Dann holen wir das jetzt nach. So lange ist dein Geburtstag noch nicht her. Und zu deiner Frage: Es gibt gegrillten Fisch, gegrilltes Gemüse und Kartoffeln in Folie mit einer Sauerrahmcreme. Die anderen bringen noch einen Salat mit."

Hannah versteifte sich. „Wer kommt denn noch?" Sie bogen am Ende der Straße um die Ecke, sie waren da.

„Das Ehepaar Hammann."

„Oh nein! Ich bin doch Patientin von den beiden. Glaubst du, dass es gut ist das so zu vermischen? Ich finde nicht. Vielleicht bringst du mich besser zurück. Ich kann auch laufen. Das ist kein Problem." Sie rutschte vom Sattel.

„Jetzt warte doch mal, Hannah." Christen griff nach ihrer Hand. „Die beiden waren einverstanden, dass du kommst."

„Aber ich habe das Gefühl, dass es nicht richtig ist."

„Pass auf, wir machen Folgendes: Das Ehepaar Hammann kommt erst in einer Stunde von der Klinik hierher. Sie sind noch in einer Sitzung. Komm' so lange rein. Wir fangen an zu Grillen. Ich bringe dich sofort Heim, wenn du dich unwohl fühlst." Hannah zögerte. Sie sah die Straße zurück. Sie sollte keinen gemeinsamen Abend verbringen mit Menschen, die sie behandelten. Sie las in Christens Augen die Bitte.

„Eine Stunde, wenn ich dann gehen möchte, halte mich bitte nicht auf." Christen nickte. Sie gingen rechts um das Haus herum. Christen schaltete das Terrassenlicht ein. Im Garten wuchsen die ersten Wildblumen des Jahres. Brusthohe Büsche säumten den Garten zu drei Seiten. In der Mitte stand ein gemauerter Grill. Christen zog Hannah einen Korbstuhl heran, dann zündete er die Kohle an. Er wischte mit einem Tuch über den Rost und legte ihn dann auf.

„Ich geh' kurz rein und hole die Grillzutaten. Essen werden wir dann drinnen. Es soll kühl werden heute Nacht." Hannah fröstelte bereits. Sie zog den Schal enger und schob ihre Hände in die Jackentasche. „Der Grill gibt gleich genug Wärme ab, dann sollte dir nicht mehr kalt sein." Christen zog ein Tischchen heran und bereitete den Fisch in der Folie vor. Er gab Kräuter darüber und wickelte eine Zitrone mit ein.

„Das machst du nicht zum ersten Mal", stellte Hannah fest. Christen schüttelte den Kopf.

„Ich nutze tatsächlich lieber den Grill hier draußen als den Herd. Ich finde das ursprünglicher und ich liebe den Rauchgeschmack."

„Ich auch."

Hannah lächelte. „Wegen mir könnte alles gegrillt werden. Auch Schokolade." Christen drehte sich zu ihr um.

„Da gibt es sicherlich Möglichkeiten. Ich schaue die Tage mal nach einem Gericht."

„Du sprichst sehr gut deutsch. Du bist ein Sprachtalent. Wenn ich nicht wüsste, dass du Däne bist, ich würde es nicht raushören!"

„Danke für das Kompliment. Aber ich habe schon Deutsch gesprochen, bevor ich herkam. An Bord eines Kreuzfahrtschiffes ist es von großem Wert, mehrere Sprachen sprechen zu können."

„Was kannst du noch, ich bin neugierig!"

„Das ist mir noch gar nicht aufgefallen!" Christens Lippen verzogen sich zu einem Lächeln. „Englisch spreche ich sehr gut. In Spanisch verständige ich mich mündlich okay, schriftlich kannst du vergessen. Niederländisch und Italienisch rudimentär. Da arbeite ich dran."

„Das ist fantastisch! Ich spreche sehr gut Englisch, aber das war es dann schon." Christen legte den Fisch auf den Rost und die Kartoffeln in die Kohlen. Die Paprika beträufelte er mit Olivenöl und Kräutersalz.

„Was machst du mit den Bananen?" Hannah beugte sich vor.

„Die sind als Dessert gedacht. Ich lege sie am Schluss auf den Rost, dann nehmen sie noch die Resthitze mit."

„Lecker!"

Christen legte die Paprika neben den Fisch. Öl tropfte auf die Kohlen, ein Windstoß befeuerte die Glut und eine Flamme schoss hoch. Hannah schrie. Sie riss die Arme vor ihr Gesicht und flog mit ihrem Stuhl rückwärts ins Gras. Das Herz wollte ihr aus der Brust springen und ihr Körper krampfte. Sie rollte sich im Gras zusammen und wimmerte.

Unvermittelt tauchen rote Lichter im Schneegestöber auf. Hannah tritt in die Bremse. Das Auto schleudert, nur der Kaffee fliegt durchs Auto. Es kracht. Die Leitplanke teilt den Wagen in zwei Hälften. Hannahs Kopf wird gegen die Fensterscheibe geschleudert, der Airbag öffnet sich mit einem Knall. Es stinkt. Rauch steigt auf. Hannah schlägt um sich, versucht aus dem Auto zu kommen. Sie ist eingeklemmt. Die Leitplanke verhindert ein Öffnen. Hannah fingert nach dem Handy. Es knistert. Der Gurt löst sich nicht. Ihre Finger zittern. Sie tippt. Immer daneben. Sie beißt die Zähne zusammen. Tippt noch einmal die Notrufnummer. Das Knistern steigert sich, Rauch verhindert die Sicht. In das Grau mischt sich Orange. Sie hustet. Ihr Brustkorb ist eng. Ihre Augen tränen. Die Sicht ist verschleiert. Das Grau wird zu Orange zu Rot. Hannah schreit. Die Flammen lecken am Beifahrersitz hoch, kriechen wie Schlangen durch den Wagen. Hannah schlägt gegen die Autotür. Wirft sich dagegen. Die Scheibe lässt sich nicht bewegen. Hannah kreischt. Die Flammen umzingeln sie. Wind entfacht das Feuer im aufgebrochenen Auto. Hannahs Schrei geht in ein Keuchen über. Sie krallt sich am Handy fest. Es wird Schwarz.

Mit einem Schlag war alles da. Die Barrieren in ihrem Kopf durchbrochen, mit Gewalt zersplittert. Schluchzend duckte sie sich. Der Schrei steckte in ihrer Kehle. Sie bekam keine Luft. Weit entfernt rief sie eine Stimme. Sie zog die Knie an die Brust, sie wollte nicht verbrennen. Eine Berührung an ihrem Arm, Wärme, eine Stimme.

„Es ist alles gut, du verbrennst nicht, Hannah, öffne deine Augen!" Hannah presste sich fest zusammen.

„Nein, nein!"

„Pscht, Hanna, es ist alles gut, sieh dich um! Du bist in meinem Garten. Du bist sicher!"

Die Stimme rückte näher. Sie kannte den Tonfall, das Timbre. Er hatte für sie gesungen. Hannah schlug die Augen auf. Sie lag im Gras. Arme lagen um ihren Körper, Christen hatte sie dicht an sich gezogen. Er lag hinter ihr im Gras, wie ein Kokon hatte er sich um sie geschlungen. Hannahs Hinterkopf lehnte an seiner Brust, ihre Schläfe ruhte auf seinem Oberarm.

„Was ist passiert?" Ihr Hals kratzte und sie hustete.

„Deine Erinnerungen sind zurückgekehrt, ich glaube, Eva würde das einen Flashback nennen."

„Christen, ich war dort! Es war so real. Ich habe die Hitze gespürt, ich bin verbrannt." Hannah schluchzte.

„Schau auf deine Hände, heute ist nichts passiert, überzeuge dich selbst!" Hannah hob ihre Finger vors Gesicht und drehte sie. Es war alles wie immer. Die Narben, die Löcher, aber keine frischen Verletzungen. Sie sog die Nachtluft in ihre Lungen. Ihr Brustkorb entspannte sich. Die feuchte Erde zog in ihre Glieder. Kein Feuer, nur Kühle.

„Danke, dass du mich aus meinem Albtraum geholt hast." Sie stützte sich auf ihre Ellenbogen und Christen half ihr aufzustehen. Hannah wagte nicht, den Kopf zu heben und ihn anzusehen. Christen legte einen Zeigefinger an ihr Kinn.

„Du brauchst dich nicht zu schämen oder sogar schlecht deswegen zu fühlen." Hannah sah zu ihm auf. Christen legte seine Hand an ihre Wange. „Das passiert jedem Wikinger mal!" Hannah legte ihre Hand auf seine.

„Dir auch?" Ihr Blick grub sich in seinen.

„Nicht mehr, aber ja, auch mir." Stimmen hallten über das Haus hinweg und Hannah schrak zusammen.

„Ich möchte nicht, dass mich das Ehepaar Hammann so sieht, bitte bring mich nach Hause!" Es klingelte an der Haustür und Hannah huschte über den Gartenweg. Sie hörte, wie Christen sie hereinbat. Hannah wartete an der Hausecke, bis er zu ihr kam.

„Hast du ihnen gesagt, dass ich hier bin?"

„Ja, da sie wussten, dass du kommst, ging das nicht anders. Aber ich habe nicht erzählt, was passiert ist. Ich überlasse es dir, wie du damit umgehen möchtest. Sie wissen nur, dass es dir nicht gut geht und ich dich nach Hause bringe." Dunkle Wolken türmten sich am Himmel.

„Hoffentlich fällt dir das Essen nicht ins Wasser!" Christen schlug sich die Hand vor den Kopf.

„Jetzt hast du gar nichts gegessen. So bekommst du nie Fleisch auf deine Knochen."

„Ist nicht so schlimm, Christen!" Hannah las in seiner Miene, dass er das anders sah. Er bog von der Straße ab, lenkte das Rad durch eine schmale Gasse, nur um direkt wieder abzubiegen.

„Was machen wir hier?"

„Wir holen dir noch eine Kleinigkeit. Warte hier, ich bin sofort wieder da." Er verschwand durch eine Tür mit Butzenscheiben. Hannah legte den Kopf in den Nacken. ‚Zur Scholle' stand dort in großen Lettern. Die Wolken nahmen den Himmel in Besitz. Der Wind frischte auf und Hannah stellte den Kragen ihrer Jacke auf. Sie trat von einem Bein aufs andere. Die Tür ging mit einem Quietschen auf und Christen trat heraus.

„Hast du mir eine Scholle gekauft?"

„Nein, Moussaka, da ist jetzt ein Grieche drin. Komm, steig auf!" Hannah beeilte sich, sie wollte nicht völlig durchnässt die Klinik erreichen.

„Die armen Hammanns!"

„Ach, die kennen sich bei mir aus. Eva wird schon alles dirigieren. Ihr Gatte wird alles reintragen und auf dem Herd zu Ende kochen. Derweil wird sie den Tisch eindecken, und wenn ich nach Hause komme, wird alles bereitstehen!" Er beschleunigte seine Schritte, die Tüte baumelte am Lenkrad. Sie bogen um die Ecke und kamen direkt an der Klinik aus.

„Perfekt!", sagte Hannah. „Schau, dass du schnell zurückkommst! Sonst wirst du pudelnass." Sie stieg vom Rad und griff nach der Tüte. Sie wollte Christen Geld für das Essen geben. Sie hielt sich zurück, mit Sicherheit hätte ihn ihr Angebot beleidigt, also wünschte sie ihm nur eine gute Nacht. Christen drückte ihr einen Kuss auf die Stirn und schwang sich auf sein Fahrrad.

„Ich melde mich!", rief er noch und war in der Dunkelheit verschwunden.

Das Essen duftete herrlich nach Auberginen und Kartoffeln. Hannah besorgte sich im Speisesaal Besteck und eilte auf ihr Zimmer. Sie öffnete die Fenster sperrangelweit und ließ die Brise hinein. Sie rückte den Sessel an den Balkon und aß direkt aus der Verpackung. Hannah ließ den Abend Revue passieren. Der Flashback hatte sie völlig aus der Bahn geworfen. Was, wenn es sie beim nächsten Mal am Strand oder in einem Laden erwischte? Sie schüttele energisch ihren Kopf. Hannah packte die Essensreste in die Tüte, verknotete sie und warf sie in ihren Mülleimer.

Sie schloss die Fenster und setzte sich an den Schreibtisch. Sie zog den Block heran und schlug eine frische Seite auf. Sie drehte den Kugelschreiber auf und begann in der obersten Zeile mit: „Die Geschichte meines Unfalls".

Kapitel 23

Die Uhr auf ihrem Display zeigte 2.00 Uhr. Hannah legte den Kugelschreiber beiseite und rieb sich die Augen. Sie blätterte durch die Seiten. Sie hatte jeden Sinneseindruck und jede Empfindung niedergeschrieben. Ihre Geschichte umfasste zwölf Seiten. All der Schmerz und ihr Leid zusammengefasst in ein paar hundert Zeilen. Mit jedem Wort war ihr ein Stück leichter ums Herz geworden.

Wie mit Frau Dr. Hammann besprochen, würde sie von nun an jeden Tag ihre Geschichte durchlesen. Irgendwann läge die Erinnerung dann wohl verstaut in einer Schublade. Hannah fasste Hoffnung. Konnte sich ihr Leben zum Guten wenden? Sie schlüpfte in ihren Schlafanzug und kroch unter die Decke. Sie löschte das Licht und starrte in die Dunkelheit. Christen war heute ihr Anker gewesen. Ohne ihn wäre sie in ihren Erinnerungen ertrunken. Er hatte sich wie eine Rettungsweste um sie gelegt und in Sicherheit eingehüllt. Ein Lächeln zupfte an ihren Lippen.

In dieser Nacht quälten sie keine Albträume und Hannah schlief tief bis in die frühen Morgenstunden.

„Guten Morgen, Schlafmütze!" Hannah betrat als eine der Letzten den Frühstücksraum.

„Morgen, Flora!"

„Was steht heute bei dir an?"

„Atemtherapie und Konfrontationstraining!" Flora biss in ihr Brötchen.

„Bei den Atemübungen sehen wir uns! Ich bin aus der anderen Gruppe gewechselt. Das war immer so eng aufeinander mit dem Thai Chi."

„Ich mache ab nächster Woche Qi Gong, allerdings noch im Sitzen, meine Narben machen das noch nicht ganz mit. Ich freue mich darauf." Hannah beschmierte ihr Graubrot mit Leberwurst.

„Siehst du deinen Freund heute?"

„Ich glaube nicht." Hannah lächelte leicht.

„Aha!"

„Was?" Hannah sah irritiert auf.

„Du strahlst über beide Ohren. Bist du verliebt? Läuft es besser zwischen euch?"

„Ehrlich gesagt habe ich das Gefühl, dass jedes unserer Treffen in einer Katastrophe endet." Flora sah sie mit hochgezogenen Augenbrauen an. „Ich hatte gestern Abend ein Flashback in seinem Garten. Der Grill war der Trigger. Funken stoben auf und ich bin ausgerastet. Anders kann ich es nicht formulieren. Vielleicht sollte ich besser eine Konfrontationstherapie mit Feuer machen!"

„Wenn du das Frau Dr. Hammann erzählst, wird sie es für dich einrichten können. Mir hat sie auf jeden Fall sehr geholfen mit meinem Asthma. Ich hatte furchtbare Anfälle und habe schreckliche Todesangst gehabt. Aber zurück zu dir! Wie ist es weiter gegangen?"

„Christen hat mich gerettet." Um nicht mehr erzählen zu müssen, biss Hannah in ihr Leberwurstbrot mit Marmelade.

„Ich möchte auch einmal gerettet werden. Zu Hause sitzt mein Mann, aber wir haben uns in den letzten Jahren aus den Augen verloren. Ich habe das Gefühl, unsichtbar zu sein."

„Das tut mir leid!" Flora zuckte mit den Schultern, aber um ihren Mund lag ein schmerzlicher Zug. „Pass einfach auf, dass dir das nicht geschieht!"

„Vielleicht kannst du mit deinem Mann darüber sprechen? Ihm deine Wünsche und Sehnsüchte mitteilen und ihn fragen, was er noch von eurer Beziehung erwartet."

„Jetzt klingst du wie die Psychologin! Aber du hast Recht. Wir haben es beide schleifen lassen."

„Schicke ihm doch einen handgeschriebenen Brief, für einen Neuanfang!"

Flora legte ihren Kopf schief. „Schöne Idee!" Sie sah auf ihre Armbanduhr. „Komm, lass' uns Atmen gehen. Heute machen wir unsere Übungen auf dem Deich!" Hannah schob ihren Stuhl zurück.

„Da, wo uns alle sehen können?"

„Wir atmen doch nur und machen komische Bewegungen mit den Armen!" Hannah stimmte in Floras Lachen ein.

„Dann ab auf die Wiese!" Sie verließen die Klinik durch den Hintereingang und gesellten sich zu den anderen Teilnehmern am Rande der Deichkrone. Die Sonne strahlte bereits am Morgen frühlingswarm auf sie nieder. Das Meer funkelte im Licht. In der Ferne wendete die Fähre, um in den Hafen einzulaufen. Gebannt verfolgte Hannah das Manöver.

„Was gibt es denn so Spannendes zu sehen?" Thea stupste Hannah an.

„Christen steuert die Fähre", rutschte es ihr heraus.

„Moment, der Mann, von dem du uns erzählt hast, ist Fährkapitän?" Hannah blinzelte ins Sonnenlicht, um die Fahrt des Schiffes weiter verfolgen zu können.

„Ja, genau, das ist er!"

„Meine Damen! Meine Herren, bitte stellen Sie sich im Kreis auf, wir beginnen mit den Atemübungen!" Frau Aster wedelte mit ihren Armen, als dirigierte sie einen Haufen Ameisen. Mit einem Seufzen drehte Hannah dem Meer den Rücken zu und begann mit der ersten Übung.

Nach dem Mittagessen packte sie ihre Schwimmtasche. Thea hockte auf ihrem Bett und sah Hannah dabei zu. „Du siehst nicht besonders elanvoll aus."

„Musst du nicht zu irgendeiner Therapie oder Anwendung?", brummte Hannah.

„Den Vortrag habe ich leider verpasst. ,Richtige Ernährung bei Hauterkrankungen'. Eigentlich schade, aber den gibt es nächste Woche noch einmal. Warst du bei deinem Seminar?"

Hannah nickte. „Ich habe viel gelernt über Trauer, die verschiedenen Phasen und den Umgang mit der Trauer. Wir waren nur zu viert. Das war sehr intensiv. Wir haben alle ziemlich viel geweint, aber es hat gutgetan, alles einmal rauszulassen. Der Verlust meines Vaters fühlt sich an wie ein tiefes Loch in mir, das mich zerfrisst. Ich weiß, dass mein Papa nicht wollte, dass ich so leide. Aber ich vermisse ihn so sehr. Wir haben einen Brief an den Verstorbenen geschrieben, mit allen ungesagten Dingen. Das war schon mein zweiter. Ich hatte meiner besten Freundin schon einen mitgegeben, damit sie ihn auf den Sarg legt. Dieser jetzt ist viel ausführlicher und bleibt erst einmal bei mir. Ich weiß noch nicht, was ich damit machen werde." Hannah zog den Reißverschluss zu. „Bringst du mich runter?"

„Na klar!" Thea hakte sich bei ihr unter. „Hast du Kerstin in letzter Zeit gesehen?" Hannah schüttelte ihren Kopf.

„Ich habe nur gehört, dass sie eine langwierige Grippe hat."

„Die Arme! Aber in so einer Klinik verteilen sich die Viren im Sauseschritt. Ich hoffe, wir bleiben verschont!" Hannah hob eine Augenbraue und wackelte damit.

„Dann müsste ich nicht ins bade:haus zu dieser Therapie."

„Ehrlich gesagt, ich würde auch gerne einmal dort hingehen, aber ich schäme mich so." Thea blickte auf ihre Füße. Hannah sah sie mit großen Augen an.

„Aber warum denn?"

„Hast du mich einmal angesehen? Glaubst du, Badegäste möchten von meinem Anblick erfreut werden? Ich bin doppelt so dick wie alle anderen hier. An meinem Badeanzug hängt noch das Preisschild. Bei der Wassergymnastik hatte ich die Periode, oder Schnupfen oder ich habe den Termin vergessen."

Hannah blieb stehen. „Dir geht es wie mir!"

Thea lachte voller Bitterkeit. „Hast du dich einmal angesehen? Du bist absolut wohlproportioniert, um nicht zu sagen, sexy. Schmal an den richtigen Stellen, du hast einen tollen Busen, nicht zu groß." Thea formte Hannahs Körper mit ihren Händen nach.

Hanna erwiderte: „Aber ich bin hässlich. Ich habe überall Löcher, Narben, Wulste. Das will auch keiner sehen, glaub mir!"

Thea hakte sich wieder unter. „Du kommst zu spät! Und glaube mir, so schlimm, wie du es empfindest, ist es nicht! Da ist Frau Doktor! Bis später!" Sie drehte sich um und trottete davon. Hannahs Herz war schwer wie Blei, als sie sich in das Auto setzte. Durfte sie der Psychologin erzählen, was Thea ihr anvertraut hatte? Sie schüttelte innerlich ihren Kopf. Das wäre Verrat. Aber sie musste Thea helfen. Nur wie?

Im bade:haus empfing sie schwüle Wärme. Hannah steifte ihre Jacke ab. Frau Dr. Hammann zog zwei Tickets und sie gingen in Richtung Kabinen.

„Haben Sie bemerkt, wie leicht es Ihnen gefallen ist, bis hierher zu kommen?"

„Ja, schwieriger wird es erst dort drinnen."

„Dann wollen wir uns mal in Ruhe umziehen und Sie kommen heraus, wenn Sie bereit sind!" In der Kabine fiel Hannah beim Auspacken auf, was sie vergessen hatte.

„Mist!"

„Ist alles in Ordnung?", rief die Psychologin aus der Nachbarkabine herüber.

„Ja, alles gut, ich wollte mir einen Badeanzug mit Beinansatz gekauft haben. Es ist mir bei all dem Stress entfallen." Sie zog sich aus und packte ihre Anziehsachen in die Tasche. Der Badeanzug war ein Geschenk von Gero gewesen für ihren Menorca Urlaub. Er hatte die tiefen Ausschnitte vorne und hinten zu schätzen gewusst, ebenso das hohe Bein. Hannah seufzte. Viel zu wenig Stoff, befand sie und schlüpfte in den türkisfarbenen Anzug hinein. Langsam zog sie die Kabinentür auf und sah in das strahlende Gesicht von Frau Dr. Hammann.

„Schön, dass Sie es bis hier geschafft haben!" Hannah sah nach links und nach rechts, Badegäste konnte sie nicht erspähen. Sie zog sich das Tuch vom Kopf und knetete es in ihren Händen. „Lassen Sie es an!" Die Überraschung stand Hannah ins Gesicht geschrieben. „Nicht alles auf einmal!" Hannah holte ihre Tasche aus der Kabine und schloss sie weg. „Sollen wir?"

„Oh Gott, oh Gott, oh Gott!"

„Was würde Ihnen jetzt helfen?" Langsam gingen sie zwischen den Kabinen hindurch und blieben vor der Tür zum Badehaus stehen.

„Ich weiß nicht?" Hannah hob ihre Handflächen hoch. Frau Dr. Hammann legte ihre Hand auf die Klinke. „Möchten Sie die Tür öffnen?" Die Psychologin trat einen Schritt beiseite. Hannahs Herz krampfte. Wenn auch nur ein Gast lachte, sie würde das nicht aushalten. Dann dachte sie an Theas Worte. Sie sah zu Frau Dr. Hammann, die sie ansah, als wären ihr Verhalten völlig normal. Sie runzelte weder die Stirn, noch schürzte sie die Lippen. Nichts an ihr ließ durchblicken, dass ihr Hannahs Körper missfiel. Vielleicht war sie auch nur eine gute Schauspielerin, dachte Hannah. Nein, Freunde von Christen hielten andere Werte hoch. Sie nickte und drückte die Tür auf. Sofort fühlte sie sich preisgegeben. Ihre Makel offenbart. Frau Dr. Hammann trat hinter ihr ein.

„Sollen wir ins Wasser?" Sie zeigte auf die Treppe. Tatsächlich konnte es Hannah nicht schnell genug gehen, in das grüne Nass zu kommen. Sie überwand die zwei Schritte und ließ sich bis zum Hals ins Wasser sinken. Übermannt von ihren Emotionen stiegen Tränen in ihr auf. Sie klammerte sich an den Beckenrand.

„Das haben Sie sehr gut gemacht!"

„Ich habe das Gefühl, das Wasser zu verschmutzen!"

„Womit sollten Sie das tun?"

„Mit meiner Unreinheit!"

„Auch wenn wir hier die Duschen umgangen haben, bin ich mir doch sehr sicher, dass Sie nicht unreinlich sind, Frau Keil. Ihre Narben sind ein Teil von Ihnen, kein Schmutz!" Die Frau sah Hannah aufmunternd an. „Möchten Sie schwimmen?"

„Nein! Aber raus traue ich mich auch nicht mehr!" Hannahs Hände krampften am Becken, bis ihre Knöchel weiß hervortraten.

„Ich kann nicht vor noch zurück!" Hannah legte ihren Kopf auf den Rand. Das Wasser duftete nach Kräutern. Sie atmete ein paar Mal tief ein und aus. Ich schaff' das schon, ein Titel von ihrer alten Rolf Zuckowski Kinderlieder-Kassette schoss ihr in den Sinn. Sie summte die Melodie. In ihrer Kindheit hatte sie vor Klassenarbeiten oder Theateraufführungen den Refrain immer wiederholt, bis sie daran geglaubt hatte. Sie hatte Kraft daraus geschöpft. Warum hatte sie das Lied vergessen? Hannah hob ihren Kopf vom Beckenrand.

„Das klingt hübsch!", sagte Frau Dr. Hamann neben ihr. Hannah war es, als erwachte sie aus einem Traum. Das erste Mal sah sie sich um. Drei weitere Gäste schwammen Bahnen. Keiner davon beachtete sie. Entspannung lag in der Luft und Hannah ließ sich davon anstecken. Sie schloss die Augen. Das Wasser umspielte ihre Schultern. Leise Musik plätscherte aus den Lautsprechern. Seit Wochen das erste Mal breitete sich Frieden in Hannah aus. Er strömte von ihren Fußspitzen bis in ihren Haaransatz. Die Nackenmuskeln entkrampften und Hannah atmete lange aus. Sie vergaß die Welt um sich herum. Nur das Wasser und sie.

Die Stimme von Frau Dr. Hammann holte sie zurück ins Hier und Jetzt. Hannah schlug die Augen auf. Die Sonne war ein gutes Stück weitergezogen. Die Psychologin bemerkte ihren Blick und lächelte sie an.

„Sie haben eine halbe Stunde völlig entspannt im Wasser ausgehalten!"

„Ich glaube, eine Blockade hat sich gelöst. Ich empfinde eine Leichtigkeit, wie schon seit Ewigkeiten nicht mehr."

„Das ist wunderbar. Leider müssen wir uns auf den Rückweg machen. Ich habe noch eine Sitzung heute Nachmittag. Trauen Sie sich zu, noch ein bisschen zu bleiben?"

„Das wäre dann doch zu viel, ich komme mit Ihnen raus." Hannah schwamm zur Treppe. Eine Sekunde zögerte sie, dann stieg sie hinaus. Sie zwang sich gelassen zur Tür zu gehen. Die Duschen mied sie und ging direkt zur Kabine.

„Gut gemacht, Frau Keil!"

„Danke!" Überwältigt trocknete Hannah sich ab. Das Wasser hatte ihr ein Stück Lebensqualität zurück geschenkt. Der Anfang war gemacht. Dennoch rief sie im Kopf die Website auf, wo sie gleich einen anderen Badeanzug bestellen wollte. Bedeutete das nicht, dass sie eine Rückkehr in das bade:haus in Erwägung zog? Hannah knotete das gepunktete Tuch am Hinterkopf fest und verließ die Kabine. Die Psychologin wartete im Korbstuhl.

„Möchten Sie mit mir fahren oder noch ein bisschen Bummeln?"

„Shoppen hört sich fantastisch an!"

„Belohnen Sie sich mit einer Kleinigkeit!"

„Das mache ich!" Die Drehtür spuckte die beiden Frauen auf den Vorplatz des bade:haus aus. „Dann wünsche ich Ihnen viel Spaß!" „Vielen Dank, Frau Dr. Hammann!" Sie winkten sich zum Abschied zu und Hannah schlug den Weg zum Süßigkeiten-Laden ein.

Kapitel 24

Die Glocke kündigte Hannahs Eintreten an.

„Wie schön, dass Sie wiedergekommen sind!" Die alte Dame empfing sie mit einem Strahlen im Gesicht.

„Ich konnte nicht anders! Mein Weg hat direkt vom bade:haus hierher geführt." Der Duft von Salmiak und Eukalyptus stieg ihr in die Nase.

„Kann es einen schöneren Ort geben?", fragte sie die Frau. „Sie möchten nicht zufällig der alten Kamilla Gesellschaft leisten bei einem ostfriesischen Tee? Kommen Sie!" Ohne Hannahs Antwort abzuwarten, verschwand sie durch den Vorhang. In den Regalen zur Linken und zur Rechten türmten sich verschiedenste Sorten von Kaubonbons, Schokoladen und Pastillen. Die Kisten liefen über. Hannah trat durch den Vorhang ins Hinterzimmer. Ein schmaler Tisch drohte in Papieren zu ertrinken. Auf dem Boden stapelten sich Akten. Hannah hob mehrere Kladden von dem auserkorenen Stuhl und setzte sich. Die alte Dame werkelte in der anderen Ecke, die nur von einer schwachen Funzel erhellt wurde.

„Ist gleich fertig, junge Frau!"

„Nennen Sie mich doch bitte Hannah!" Kamilla drehte ihr den Kopf zu.

„Schöner Name, sind Sie Jüdin?"

„Nein, Katholikin, aber ich werde das öfters gefragt. Hatten Sie in letzter Zeit nicht so viele Kunden?" Die alte Frau schlurfte mit der Kanne an den Tisch und Hannah rettete die Papiere, auf die Kamilla die Kanne abstellen wollte.

„Nein, die Saison ist noch nicht richtig angelaufen." Mit einem Ächzen setzte sich die alte Frau auf den Stuhl gegenüber. Sie goss Hannah Tee ein.

„Ich kann nicht anders, wissen Sie? Meine Hände müssen arbeiten. Weniger zu produzieren, brächte mein altes Herz zum Stillstand."

„Das kann ich sehr gut nachvollziehen!" Hannah probierte den Tee.

„Ich schmecke einen Hauch Karamell!" Kamilla klatschte in die Hände. „Wundervolles Mädchen!"

Hannah lachte auf. „Ich habe früher in einer Aroma-Fabrik gearbeitet, bevor ich mich selbständig gemacht habe mit meiner Schokoladen-Idee." Hannah sah in ihre Tasse. Ihre Brust zog sich schmerzhaft zusammen, wenn sie von dem Unternehmen sprach.

„Kindchen, Sie sind traurig!"

„Ja, wegen meines Unfalls", sie deutete an ihrem Körper hinab, „hat man mich rausgeschmissen. Mehr oder weniger. Sie kaufen mich raus. Nächste Woche muss ich … naja egal, auf jeden Fall ist es nicht mehr mein Geschäft."

„Das tut mir sehr leid! Erzählen Sie mir von der Schokoladen-Idee!"

„Ich habe eine Rezeptur entwickelt für eine zuckerfreie Schokolade, die trotzdem schmeckt. Vor kurzem hatte ich eine Idee zur Weiterentwicklung, aber das kann ich nun nicht mehr umsetzen."

„Sagen Sie niemals nie, Hannah! Sie haben einen ausgezeichneten Geschmackssinn und ein Händchen fürs Geschäft. Da besitzen Sie ein paar sehr nützliche Fähigkeiten, machen Sie was draus. Schade, dass Sie keine Insulanerin sind, dann könnten Sie mir zur Hand gehen." Hannah sah Kamilla mit offenem Mund an. Schnell nippte sie an ihrem Tee.

„Ja, das ist wirklich schade." Sie runzelte ihre Stirn. „Aber bis ich fahre, komme ich regelmäßig vorbei und schaue, wie ich Ihnen helfen kann!"

„Das wäre furchtbar nett. Mein Gatte, Gott hab' ihn selig, hat mir früher unter die Arme gegriffen mit der Buchhaltung und Bestellungen der Zutaten. Letztes Jahr hat er mich für immer verlassen!" In den Augen der alten Frau glitzerte es verdächtig.

Hannah legte ihre Hand auf Kamillas.

„Mein Vater ist erst vor kurzem verstorben. Er war 63 Jahre, ich vermisse ihn so sehr." Kamilla hob ihre Tasse.

„Dann trinken wir jetzt auf unsere Lieben im Himmel!"

Hannah entschied sich, zu Fuß in die Reha-Klinik zurück zu laufen. Sie schlug den Weg zum Strand ein. Sie suchte sich eine Bank und sah auf das Meer hinaus. Eine Gruppe von jungen Frauen hatte Handtücher ausgebreitet und übten sich in Yogaposen. Die Sonne warf lange Schatten. Hannah zog ihre Thermotasse aus dem Rucksack und nippte an ihrem lauwarmen Kaffee. Kamilla hatte Eindruck bei ihr hinterlassen. Sie kämpfte trotz aller Widrigkeiten für ihren kleinen Laden.

Zwei kleine Kinder zankten sich um die Schaukel und Hannah verfolgte gebannt den Streit. Die Mutter ging dazwischen und die Kleinen liefen zum nächsten Spielgerät. Hannah zog ihr Handy aus der Tasche, um das Panorama zu fotografieren. Die Abendstimmung hatte sie erfasst. Sie entsperrte den Bildschirm. Das Display zeigte den 29. März. Hannah rieb sich die Augen und wählte.

„Tom Zech am Apparat."

„Du arbeitest aber lang!"

„Hallo, Hannah."

„Ich glaube, du erwartest von mir eine Antwort." Ein leises Räuspern rauschte durch die Leitung. „Ist es dir unangenehm mit mir zu sprechen, Tom?" Hannah sah auf das Meer hinaus. Die Aussicht schenkte ihr innere Ruhe.

„Ich habe mit einer E-Mail gerechnet, nicht persönlich von dir zu hören", sagte Tom schließlich.

„Ich rechne dir an, dass du als letzter meiner Henker, bei der Entscheidung mich rauszuschmeißen, umgefallen bist."

„Woher weißt das das?" Hannah schnaubte.

„Ich kenne euch alle besser, als ihr euch selbst. Nur so konnte die Firma zum Erfolg werden. Jedes Detail, bis zur winzigsten Kleinigkeit, ist mir nicht entgangen und ich habe jedem und allem meine Aufmerksamkeit gewidmet. Ich hoffe von ganzem Herzen, dass ihr ebenso mit meinem Baby verfahren werdet. Ich glaube nämlich eines: Ihr werdet es nicht schaffen. Wir haben als Einheit funktioniert, nicht in unseren Einzelteilen. Trotzdem wünsche ich mir nicht, dass das Unternehmen nun pleitegeht. Wir werden sehen." Hannah holte tief Luft. Egal wie ihre Zukunft aussah, mit diesen Menschen würde sie um keinen Preis mehr zusammenarbeiten.

„Bitte richte Stan aus, dass er mir meinen Anteil auf mein Konto überweisen soll. Das Patent verbleibt bei mir. Ihr müsst euch etwas Neues überlegen."

„Das könnte unser Untergang sein!"

„Hast du geglaubt, ihr werdet mich los und ich belasse das Patent im Unternehmen? Warum hätte ich das tun sollen?"

„Wir sind davon ausgegangen, dass deine Verletzungen so schwerwiegend sind, dass du von dem Geld und einer Arbeitsunfähigkeitsrente leben wirst."

Vielleicht würde es ja so kommen, dachte Hannah. Wie aufs Wort schmerzten ihr Rücken und ihre Brust.

„Ich weiß noch nicht, wie meine Zukunft aussehen wird, aber ich brauche einen Plan B in der Hinterhand. Also behalte ich mein Patent."

„Aber Hannah, das kannst du nicht mit uns machen!"

„Schon passiert. Der Vertrag liegt unterschrieben morgen bei dir in der Post. Ihr hattet ja alle schon fein unterschrieben." Die letzten Sonnenstrahlen fielen auf ihr Gesicht und sie sog die Wärme in sich auf. Es roch nach Frühling. Eine Fähre kreuzte vor dem Ufer und Hannah winkte.

„Danke dir für die Zeit, die wir hatten! Aber für mich beginnt nun ein neuer Lebensabschnitt, tschüss, Tom!" Sie legte auf und ein riesiger Brocken fiel von ihrem Herzen. Hannah schlenderte am Strand entlang. Sie sah zur Marienhöhe hinauf. Dort musste sie unbedingt noch mit Olympia einen Kaffee trinken. Eines Tages, hoffentlich. An der Milchbar saßen auf Liegen in Deckeln gewickelt und Sektgläsern in der Hand vereinzelt Touristen und genossen ebenso wie Hannah das rotgoldene Licht auf ihrer Haut.

Kapitel 25

„Ich bin sehr zufrieden mit Ihrer Entwicklung!" Herr Dr. Hammann blätterte durch Hannahs Akte. „Nach dem Zwischenaufenthalt in der Klinik verheilen Ihre Wunden ausgezeichnet, die Narben verfärben sich bereits weg vom rötlichen hin zum rosigen Ton. Vor allem in ihrem Gesicht sind die Hautangleichungen ganz in Ihrem Sinne, oder?" Der Arzt rieb sich über seine Glatze.

„Es wird besser! Als ‚schön' würde ich mein Aussehen weiterhin nicht bezeichnen, aber ich bin froh, dass ich keine weiteren Operationen hatte und die Einschränkung meiner Bewegungsfähigkeit nachlässt. Meine Kondition kehrt zurück und die Seeluft hat mit Sicherheit ihr Übriges dazu getan."

Dr. Hammann nickte. „Eigentlich wollte ich Sie erst in drei Wochen entlassen, aber ich habe die Mitteilung erhalten, dass Sie auf das Sechswochenamt Ihres Vaters möchten."

„Ja, das ist für nächste Woche angesetzt."

„Aus medizinischer Sicht kann ich Sie früher entlassen, Sie müssen mir aber versprechen, regelmäßig einen Arzt aufzusuchen!"

„Das mache ich auf jeden Fall." Der Arzt sah Hannah an, als wolle er noch etwas anfügen. Als aber nichts weiter von ihm kam und er die Akte zuklappte, nickte sie.

„Dann sehen wir uns zur Abschlussuntersuchung!"

„Kommen Sie früh, es werden einige Patienten entlassen!"

„Danke!" Mit einer Mischung aus Vorfreude auf Zuhause und Wehmut im Herzen verließ sie das Arztzimmer. Thea und Flora warteten vor der Tür.

„Und?"

„Ich werde mit euch entlassen!" Die drei Frauen fielen sich in die Arme.

„Das ist wunderbar! Bis Düsseldorf können wir zusammenfahren!"

„Dr. Hammann sagte mir, dass ich früh zum Entlass kommen sollte, da sehr viele Patienten die Klinik verlassen. Also seid pünktlich!"

„Versprochen", sagte Thea, der die Röte ins Gesicht stieg.

„Nur weil ich mich dauernd verlaufe und Termine verpeile, bedeutet das nicht, dass ich es nicht schaffen kann!"

„Wir glauben an dich!" Hannah hakte sich links und rechts bei ihren

Reha-Freundinnen ein, wie sie Flora und Thea insgeheim bezeichnete.

„Was machen wir denn jetzt mit der freien Zeit?", fragte Flora.

„Ich bin für das Sport-Café! Das ist nicht so weit", sagte Thea und Hannah stimmte zu.

„Heute Abend bin ich aber schon verabredet, tut mir leid wegen des Filmabends!"

„Wie schade, es läuft Das Leben des Bryan, der ist super!"

„Ich kenne den Film, das ist ein Klassiker. Mein Exfreund und ich konnten jedes Wort mitsprechen." Hannah grinste. Flora schüttelte ihren Kopf.

„Dann ist es gut, wenn du nicht dabei bist und uns voll quatschst!" Sie liefen über den Deich. Familien und Pärchen spazierten über den Strand in Richtung Weiße Düne. Hannah zählte deutlich mehr Menschen als noch vor ein paar Wochen. Im Café suchten sie sich einen Platz mit Strandkorb, den Thea in Beschlag nahm.

„Ich hätte bitte gerne einen Holundersaft mit Honig", bat Hannah die Kellnerin.

„Wir beide bekommen bitte Kakao mit ganz viel Sahne!"

Die Kellnerin lächelte. „Also wie immer!" Ein kühler Wind wehte über die Terrasse und Hannah zog den Schal über ihre empfindliche Haut.

„Seid ihr hier Stammgäste?", wollte sie von ihren Freundinnen wissen, als die Kellnerin gegangen war.

„Absolut! Die Aussicht ist klasse, der Kakao schmeckt super und man hat immer etwas zu gucken!" Hannah sah sich um. Das Café war tatsächlich ein schöner Ort zum Entspannen.

„Das Frühstück ist hier sehr zu empfehlen!" Hannah hob die Augenbrauen.

„Habt ihr etwa deshalb immer mal wieder beim Frühstück gefehlt?" Sie hob den Zeigefinger und deutete auf Flora.

„Und von euch musste ich mir Vorträge anhören, weil ich zu wenig gegessen habe und mich nicht ausreichend um meine Ernährung kümmere." Die beiden Frauen sahen Hannah an, als könnten sie kein Wässerchen trüben. Flora klimperte obendrein mit ihren Wimpern.

„So braucht ihr mir nicht kommen, das Verhalten kenne ich zu genüge von meiner besten Freundin, Olympia." Thea und Flora gackerten wie zwei Hühner. Hannah legte den Kopf in den Nacken. „Womit habe ich euch nur verdient?" Das Lächeln verließ ihre Lippen. „Aber ich werde euch vermissen!"

„Wir dich auch!" Thea holte ihre Kamera heraus. „Lasst uns ein paar Selfies machen!" Hannah hob abwehrend die Hände. „Ach, komm schon!"

„Sorry, da bin ich raus. Ich möchte wirklich nicht."

„Aber mit der Mütze und dem Schal ..." „Flora, ist schon in Ordnung." Sie wandte sich zu Hannah und legte ihr die Hand auf den Oberschenkel.

„Ich kann dich verstehen. Machst du dann eines von Flora und mir?"

„Kein Problem!" Hannah atmete auf, als die Getränke serviert wurden und das Thema Fotografie unter den Tisch fallen gelassen wurde. Nach einer halben Stunde Sonne tanken und viel Gelächter machten sie sich auf den Rückweg.

„Ach, hier bist du!" Hannah drehte sich um. Gegen die Sonne erschien seine Silhouette wie ein großer schwarzer Schatten.

„Christen!" Sie trat einen Schritt an ihn ran. „Wir waren doch erst später verabredet!"

„Ich habe gehört, dass du bald entlassen wirst und da habe ich mir gedacht ..." Hinter Hannah traten Flora und Thea heran.

„Hallo, Herr Kapitän!" Hannah verdrehte die Augen bei Theas Worten.

„Ich verstehe! Dein Skat-Kumpel hat dich informiert." Hannah kreuzte ihre Arme vor der Brust. „Ich hätte es dir gerne selber gesagt!"

Flora stupste sie in die Seite. „Wir gehen dann schon mal voraus, wir sehen uns später!"

„Bis später, vielen Dank für den schönen Nachmittag!"

Hannah drehte sich zurück zu Christen und hakte sich bei ihm unter. „Ich müsste mal auf Toilette, das Reizklima hier und der Holundersaft sind keine gute Kombination."

„Lass mich mal überlegen." Christen drehte sich im Kreis und Hannah mit ihm. „Die Reha ist fast der nächste Ort oder du steigst auf mein Rad und wir fahren zu mir, was denkst du?"

„Wir fahren zu dir. Ich möchte nicht noch einen Zwischenstopp machen." Sie liefen zum Rad, das an der Hauswand lehnte, gegenüber des Cafés.

„Bitte entschuldige Klaus, er hatte Sorge um dich."

„Okay ...", sagte Hannah gedehnt. Sie kletterte auf den Sitz, was ihr Schmerzen bescherte. „Heute ist es nicht so gut mit meinen Wunden."

„Was sagt die Krankenschwester?"

„Soweit alles gut, keine Infektion. Die Narben verziehen sich und das führt zu Schmerzen bei Bewegung. Erzähl mir von Klaus!"

„Er hatte gehofft, du würdest länger bleiben und wir beide hätten noch drei Wochen."

„Ich weiß." Hannah drehte sich der Magen um beim Gedanken, fort zu fahren und Christen vielleicht nie wieder zu sehen. Sie beide hatten gewusst, dass der Tag kommen würde. Nun war er beinahe da.

„Ich war bei Kamilla. Ich habe ihr mit der Buchhaltung und Warenbestellungen geholfen. Die Arme ist völlig überfordert!"

„Sie wird dich genauso vermissen wie ich!" Hannahs Finger verkrampften sich am Lenkrad.

„Dort ist mein Zuhause. Meine Familie und Freunde warten auf mich. Meine Firma nicht. Darunter habe ich einen Schlussstrich gezogen. Mein Patent behalte ich aber, damit kann ich eine neue Firma aufbauen. Aber ich werde nichts überstürzen. Ich bin noch lange nicht genesen." Erzählte sie das alles, damit er sich besser fühlte oder sie?

Eine Mischung aus Qual und Heimweh füllte ihr Herz. Es drängte sie nach Hause, und doch mochte sie nicht fortgehen. Bereits in diesem Moment erfüllte sie Sehnsucht. Sehnsucht nach dem Mann, der sie auf Händen die Dünen hinauftrug und auf dem Fahrrad durch seine Welt fuhr.

Hannahs Blase drückte und sie kniff die Beine zusammen. Die Reizung hatte im Gegensatz zur Ankündigung des Krankenhauses nicht nachgelassen.

„Kannst du ein bisschen schneller schieben, bitte?" Christen tat wie geheißen und verfiel in einen schnellen Trab, sodass Hannah sich am Lenkrad festkrallen musste. Blicke von Passanten folgten den beiden. Am Ende der Straße bogen sie rechts ab und Christen schob sein Fahrrad bis vor die Haustür. Er schloss auf und Hannah stürzte an ihm vorbei.

„Sofort hier rechts!" Sie riss die Tür auf und schaffte es gerade rechtzeitig. Es schmerzte beim Wasserlassen und die Vorfreude auf den gemeinsamen Abend schwand dahin.

Christen wartete mit einer Flasche Wasser und zwei Gläsern auf dem Sofa auf sie. Daneben hatte er eine Pyramide aus einer Selektion von verschiedensten Bonbons aufgebaut. Hannah blieb im Türrahmen stehen und hob die Augenbrauen.

„Die kann ich aber unmöglich alleine essen!" Sie hockte sich neben Christen, seine Nähe und Wärme war ihr sehr bewusst.

„Wasser?"

„Gerne, danke!" Christen goss ihr ein, dabei berührten sich ihre Arme und Hannah spürte die Wärme ihren Arm hinaufkriechen. Sie prosteten sich zu.

„Ich wünsche dir jede Menge neue Schokoladen-Kreationen und Bonbon-Ideen! Und dass sich deine Träume verwirklichen." Hannah sah ihn aus wässrigen Augen an.

„Ich habe das Gefühl, meine Träume liegen noch verschüttet und unter Tonnen von Sand begraben." Sie drehte das Glas in ihren Händen.

„Dann solltest du beginnen, zu graben. Vielleicht schreibst du alles auf, was dir Freude macht und dir sinnvoll erscheint. Vielleicht malst du ja auch wie in der Kunsttherapie!"

„Stimmt ja, du hast meine Bilder in meinem Zimmer gesehen!"

„Sie haben mir gefallen. Das warst du in den Zeichnungen. Du hast dein Herz und deine Seele zu Papier gebracht." Christen beugte sich vor, um die Kerze auf dem Tisch anzuzünden. Hannah hob abwehrend die Hände.

„Bitte nicht, ich bin noch nicht so weit!" Christen verschränkte seinen Blick mit ihrem.

„Weißt du, Feuer ist nicht nur Schmerz. Es ist auch eine Quelle für Wärme. Es schenkt uns das Licht der Geborgenheit und Feuer hat eine reinigende Wirkung. Nimm die Buschbrände in Afrika. Dort wächst und gedeiht die Natur nach einem Flächenbrand erst so richtig. Frische kleine Sprösslinge kämpfen sich durch die Asche ans Tageslicht und blühen auf. Hast du jemals ein Feld gesehen, das bis zum Horizont mit Schwärze bedeckt ist? Und dann gehst du näher heran und entdeckst überall Sprenkel von Grün, das ist für mich das Wunder der Natur. So wie du!" Hannah fehlten die Worte. Dann sah sie auf den Docht.

„So habe ich das noch nie gesehen. Zumindest nicht seit meinem Unfall. Es ist lieb von dir, dass du mich mit einem Wunder vergleichst, aber das bin ich nicht. Ich bin einfach nur ich." Hannah schenkte ihm ein kleines Lächeln. „Für mich bist du ein Anker. Du stellst deine Füße fest in den Boden bei Wind und Wetter. Du gehst aufrecht durchs Leben trotz aller Widrigkeiten und Schicksalsschlägen. Ich weiß nicht, wie du diesen

Schmerz aushalten kannst." Christen fasste nach ihrer Hand und fuhr die Narben mit seinem Daumen nach.

„Ich habe schon immer das Gute in jedem Tag gesehen, wirklich jedem. Ich vermisse Aksel unendlich und gleichzeitig bin ich dankbar, dass ich ihn in meinem Leben haben durfte. Sein Lachen und seine albernen Fratzen sehe ich vor mir, als stünde er da und würde Grimassen schneiden, hier in diesem Wohnzimmer. Ich rufe diese Bilder ab, wenn es mir schlecht geht. Natürlich weine ich, aber nicht mehr so häufig wie früher. Es wird besser mit jedem Tag und jeder Stunde. Die schönen Erinnerungen bleiben und das Leben bietet neue Möglichkeiten." Er lehnte sich zurück und zog Hannah mit sich. Sie kuschelte sich an ihn.

„Es ist mir unangenehm, dass du mit Klaus über mich sprichst."

„Es ist ihm rausgerutscht, mehr oder weniger, es kommt nicht wieder vor. Das war unprofessionell. Es tut mir leid."

„Aber er ist ein guter Freund, er kümmert sich um dich!"

„Er war der erste, der auf mich zugekommen ist, als ich hier einzog. Ich kannte niemanden. Ich hatte meinen Dienst angetreten und kam gut zurecht mit meinen Kollegen und Kolleginnen. Aber das war alles auf rein beruflicher Basis. Klaus kam eines Tages in die Kneipe in der Nähe des Hafens, setzte sich neben mich an den Tresen und gab mir ein Bier aus. Unsere Freundschaft ist langsam gewachsen, gebaut auf Vertrauen. In Dänemark gehörte Nils in die Kategorie bester Freund. Bis zum Todestag meines Sohnes. Ich habe es erst nicht wahrhaben wollen, aber er hat Partei für meine Frau ergriffen. Er sollte für niemanden die Seite wählen. Wenn er einfach nur für uns da gewesen wäre, hätte uns das viel bedeutet." Er seufzte leise. „Ich habe mich in ihm getäuscht."

„Wie ich mich in Gero getäuscht habe. Ich hätte nie erwartet, dass er mich verlassen würde. Aber es war alles zu viel für ihn. Alleine während des Komas habe ich über fünfzehn Operationen über mich ergehen lassen, ohne es überhaupt mitzubekommen. Gero hat man über jede einzelne informiert. Nicht jeder Angehörige erträgt das. Gero gehörte nicht dazu." Hannah entzog sich Christens Umarmung und steckte sich ein Lakritz-Bonbon in den Mund. Die Pyramide stürzte in sich zusammen und die Süßigkeiten kullerten über den Tisch.

„Hoppla!" Christen fing eine Gummihimbeere auf und steckte sie sich in den Mund.

Hannah knetete ein Kaubonbon zwischen ihrem Daumen und Zeigefinger.

„Du erzählst immer von deiner Frau. Wolltest du dich nicht scheiden lassen?" Hannah wagte nicht, Christen anzusehen.

„Mille ist damals nach Kopenhagen gezogen und ich nach Deutschland. Wie soll ich sagen; wir haben den Zwischenschritt übersprungen. Unsere Wege haben sich getrennt. Innerlich waren wir geschieden, es fehlte nur die Unterschrift auf dem Papier. Wir haben uns sehr schnell auseinandergelebt. Ich habe Mille seit über sieben Jahren nicht gesprochen. Ich weiß noch nicht einmal, ob sie noch in Kopenhagen lebt. Sie weiß auch nicht, wo ich bin. Selbst wenn sie von sich aus eine Scheidung in den letzten Jahren hätte anstreben wollen, wäre das gar nicht möglich gewesen." Christen zuckte mit den Schultern. „Da sind keinerlei Gefühle mehr. Weder Groll, noch Anziehung, wenn es das ist, was du gedacht hast."

„Ich weiß nicht. Ich hätte mich von Gero sofort scheiden lassen. Ich brauche klare Verhältnisse. Deshalb weiß ich auch nicht …"

„Bitte beende es nicht. Wir haben noch ein paar Tage", sagte Christen und nahm ihre Hände in seine.

„Wie kannst du mich anfassen und ansehen, ohne, dass du … Unwohlsein mir gegenüber empfindest?"

„Ich sehe ein Leuchten in dir, Hannah. Ich kann es nicht anders beschreiben. Das lässt alles andere in den Hintergrund rücken. Für mich bist du anziehend. Dein Wesen zerrt mich zu dir, ohne dass ich mich entziehen könnte. Und ich will es auch gar nicht mehr." Er beugte sich vor, bis ihre Gesichter dicht beieinander waren. Er suchte in ihren Augen nach Zustimmung und Hannah nickte leicht. Christen legte seine Hände an die geröteten Wangen und ihre Lippen trafen sich. Ein Kribbeln durchlief Hannahs Körper. Seine Sanftheit erschütterte ihr Innerstes und lockte sie. Sie beugte sich ihm entgegen und erwiderte die federleichte Berührung. Sie öffnete ihren Mund und ließ ihre Zunge mit seiner spielen. Durchflutet von einem ihr ungekannten Glück, küsste sie ihn berauscht. In diesem Moment war es ihr, als hätten sich ihre Seelen vereint und sie wollte nie wieder loslassen.

Kapitel 26

Hannah saß an dem kleinen Tisch und vergoss ein Meer an Tränen.

„Kindchen, nicht weinen. Ich komme schon klar. Und wir sehen uns bestimmt wieder!" Hannah lochte einen Stapel Rechnungen, heftete sie ab und wischte sich über die Augen. Kamilla reichte ihr ein Stofftaschentuch.

„Jetzt wisch' erst einmal dein Gesicht trocken, du machst ja jedem Wasserfall Konkurrenz." Sie setzte sich auf den Stuhl Hannah gegenüber. „Du hast hier tolle Arbeit geleistet. Ohne dich wäre ich in den Rechnungen versunken. Aber Dank deines Systems komme ich jetzt besser zurecht. Und die bunten Ordner passen zu diesem Laden!" Sie legte den Kopf schief. „Ich bin mir sicher, dass wir uns wieder sehen! Es ist nur ein Abschied auf Zeit! Du hast meinen Laden in Ordnung gebracht, nun ist es an dir, dein Leben zu sortieren." Kamilla nippte an ihrem Tee. „Der schmeckt großartig! Lass mich raten!" Sie nippte noch einmal. „In der Sahne ist ein Hauch gebratene Mandel!" Sie sah von ihrer Tasse auf. „Wie hast du das gemacht?"

„Das Geheimnis lüfte ich, wenn wir uns wiedersehen!" Hannah grinste schief. Sie schob den Ordner in das neue Regal an der Wand. „Kurz vor Ostern startest du wieder mit der Bonbonmanufaktur, nicht vorher, versprochen? Deine Vorräte reichen bis dahin. Verkaufe erst einmal ab, was du hast. Stell' Körbe vor die Tür mit Lockangeboten. Zusätzlich zu deiner prachtvollen Auslage im Fenster. Der Laden ist klein, daher laufen viele Passanten einfach vorbei. Aber ich liebe dieses Geschäft und finde, jeder sollte herkommen und deine Köstlichkeiten probieren!" Wie zum Beweis steckte sich Hannah eine Salzlakritzstange in den Mund. Kamilla ging an ihr vorbei in den Verkaufsraum.

„Ich schließe gleich ab und du hast noch einen Termin, soweit ich weiß!"

„Richtig!" Hannah schob den Stuhl zurück und schlüpfte in ihre Jacke. Sie ging nach vorn und legte ihre Arme von hinten um Kamilla. „Vielen Dank für alles! In deinem Paradies habe ich ein Stück von mir selbst wiedergefunden. Du glaubst nicht, wieviel mir das bedeutet!" Sie löste sich von der alten Frau, welche eine Tüte hinter ihrem Rücken hervorzog. „Du meine Güte, das soll ich alles mitnehmen?"

„Du musst doch die Zeit überbrücken können, bis wir uns wieder sehen!" Hannah nahm den Beutel und steckte ihn in ihren Rucksack. „Nicht wieder weinen, Kindchen, auf bald!" Bevor Hannah etwas erwidern konnte, verschwand die Frau hinter dem Vorhang.

„Tschüss, Kamilla!" Sie zog die Tür auf und die Glocke läutete zum Abschied.

Auf dem Weg zum bade:haus zog sie ihre Nase hoch. Nein, sie weinte nicht, das war der kühle Wind, der ihr die Tränen in die Augen trieb. Sie betrat den Platz und sah Thea schon aus der Ferne. Die große, immer fröhliche Frau kam ihr nun klein und unsicher vor. Gebeugt stand sie da und schaute überall hin, nur nicht zum Schwimmbad. Hannah winkte ihr und eilte auf sie zu. Bei Thea angelangt, nahm Hannah die Frau in den Arm.

„Ich freue mich so, dass du gekommen bist!"

„Das ist die bescheuertste Idee, die du jemals hattest! Und ich bin eine blöde Kuh, dass ich darauf gehört habe!" Sie stapfte mit ihrem linken Fuß auf.

„Du wirst es genießen, wenn du einmal im Wasser bist. Versprochen!" Sie ließ Thea den Vortritt. Die Drehtüre schob die beiden Frauen ins Innere. Hannah rannte in Thea, die abrupt stehen geblieben war.

„´Tschuldigung, Hannah!" Sie drehte sich um und ließ ihre Tasche fallen.

„Ganz ruhig! Atme tief durch, das tue ich auch!"

„Aber du hast es doch schon geschafft! Du warst hier und sogar im Wasser!"

„Trotzdem fällt es mir nicht leicht. Glaube mir!"

„Kann ich Ihnen behilflich sein?" Die Dame hinter dem Tresen lächelte in ihre Richtung. Hannah sah zu Thea und hob die Augenbrauen, diese zuckte mit den Schultern, dann nickte sie.

„Wir hätten bitte gerne zweimal den Eintritt." Hannah trat an die Kasse und zückte ihr Portmonee.

„Ich bezahle für uns beide." Sie legte einen Schein auf den Tresen.

„Dann wünsche ich Ihnen gute Erholung in unserem Haus!"

„Danke sehr!" Hannah hakte sich bei Thea ein und ging mit ihr in Richtung Kabinen.

„Wir beide sind schon welche!" Thea lächelte schwach. „Hast du wenigstens das Schild aus deinem Badeanzug rausgeschnitten, Thea?"

„Natürlich, aber ich habe ihn nicht anprobiert. Hoffentlich passt er."

„Das wäre schade, wenn nicht. Ich habe tatsächlich gestern meinen neuen Badeanzug bekommen. So kurz vor Abreise. Meinen alten habe ich weggeworfen. Viel zu viel Haut!" Hannah ging in die Kabine. „Wir sehen uns auf der anderen Seite!" Sie hörte Thea lachen.

„Das klingt so, als würden wir ein Wurmloch durchqueren und uns drüben wieder treffen!" Irgendwie ist es genau so, dachte Hannah. Der neue Anzug gefiel ihr. Schwarz mit langem Bein bis über das Knie, breite Träger und ein hoher Rücken. Sie verstaute ihre Tasche in einem Spind und wartete auf Thea. Nun konnte sie nachvollziehen, wie sich Frau Dr. Hammann gefühlt haben musste. Warten in der zugigen Luft, ohne zu wissen, ob die andere Person herauskam. Theas Tür öffnete sich einen Spalt.

„Es ist niemand hier, komm raus!" Ihre Freundin trug ebenfalls schwarz.

„Du bist so mutig, Hannah!" Thea verstaute ihre Tasche, sodass sie das Kopfschütteln nicht sah.

„Und jetzt ins Wasser!", sagte Hannah. So schnell sie ihre Beine trugen, hasteten sie zur Tür und Hannah linste hindurch.

„Vier, höchstens fünf Schwimmer! Das schaffen wir!" Sie schob sich als Erste durch die Tür und Thea folgte mit kleinen Tapsen. Die Treppe ins Wasser lag keine fünf Schritte entfernt und Hannah beeilte sich die paar Stufen hinein zu überwinden und sank bis zum Kinn ins angenehm temperierte Nass. Thea folgte ihrem Beispiel, kleine Wellen schwappten in Hannahs Mund, als ihre Freundin neben sie schwamm. Mit großen Augen sah sie sich um.

„Ist das schön hier! Schade, dass ich nicht eher hier war." Sie presste ihre Lippen aufeinander.

„Sollen wir ein bisschen auf und ab schwimmen, oder möchtest du am Beckenrand genießen, dass du hier bist?"

„Lass uns einfach hierbleiben! Lässt du das Kopftuch an?"

„Solange ich es nicht verboten bekomme, möchte ich es anbehalten. Meine Haare sind ein gutes Stück gewachsen, aber um die kahlen Stellen zu überdecken, braucht es noch Zeit."

„Alles braucht noch Zeit! Nach der Reha ist vor dem Leben!" Hannah blubberte ins Wasser. Die kommenden Wochen würden schwer. Wenn Sie wieder fähig sein würde, zu arbeiten, welcher Job würde es sein? Wo würde sie wohnen? Erst einmal bei Olympia, die nächste Zeit hatte sie Dach über dem Kopf und ihre Freundin würde ihr eine Wurzelbürste an den Kopf werfen, wenn sie woanders unterkäme.

„Ich stimme dir zu, wir werden viele Herausforderungen bestehen müssen. Flora mit ihrem Ehemann, du, genau wie ich, musst dich mit der Jobsuche beschäftigen, puh, das wird hart! Umso schöner, dass wir hier an diesem Ort noch einmal Kraft tanken können, oder?"

„Und heute Abend Essen gehen im Brauhaus, das muss auch noch sein!"

„Ich bin leider nicht dabei." Hannah schluckte. „Ich muss mich noch von Christen verabschieden. Morgen auf der Fähre wird es dann ganz seltsam. Ihn auf der Brücke zu wissen und nicht zu ihm gehen zu können!" Sie drängte die Tränen zurück, die sie zu übermannen drohten. „Mann, dauernd heule ich …"

„Besser als alles drin behalten. Ich schlucke immer alles runter und lächle. Wie es in mir wirklich aussieht, weiß keiner. Ich bin die dicke Frau, die lacht und nett zu allen ist. Aber das ist nicht real!" Hannah legte ihr eine Hand auf den Oberarm.

„Und ich verstecke mich in Mänteln, Schals und Tüchern und werde unsichtbar. Vor den Augen der Welt existieren Menschen wie wir nicht. Abseits der Norm gelangst du ganz schnell an den Rand. Aber ich möchte Dinge wie das Schwimmen, Kino und Rockkonzerte nicht aus meinem Leben streichen. Restaurantbesuche und in Museen schräge Kunst bewundern. Ich möchte nicht ausgegrenzt werden aufgrund meines Aussehens. Auch wenn mich jeder Schritt unendlich Kraft kostet, möchte ich weiter machen."

„Das hört sich super an, aber bei mir scheitert es an der Umsetzung. Überall spüre ich die Blicke auf mir. Ich habe nicht deine Stärke, ich verkrieche mich lieber!"

„Aber schau doch, was du hier heute geschafft hast! Das war nur dein erster Schritt und es kommen bestimmt noch viele mehr."

„Ohne jemanden an meiner Seite, der so einen treibenden Charakter hat wie du, ich weiß nicht …"

„Hast du Zuhause denn niemanden, der dich unterstützt?" „Nicht wirklich … Meine Mutter ist manchmal Ansprechpartner, aber so jemanden wie deinen Christen müsste ich mir backen. Den gibt es nicht für mich auf dieser Welt. Aber ich habe von dir gelernt. Wenn mir Umstände nicht passen, muss ich sie ändern!"

„Das hast du von mir?"

„Hannah, du hättest in der Firma betteln können, um zu bleiben." Thea starrte hinaus zum Außenbecken. „Ich hätte das getan", fügte sie leise hinzu. „Du magst deinen Badeanzug nicht, du bestellst einen neuen. Ich würde darüber nachdenken, was ich bezahlt habe und erst einmal auftragen."

„Daran ist auch nichts falsch, Dinge so lange zu benutzen, bis sie kaputt gehen. Aber zurück zur Arbeit zu gehen und mit Menschen zu arbeiten, die mich loswerden wollten, nein, auf keinen Fall!" Hannah hangelte sich am Beckenrand entlang, bis zum Treppenabsatz. „Mir ist kalt, sollen wir gehen?"

„Klar. Danke, für das tolle Erlebnis!"

„Ich fand es auch schön, noch einmal herzukommen!" Die beiden Frauen zogen sich aus dem Wasser und eilten zu den Kabinen.

„Ich bin zu kaputt zum Laufen, sollen wir den Bus nehmen?" Hannah nickte. Die Erschöpfung drang in jede Faser ihres Körpers. Sie stolperte eher, als dass sie lief, die Straße herunter bis zur Haltestelle. Der Bus hielt und sie stiegen ein.

„Vergiss morgen früh nicht, pünktlich zur Abschlussbesprechung zu kommen! Wir müssen den Zug erreichen! Von der Fähre gar nicht zu sprechen. Ich habe für uns drei ein Taxi über die Klinik bestellt. Hast du schon gepackt?"

Thea schüttelte ihren Kopf und Tropfen flogen in alle Richtungen. Hannah quietschte. Als Thea Luft holte, hob sie ihren Zeigefinger. „Nicht entschuldigen! Es ist alles gut, das war gerade wirklich witzig! Zumal du mich damit ein bisschen ablenkst, von meiner bevorstehenden Verabschiedung von Christen!" Eine Steilfalte bildete sich auf ihrer Stirn. Thea legte einen Arm um Hannahs Schulter.

„Du schaffst das! Vielleicht ist es ja nicht für immer. Zwischen euch ist eine besondere Verbindung." Hannah seufzte laut.

„Ich weiß, aber mein Zuhause ist über 300 Kilometer entfernt, wie soll das gehen?" Thea zuckte mit den Schultern.

„Da kann ich dir leider auch nicht helfen." Ihr Magen knurrte laut vernehmlich. „Nach dem Schwimmen habe ich immer so großen Hunger!"

„Ich auch!", stimmte Hannah zu. Sie stiegen aus dem Bus und liefen Christen direkt in die Arme.

„Ich lasse euch dann mal. Ich wünsche euch einen schönen Abend! Wir sehen uns morgen in der Früh!" Thea hob zum Abschied ihre Hand und eilte in die Klinik.

„He, Christen!" Hannah schmiegte sich an ihn.

„He, min Deern!" Er zog sie an sich und für eine gefühlte Ewigkeit standen sie vor der Reha in einer festen Umarmung vereint.

„Sollen wir spazieren gehen?" Hannah löste sich aus seinen Armen.

„Gern. Aber dann muss ich mein Kopftuch gegen eine Mütze tauschen." Sie wühlte in ihrem Rucksack, bis sie die Strickmütze fand. Sie zog das Tuch herunter und der Seewind fuhr ihr über den Kopf und sie erschauerte. Sie drückte die Mütze auf ihren Kopf und Christen richtete sie.

„Ich nehme deinen Rucksack!" Er schulterte die Tasche und sie liefen in Richtung des Strandes.

„Ich bin erschöpft, Christen. Das war ein langer Tag. Können wir uns eine Bank suchen? Ich könnte ein Päuschen vertragen."

„Sollen wir uns oben neben den Anker setzen? Ich laufe dann noch einmal los und hole uns im Café einen Kaffee."

„Das hört sich gut an!"

„Soll ich dich rauf tragen?" Hannah lachte.

„Nein, es reicht, wenn du mich ziehst." Hand in Hand liefen sie den Pfad hinauf. Die Sonne berührte bereits den Horizont und goldenes Licht floss über den Strand. Die letzten Treppenstufen ließen Hannahs Beine zu Blei werden. Sie keuchte, als sie oben anlangten. Schweiß stand auf ihrer Stirn. Ihre Lider flatterten und sie sackte auf die Bank. Sterne tanzten vor ihren Augen und sie blinzelte, um wieder klar sehen zu können. Christen strich ihr über den Rücken.

„Du kommst jetzt erst einmal wieder zu Atem und ich hole uns das Koffein!" Hannah brachte kein Wort heraus und winkte ihm, zu gehen. Ihre Lunge krampfte und sie hustete in ihre Faust. Sie schloss die Augen und steckte ihr Gesicht in den Wind. Mit jedem Atemzug beruhigte sie sich ein wenig mehr. Das Geheimnis liegt in den tiefen Atemzügen, wie ich es von der Physiotherapeutin gelernt habe, dachte sie. Ein und aus, ein und aus. Nach drei Minuten hatte sich der Krampf gelöst und befreit sog sie salzige Luft in ihre Lungen.

„Das werde ich so sehr vermissen!", murmelte sie vor sich hin.

„So sehr wie mich?" Hannah schrak hoch.

„Meine Güte, hast du mich erschreckt!"

„Ich mache es wieder gut mit einem großen Milchkaffee!" Christen reichte ihr den Becher aus Pappe und setzte sich neben Hannah auf die Bank. Hannah pustete über den Dampf.

„Zu deiner Frage", sie drehte sich zu Christen. „dich werde ich noch mehr vermissen, als alles andere auf Norderney zusammen!" Er neigte den Kopf und küsste sie auf die Stirn.

„Ich wünschte, wir hätten uns unter anderen Umständen kennengelernt." Hannah sah auf das Meer hinaus.

„Wenn der Unfall nicht passiert wäre, hätten wir uns sicher nicht getroffen. Alles hat seine guten und seine schlechten Seiten. So hat mich das Schicksal hierhergeführt und wir hatten ein paar wundervolle Wochen. Vielleicht muss das reichen." Sie drehte ihren Kopf zur Seite, damit Christen nicht die Verzweiflung in ihrem Gesicht sah.

„Die Erinnerung bleibt und die ist wunderschön!", sagte Christen. „Ich habe dir etwas mitgebracht!" Er zog aus der Hosentasche ein schmales Päckchen. „Ich habe dein hübsches Kreuz und dein Armband gesehen und mir gedacht, ich vervollständige das Set!"

„Aber das kann ich nicht annehmen!"

„Doch, ich glaube schon!" Christen legte ihr das Geschenk auf den Schoß. „Mach es auf!" Hannah zog sich die Handschuhe von den Fingern und schob sie in die Jackentasche. Sie löste den Klebestreifen vom blauen Geschenkpapier und öffnete die gleichfarbige Schachtel.

„Oh mein Gott, der ist wunderschön!"

„Der müsste an deinen Mittelfinger passen!" Hannah nahm den Ring heraus und drehte ihn an ihren Fingern.

„Ich habe so etwas noch nie gesehen!" Feine Gravuren im goldenen Band zeigten einen Anker, ein Schiff und ein Herz.

„Steck ihn an!" Christens Augen leuchteten. Hannah schob sich den Goldring über ihren rechten Mittelfinger und hielt ihn vor ihr Gesicht, um ihn besser betrachten zu können.

„Das Armband präsentiert deine Vergangenheit, das Kreuz dein Schicksal und der Ring sollte den Kreis schließen."

„Du hast ihn anfertigen lassen! Das ist … ich weiß nicht, was ich sagen soll! Danke!" Hannah beugte sich vor und drückte Christen einen sanften Kuss auf den Mund.

„Gern, min Deern", hauchte er an ihre Lippen. Sie versanken in einen Kuss, der von Leidenschaft und Verzweiflung sprach. Die Sonne sank hinter den Horizont. Keiner mochte sich vom anderen lösen und so küssten sie sich, als stünde die Zeit auf ihrer Seite. Mit der Dunkelheit senkte sich Kühle über Hannah und Christen.

„Ich muss noch packen." Ihre Worte kamen kaum hörbar über ihre Lippen. Christen lachte ebenso leise.

„Du willst schon wieder ohne Essen ins Bett?"

„Ich lasse mir eine Pizza kommen, beruhigt dich das?"

„Ich kann dich nicht überreden, noch mit mir Essen zu gehen?" Hannah schüttelte langsam ihren Kopf.

„Ich möchte mich noch von dem einen oder anderen Mitpatienten verabschieden, bevor sie in ihren Zimmern verschwinden. Morgen früh wird es zu hektisch." Hannah legte ihre Hand an Christens Wange.

„Wir nehmen die Fähre um 10.15 Uhr. Ist das deine?"

„Das ist meine!" Hannah lächelte schwach.

„Dann hast du mich also hergebracht und nun fährst du mich auch zurück. Das ist ein schöner Gedanke!" Christen umarmte Hannah.

„Vielen Dank, dass ich dich kennen lernen durfte, Hannah Keil!" Hannah schossen die Tränen in die Augen und sie lehnte sich an seine Schulter.

„Mach es gut, Christen! Tschüss!" Sie erhob sich und ging Richtung Treppe. Am Absatz drehte sie sich noch einmal um, aber die Dunkelheit hatte Christen verschluckt.

Kapitel 27

Hannahs Herz zog sich schmerzhaft zusammen, als sie den Kofferwagen aus ihrem Zimmer schob. Während sie im Foyer auf ihre Pizza gewartet hatte, gab es genügend Zeit, sich von allen liebgewonnenen Mitpatienten zu verabschieden. Manche Tränen waren geflossen, aber bei weitem nicht so viele wie in der Nacht. Hannah hatte sich in den Schlaf geweint und feuchte Wangen weckten sie noch vor dem Wecker. Ein letztes Mal zog sie die Zimmertür hinter sich zu und fuhr auf die erste Etage zum Abschlussgespräch. Schwester Marianne wartete bereits mit einem dicken Packen Umschläge und reichte Hannah den Obersten. Die Schwester lächelte breit.

„Ich wusste, dass Sie die Erste sind! Kommen Sie herein, die Koffer können Sie im Flur stehen lassen!"

Sie begleitete Hannah zu Herrn Dr. Hammann. Dieser sah von einer Akte auf und strich sich über die Glatze. Er reichte Hannah die Hand.

„Ich habe Ihnen Medikamente aufgeschrieben, aber Sie sollten baldmöglichst Ihren Hausarzt aufsuchen. Regelmäßige Kontrollen sind ein Muss, Sie sind noch lange nicht über den Berg. Ich weiß, dass Sie schwimmen waren. Allerdings empfehle ich Ihnen, mit weiteren Schwimmbadbesuchen zu warten. Geben Sie Ihrer Haut noch ein bisschen Zeit. Sie können von Glück sagen, dass sie keinen Kompressionsanzug tragen mussten, und ich würde es gerne dabei belassen!"

„Vielen Dank, Herr Dr. Hammann. Ich habe gute Fortschritte hier in der Reha gemacht und das habe ich Ihnen und Ihrer Frau und der Physiotherapeutin zu verdanken. Natürlich auch allen anderen. Ich habe mich gut aufgehoben gefühlt."

„Sehr schön, Frau Keil. Schwester Marianne wird sie ein letztes Mal versorgen, dann können Sie die Heimreise antreten!" Sie reichten sich ein weiteres Mal die Hand und Hannah trat in den Flur. Sie atmete auf, als sie dort Flora und Thea neben ihren Koffern stehen sah.

„Ihr seid da!"

Herr Dr. Hammann winkte Flora rein und schloss die Tür.

Der Verbandwechsel dauerte keine zehn Minuten und als Hannah aus dem Raum trat, warteten ihre Freundinnen bereits auf sie. Schwester Marianne zog Hannah in eine kurze Umarmung.

„Passen Sie auf sich auf, ja?

„Mache ich! Auf Wiedersehen!"

Die drei Frauen zogen ihre Kofferwagen in den Aufzug.

Vor der Klinik wartete bereits das Taxi und Hannah erkannte den Fahrer wieder, von dem Tag, als sie mit Christen zur Bake gefahren war. Der Tag der Beerdigung ihres Vaters.

„Sie sehen viel besser aus als beim letzten Mal!" Flora lachte.

„Du kennst aber auch einfach jeden hier auf der Insel, oder?"

„Nicht wirklich!", erwiderte Hannah und setzte sich nach vorne ins Auto, während der Fahrer alles im Heck verstaute. Thea und Flora plapperten auf der Rückbank, doch Hannah hörte kaum zu. Ihr Blick schweifte über die Umgebung. Sie hatte sich in Norderney verliebt, und nun verließ sie es. Viel länger als jeder normale Tourist hatte sie die Möglichkeit gehabt, die Menschen auf dieser Insel kennen und lieben zu lernen. Verstohlen wischte sie sich eine Träne fort. Das Taxi brauchte nur fünf Minuten bis zum Hafen. Beim Ausladen schwiegen die Freundinnen ebenfalls.

„Wir kommen wieder und treffen uns hier, in Ordnung?", fragte Thea.

„Das ist eine tolle Idee!", sagte Flora und zog drei Plastikostereier aus ihrer Tasche.

„Was hast du da?" Hannah sah ihre Freundin mit hochgezogenen Augenbrauen an.

„Ich war am Strand und habe Sand in die Eier gefüllt. Es ist auch nur ein kleines bisschen. Ich weiß, dass man das nicht tun soll. Aber ich dachte, das wäre eine wunderbare Erinnerung für uns alle!" Hannah umarmte Flora.

„Schöne Idee!"

Flora reichte ihr ein Ei, dann Thea.

„Jetzt müssen wir uns aber beeilen, damit wir einen guten Platz bekommen!", sagte Thea. Die drei zogen ihre Koffer durchs Terminal. Hannah schmerzten die Narben und sie verwünschte sich, soviel Gepäck dabei zu haben. Hätte sie besser die Koffer geschickt, wie auf dem Hinweg. Das wäre wesentlich leichter gewesen. Sie stöhnte und zerrte die Koffer zum Aufgang der Rampe. Flora und Thea folgten ihr auf dem Fuß.

„Warte, lass mich dir helfen!" Dort stand er in Uniform mit Kapitänsmütze und seiner Pfeife im Mundwinkel.

„Christen!" Hannahs Sicht verschwamm. Er kam die Rampe herunter und nahm ihr die Koffer ab. Im hinteren Teil des Schiffes verstaute er das Gepäck in den unteren Fächern.

„Danke!"

„Ich muss jetzt wieder ans Steuer." Er trat an sie heran, nahm die Pfeife aus dem Mund und schenkte Hannah einen letzten Kuss. „Auf Wiedersehen, min Deern!" Christen zog ihr den Schal zurecht und wandte sich ab.

„Auf Wiedersehen, Christen!"

Hannah ließ sich auf das nächste Sofa fallen. Tränen kullerten über ihre Wange und Flora reichte ihr ein Taschentuch.

„Das ist so traurig!" Thea wischte sich ebenfalls eine Träne aus dem Augenwinkel. Die Fähre ruckte. „Es geht los!"

Flora drückte eine rosa Pille aus einem Blister. „Ist gegen Übelkeit, ich vertrage die Überfahrt nicht so besonders gut." Sie reichte an Hannah das Wasser weiter, die einen tiefen Schluck nahm.

„Es ist komisch, oben auf der Brücke ist Christen und ich bin hier unten. Das fühlt sich furchtbar falsch an. Aber mein Leben ist nun einmal in Nordrhein-Westfahlen und nicht hier. Und Christen vom Wasser zu trennen, wäre wie Weihnachten ohne Tannenbaum." Flora und Thea tauschten einen Blick, sagten aber nichts weiter. Norderney verschwand hinter ihnen in einer Nebelbank und der Hafen von Norden kam in Sicht. Es ruckte beim Anlegemanöver und Hannahs Blick wanderte ein ums andere Mal zur Treppe.

„Lass uns zu unseren Koffern gehen, dann sind wir als erste Passagiere von Board. Der Anschlusszug ist schon da!" Thea deutete aus dem Fenster. Aufgeregtes Geplapper schwirrte durch die Fähre, Hannahs Welt versank in Dunkelheit. Sie schob ihre Mütze zurecht und schloss den Reißverschluss ihrer Jacke. Mit ihrem Gepäck reihten sie sich in die Reihe der Wartenden ein. Schließlich öffnete sich die Tür und ein kalter Wind wehte herein. Hannah schüttelte den Kopf.

„Ich weiß gar nicht, wie ich damals auf der Bank einnicken konnte." Sie warf einen letzten Blick zur Brücke, dann folgte sie ihren Freundinnen nach draußen. Sie überquerten den Vorplatz und bestiegen den Zug als einer der Ersten.

Die Freundinnen suchten sich eine Vierergruppe in der Nähe des Gepäcks. Ein hilfsbereiter Mitreisender hatte ihnen beim Einladen der Koffer geholfen. Hannah sah zum Fenster hinaus und suchte nach Christens Silhouette auf der Brücke. Bis auf einen Helfer an der Rampe konnte sie niemanden erblicken.

Sie schloss die Augen und lehnte sich zurück. Flora drückte ihre Hand. Wie ein messerscharfes Messer zerschnitt es ihr Herz. Jede Faser ihres Körpers wollte zurück. Der Zug ruckte an und die letzte Chance verstrich. Sie schlug die Lider auf.

„Ihr braucht eure Vorfreude nicht wegen mir zu unterdrücken! Ich sehe doch, wie sehr ihr euch auf zu Hause freut!"

„Ein klitzekleines Bisschen freust du dich aber auch, oder?", fragte Thea

„Ich habe meine Mutter und Olympia so sehr vermisst, ich kann es kaum erwarten, sie am Bahnhof zu sehen und in die Arme zu schließen!" Ihr Körper kribbelte beim Gedanken daran, ihre Herzensmenschen in wenigen Stunden wieder zu sehen.

„Deine Freundin hat für dich ordentlich umgeräumt, oder?" Hannah verdrehte die Augen zur Decke und holte ihr Handy heraus.

„Schaut euch mal die Fotos an!" Sie reichte das Smartphone rüber. „Sie hat es sich nicht nehmen lassen, ihr Wohnzimmer für mich umzubauen. Irgendwie hat sie es geschafft, innerhalb von ein paar Tagen, die Möbelhäuser leer zu kaufen. Sie hat ihren Schreibtisch in das Schlafzimmer geräumt, sodass ich die Ecke für mich habe."

„Der Paravent ist wirklich hübsch! Und die Patchwork-Decke auf dem Bett passt dazu, das hat so einen asiatischen Touch!" Thea hob den Daumen. Draußen rauschten endlose Wiesen und Ortschaften vorüber. Mit jedem Bahnhalt trommelte Hannahs Herz ein Stückchen höher. Nicht mehr lange und sie war endlich wieder zu Hause. Sie jubelte innerlich. Allzu lang hatte sie die geliebten Gesichter nicht gesehen. Die Häuser reckten sich gen Himmel, in drei Bahnstopps waren sie da. Hannah zog sich ihre Jacke, Mütze und den Schal an. Olympia schickte sie eine kurze SMS mit ihren Ankunftsdaten. Zurück kam ein Kuss-Smiley.

„Wer holt euch ab?" Flora verzog ihren Mund.

„Mein Mann, er konnte es gerade so einrichten. Dabei haben wir uns so viele Wochen nicht gesehen. Die Freude seinerseits hätte größer sein können, finde ich."

„Pass auf: Er wird die neue Flora gar nicht wieder erkennen! Und heute Abend fällt er dann über dich her, als wärt ihr frisch verliebt!" Thea grinste bei ihren Worten.

„Schön wär's, ich werde euch berichten!"

Hannah hob ihre Augenbrauen. „Aber bitte keine Details!" Die drei brachen in Gelächter aus. Als sie sich beruhigt hatten, meinte Thea: „Mich kommt meine Mutter abholen." Sie sah zum Fenster raus. „Wir sind schon schräge Vögel! Die eine hat gar keine Lover, die zweite verlässt ihren für die Heimat und die dritte kehrt zu ihrem zurück und weiß nicht, ob sie ihn überhaupt noch will. Kann es nicht einmal gut laufen im Leben?" Flora sah ihre Freundinnen an und Hannah erwiderte ihren Blick. Dann sah sie weg.

„Ich weiß es nicht." Die Worte kamen leise und an niemanden gerichtet. Hannah horchte in sich hinein. Sie wusste es tatsächlich nicht. Perfektion gab es nicht in Beziehungen, nur in der Natur. Die Räder quietschten auf den Schienen, sie waren da. Ein letztes Mal umarmten sich die drei.

„Ich bin so dankbar, euch kennengelernt zu haben!", schluchzte Thea und Hannah schluckte hart. Zu viele Abschiede in den letzten Wochen und Monaten. Es wurde Zeit für das Öffnen neuer Türen. Sie zerrte ihr Gepäck zur Waggontür hinaus und wurde im nächsten Moment von hinten angefallen. Beinahe hätte sie sich auf ihren Hosenboden gesetzt

„Du bist da!", quiekte eine Stimme an ihrem Ohr. Hannah drehte sich um und fiel Olympia in die Arme. Für eine Ewigkeit standen sie auf dem Bahnsteig, bis sie die Zugluft davon trieb. „Ich nehme dein Gepäck, ich weiß gar nicht wieso du so viel Kram hast!", feixte Olli. Hannah rieb sich die Arme.

„Ich weiß auch nicht, wer mir die vollen Taschen geschickt hat." Hannah ließ ihren Blick über die Menge schweifen. „Wo ist Mama?" Sie schob sich nah an Olympia heran, das Gewimmel im Bahnhof bereitete ihr Bauchschmerzen und sie war versucht, sich die Ohren zuzuhalten. Olli hob ihre Hand, um Hannah anzuzeigen, sie würden draußen weitersprechen. Sie atmeten erst auf, als sie auf den Vorplatz traten.

„Wir nehmen ein Taxi zu mir, wo deine Mutter übrigens ist. Vor Ostern ist die Stadt so überfüllt, da findest du keinen Parkplatz."

„Ich zahle!", sagte Hannah und winkte ein Fahrzeug heran. Wenige Minuten später schlängelten sie sich durch Blechlawinen und Hannah kam sich vor wie im falschen Film. Sie musste die Augen schließen, um der Reizüberflutung zu entkommen. Der Wagen hielt und Hannah stieg erschöpft aus dem Auto.

„Ich brauche einen Kaffee, eine Dusche und ein Bett, in der Reihenfolge!"

„Nummer Eins ist kein Problem, deine Mutter hat oben Kaffee und Kuchen aufgefahren. Daher müssen wahrscheinlich auch Programmpunkt Zwei und Drei warten." Olympia wackelte mit ihren Augenbrauen.

„Ich freue mich so auf meine Mutter! Ich hatte gedacht, sie käme zum

Bahnhof, aber bei dem Gedränge bin ich froh, dass sie hier gewartet hat. Lass uns hochfahren!" Hannahs Herz hüpfte, als sie in den Aufzug stiegen, der inklusive des Gepäcks keinen weiteren Platz bot. Schweiß tropfte von Hannahs Schläfen, als sich die Aufzugtüren öffneten. Im Flur stand ihre Mutter und begann zu weinen bei dem Anblick ihrer Tochter.

„Es ist so schön, dich zu sehen, Kind! Du läufst und du hast eine gesunde Gesichtsfarbe! Ganz anders als noch vor ein paar Wochen. Komm herein!" Sie zog Hannah hinter sich her in die Wohnung. Hannah entledigte sich der warmen Kleidung und folgte ihrer Mutter in die Küche.

„Mama, das sieht toll aus! Erwarten wir die Königsfamilie?" Hannahs Mutter lachte und schluchzte gleichzeitig.

„Dies ist ein besonderer Tag! Setz dich und genieße es!" Frau Keil krempelte die Ärmel ihres schwarzen Rollkragenpullovers hoch. „Der Kuchen ist von Ollis Mama. Sie hat ausschließlich deine Schokolade verwendet und war begeistert! Sie sagt, dass sei das Produkt des Jahrhunderts!" Sie rutschte auf den Stuhl gegenüber ihrer Tochter, Olympia nahm dazwischen Platz. Kaffeeduft stieg aus der Kanne auf dem Tisch und Hannah goss allen ein. Hannah starrte auf den vierten Stuhl und alle schwiegen. Er fehlte ihr so sehr. Morgen war das Sechswochenamt. Sie schniefte. „Für dich wird es morgen besonders schwer, Kind, da du nicht auf der Beerdigung warst. Aber wir stehen den Tag gemeinsam durch!" Frau Keil fasste nach Hannahs Hand und drückte sie leicht. Olympia tat es ihr gleich auf der anderen Seite. „Bitte schneide den Kuchen an!", bat Hannahs Freundin. „Ich möchte endlich das Wunderwerk probieren!"

Kapitel 28

Graue Wolken trieben über den Frühlingshimmel und spiegelten Hannahs Gefühle wider. Sie hatte sich in ein schwarzes Kleid gezwängt und einen dazu passenden Mantel von Olympia geborgt. In der ersten Nacht hatte sie sich so lange herumgewälzt, bis sie schließlich aufgestanden war und sich ans Fenster gesetzt hatte. Stunde um Stunde hatte sie auf die Straße hinunter gestarrt und das Meer vermisst. Jeden Gedanken an Christen hatte sie weit fort geschoben. Er hatte sich nicht bei ihr gemeldet und Hannah hatte ihm nur eine kurze WhatsApp gesendet, dass sie gut zu Hause angekommen war. Sie rieb sich die Augen. Bis vor wenigen Wochen hatte sie den Trubel in der Stadt noch begrüßt, nun sehnte sie Stille herbei.

In der Kirche hatten sich zwei Dutzend Trauergäste eingefunden. Hannah schüttelte den Kopf, als ihr ihre Mutter bedeutete neben ihr in der ersten Bank Platz zu nehmen. Sie bevorzugte, weiter hinten zu sitzen. Einige Gesichter wandten ich ihr zu, nickten und drehten sich zurück zum Altar. Hannah zog den schwarzen Seidenschal bis zur Nase.

Zum Einzug der Messdiener spielte die Orgel „Stabat Mater", eines der Lieblingsstücke ihres Vaters. Hannah wischte sich verstohlen eine Träne aus dem Augenwinkel. Der Bruder ihrer Mutter las das Evangelium. Frau Keil hatte bei der Vorbereitung der Messe erklärt, dass sie selbst dazu emotional nicht in der Lage war. Hannah verspürte großes Verständnis. Sie selbst hatte es abgelehnt, eine Fürbitte zu lesen. An ihrer statt hatte sich Olympia und Frau Argyris bereit erklärt, im Wechsel vorzulesen.

Die persönlich gestaltete Messe ergriff Hannah und sie versuchte an sich zu halten, nicht in lautes Schluchzen auszubrechen. Im Gegensatz zu allen anderen war dies das erste Seelenamt für sie und in den Liedern und Gebeten fühlte sie sich ihrem Vater ganz nah. Sie schloss die Augen und es war ihr, als säße ihr Vater neben ihr in der Bank. Sein Lächeln sprühte vor Wärme und mit einem Mal lag sein Duft im Raum. Die Mischung aus Kaffee und herbem Eau de Toilette legte sich auf Hannahs Seele und sie verstand, dass er nicht wirklich fort war. All die Erinnerungen und gemeinsamen Erlebnisse lagen tief in ihr verankert, zu jeder Zeit abrufbar.

Ein Lächeln huschte über ihr tränennasses Gesicht. Olympia drückte ihre Hand und Hannah lehnte ihren Kopf an die Schulter ihrer Freundin. Als die Trauergäste sich erhoben, um die Kommunion zu empfangen, entschied sich Hannah, die Kirche zu verlassen. Die Oberschenkel schmerzten bei jeder Bewegung und ihr Rücken streikte in der harten Holzbank. Hand in Hand ging sie mit Olympia durch das Kirchenschiff und schob die Tür nach draußen auf. Es war Markt und reges Treiben herrschte zwischen den Ständen.

„Kutschierst du mich zum Friedhof? Wenn alle anderen schon zum Kaffee fahren, möchte ich gerne ans Grab." Ein Marktstand mit Körben voller Blumen fiel ihr ins Auge und sie schlenderte hinüber. Dabei dehnte sie ihre geschundenen Muskeln. Sie wählte eine farbenfrohen Strauß Tulpen. Bei der Marktfrau gegenüber holte sie zwei Becher Kaffee für Olympia und sie selbst. In ihrer Trauerkleidung kam sich wie ein Fremdkörper vor. Die Kunden verhandelten mit den Verkäufen, es wurde gescherzt und gelacht. Es war Hannah, als befände sie sich in einer anderen Sphäre. Sie beschleunigte ihre Schritte und atmete erleichtert auf, als sie neben Olympias Auto standen. Sie hockte sich auf den Beifahrersitz und reichte ihrer Freundin den Kaffee.

„Ich brauche ein neues Auto, dann bin ich unabhängiger. Vor allem, wenn ich wieder zu arbeiten beginne." Sie starrte zum Fenster hinaus.

„Bist du denn schon bereit dazu?" Hannah stieß lautstark die Luft aus.

„Ich weiß es nicht, ehrlich. Aber ich muss etwas tun. Am besten handfeste Arbeit, wo ich sofort das Ergebnis sehe."

„Lass dir Zeit, Süße! Du findest bei Zeiten das Richtige. Komm erst einmal langsam ins Leben zurück. Die letzten Monate hast du eher in einem Paralleluniversum verbracht."

Hannah nickte. „Alles fühlt sich so unwirklich an. Auf Norderney geht alles ruhig und bedächtig vonstatten. Im Krankenhaus war es eher hektisch, aber nicht stressig. Verstehst du? Ich lag da und alles kreiste um mich herum." Sie bogen auf die Schnellstraße ein und nach 500 Metern entschleunigte Olympia und setzte den Blinker.

„Ich weiß, was du meinst. In der Reha und im Krankenhaus wurde dir alles abgenommen und geplant, welche Schritte für dich am sinnvollsten sind. Nun musst du selbst Entscheidungen für dein weiteres Leben setzen. Die äußeren Rahmenbedingungen sind weggefallen und du stehst da wie entblößt. Aber dein altes Leben ist nicht lange her und du wirst die Gewohnheiten und Abläufe schnell wieder im Kopf haben. Ist wie Fahrrad fahren!" Der Kies auf dem Friedhofsparkplatz knirschte unter den Rädern. Olympia steuerte die nächste Bucht an. Hannah wandte sich ihrer Freundin zu.

„Ich weiß aber nicht, ob ich das wirklich will!" Sie öffnete die Tür und stieg mit einem leisen Ächzen aus. Olympia sah sie über das Autodach hinweg an.

„Du wirst wissen, was du aus der alten Zeit mit hinüberretten möchtest und wo Erneuerung stattfinden soll. Folge deinem Herz!" Es klickte und sie steckte den Schlüssel ein. Sie folgten dem Hauptweg und ihre Absätze klackerten auf dem Pflaster. Hannah hakte sich bei ihrer Freundin unter.

„Gut, dass das Grab nicht so weit weg ist. Ich sehe schon die kleine Kapelle." Sie grüßten eine ältere Dame, die ein mehrstelliges Grab pflegte. „Hier ist es still und friedlich, das Rauschen der Stadt so weit entfernt. Ich habe das Gefühl, hier tiefer atmen zu können!"

Olympia runzelte die Stirn. „Kann ich nicht nachvollziehen. Wenn ich mir überlege, ringsherum von Toten umgeben zu sein, wird mir ganz anders. Ich bin froh, dass wir hier bei Tageslicht sind!" Hannah verzog ihren Mund zu einem halben Lächeln.

„Mich berühren all die Schicksale, weißt du? An den Todesdaten kann man manchmal sehen, dass sie nicht auf natürliche Weise gestorben sind. Ich frage mich wieviel Leid und Elend sie ertragen mussten, bevor sie ihre letzte Ruhe gefunden haben."

„Ich will da gar nicht drüber nachdenken und früher hättest du das auch nicht!" Auf Hannahs Gesicht bildeten sich Steilfalten. „Entschuldigung, das war daneben!" Olympia legte ihren Arm um Hannas Schultern. Sie näherten sich dem frisch aufgehäuften Grab bis auf ein paar wenige Schritte.

Hannah schlug ihre Hände vors Gesicht. Ihre Knie gaben nach und Olympia fasste sie fest an den Ellenbogen und geleitete ihre Freundin zu einer Bank direkt gegenüber des Grabes. Mit Beinen weich wie Gummi hockte Hannah sich auf das morsche Holz. Verwelkte Kränze türmten sich auf dem Erdhügel, dazwischen Blumensträuße und Gestecke davor. Hannah hielt den Tulpenstrauß Olympia hin.

„Kannst du ihn bitte neben Mamas Kranz legen?"

„Mache ich doch, Süße! Du stehst übrigens auch mit auf der Schleife." Olympia beugte sich vor und richtete die Schleife des Rosenkranzes. Dann legte sie den frischen Blumenstrauß daneben. Hannah kullerten Tränen über die Wangen.

„Ich will nicht … nicht, dass er da liegt. So einsam und allein. Und doch ist er tot. Wegen einer beschissenen Lungenentzündung!" Hannah biss in ihre geballte Faust, um nicht laut aufzuschluchzen. Olympia nahm sie in den Arm und wiegte Hannah.

„Ich weiß, das ist alles schwer für dich zu verkraften. Aber glaube fest daran: Du wirst wieder Freude im Leben empfinden und eines Tages schmerzen die Erinnerungen an all das Geschehene nicht mehr so schlimm. Jeden Tag ein bisschen weniger. Denk an die wunderbaren Momente mit Christen. Bevor du nach Norderney fuhrst, hättest du nie geglaubt, jemanden kennen zu lernen, auch wenn es nur für kurze Zeit war. Und dann deine verrückten zwei Ladies! Haben sie nicht reichlich Licht in dein Leben gebracht? Vergiss nicht all die wertvollen Dinge hinter der Dunkelheit. Jetzt hüllt sie dich noch ein, aber sie wird aufreißen und die Lichtstrahlen werden sich durchkämpfen!" Sie wackelte mit ihren Augenbrauen und entlockte Hannah ein kleines Grinsen.

„Danke für deine … pathetischen, bildhaften Worte. Ich habe verstanden, was du mir sagen willst!" Hannah schniefte in den Ärmel ihres schwarzen Kleides. Vereinzelte Tropfen hinterließen Perlchen auf den Blütenblättern. Olympia zog Hannah von der Bank hoch.

„Lass uns besser auf den Rückweg machen!" Sie deutete zum Himmel. Unter die grauen Wolken mischten sich schwarze Fasern, angetrieben von heftigen Windböen. Hannah trat an das Grab.

„Tschüss, Papa! Eines Tages sehen wir uns wieder! Ich habe dir noch so viel zu sagen!" Die Blätter in den Bäumen raschelten und aus den Tropfen wurden Bindfäden. Sie hob die Hand zum letzten Gruß, dann drehte sie sich um und folgte Olympia, so schnell es ihre steifen Beine zuließen. Trotz aller Eile erreichten sie das Auto völlig durchnässt. Hannah zitterte am gesamten Körper. Olympia startete den Motor und drehte die Heizung auf die höchste Stufe. Das laute Gebläse unterband jedes Gespräch. Hannah lehnte sich zurück und schloss die Augen. Jetzt musste sie nur noch den Beerdigungskaffee überleben.

Der Tag zog sich endlos dahin. Hannah missfielen die oftmals nichtssagenden Gespräche mit fernen Verwandten, denen sie früher bereits kaum Einzelheiten aus ihrem Leben preisgegeben hatte. Das wollte sie auch zum Sechswochenamt nicht ändern. Sie ignorierte die direkten und weniger direkten Blicke. Aus ihrem schwarzen Kleid hatte sie sich herausgeschält, die klamme Nässe war ihr bereits in die Glieder gefahren. Jetzt trug sie eine bequeme Jeggins ihrer Mutter mit einem weiten Pulli darüber. Sie fühlte sich ein wenig verloren in der Kleidung, aber besser als die durchnässten Klamotten war es auf jeden Fall. Am späten Nachmittag saßen nur noch Olympia und ihre Mutter mit Frau Keil und Hannah am Tisch im Wohnzimmer. Entspannung kroch in Hannahs Glieder und mit ihr überkam sie die Müdigkeit.

Frau Argyris schob ihr einen Espresso zu. „Sonst müssen wir dich nach Hause tragen, Kindchen. Du möchtest nicht, dass ich dich über meine Schulter werfe!" Hannah lächelte matt. Der Tag hatte ihr sämtliche Kräfte entzogen. Sie kippte das schwarze Getränk hinunter. Die mollige Frau eilte in die Küche und brachte eine weitere Runde an den Tisch.

„Ich bekomme noch Herzklabastern, wenn ich ein weiteres deiner Gebräue trinke!" Hannah hob abwehrend die Hände. „Ein Bett wäre mir jetzt lieber!"

„Bevor du und meine Tochter uns verlasst, hätte ich gerne gewusst, was es mit deiner Schokolade auf sich hat?" Olympia hatte sich weit vorgebeugt, sodass ihre Nase beinahe an Hannahs stieß. Diese wackelte mit ihrem Zeigefinger.

„Auf keinen Fall plappere ich meine gut gehüteten Geheimnisse aus. Aber deine Torte schmeckte großartig!" Frau Argyris wiegte ihren Kopf.

„Können wir nicht irgendwie zusammenarbeiten? Mit meinen Rezepten und deinen Geheimnissen werden wir berühmt! Die besten Torten der Stadt kommen aus meiner Konditorei! Du und ich werden die Königinnen sein!" Olympia sah ihre Mutter gespielt beleidigt an.

„Und was bin ich dann im Hofzeremoniell? Der Küchen-Kaspar?" Sie schob ihren Stuhl zurück. „Da mache ich nicht mit, ich fahre jetzt nach Hause. Möchte Eure Hoheit mich begleiten?" Olympia knickste vor Hannah.

„Ich begleite dich sehr gerne. Ich brauch meinen Schlaf." Hannah erhob sich ebenfalls und legte eine Hand auf die Schulter von Olympias Mutter. „Ob aus unserer Zusammenarbeit etwas wird, kann ich noch nicht sagen. Ich muss darüber schlafen. Aber ich danke dir sehr für das Angebot!"

„Du kannst was, Mädchen! Verstecke dich nicht einem Loch! Zeig allen, was in dir steckt. Wenn du magst, steht dir unsere Backstube offen!"

Hannahs Mutter klatschte in die Hände. „Das hört sich wundervoll an, Kind!" Sie umrundete den Tisch, um ihre Tochter zu umarmen. „Schlaf über das Angebot! Vielleicht findest du dann ja wieder ein bisschen mehr Sinn in deinem Leben, was meinst du?" Hannah rieb sich die Augen, die sie kaum noch offen zu halten vermochte.

„Ich denke darüber nach. Ich melde mich morgen. Ich habe einen Termin bei einem Spezialisten in der Uniklinik in Düsseldorf. Deshalb muss ich jetzt dringend ins Bett!" Sie umarmte der Reihe nach erst ihre Mutter und dann Frau Argyris.

„Die Anziehsachen bekommst du in ein paar Tagen zurück, tschüss!" Sie schloss die Tür hinter sich, bevor eine der Frauen noch eine Erwiderung hinterherrufen konnten.

In Olympias Auto fielen ihr die Lider zu und ein unruhiger Schlaf suchte sie heim.

„Komm Schlafmütze, leg dich lieber in ein richtiges Bett!" Olympia half ihrer Freundin aus dem Auto in den Aufzug. Hannahs Kopf sackte auf ihre Brust. „Komm schon, Süße, wir haben es gleich!" Hannah spürte, wie sie ein paar Schritte weit bugsiert wurde, dann sackte sie in der weichen Matratze ein. Kurz bevor sie endgültig der Schlaf übermannte, spürte sie, wie Olympia ihr die Schuhe von den Füßen streifte.

Kapitel 29

Die nächsten Tage vergingen wie im Flug. Ein Arzttermin jagte den nächsten, als sie aus der Apotheke kam, ließ die große Tüte sie wie einen Bankräuber aussehen.

Frau Argyris hatte sie mehrfach vertröstet. Die Entscheidung lag ihr wie ein Stein in der Magengrube. Wie sie es drehte und wendete, vermochte sie keinen Haken an dem Vorschlag zu entdecken. Rein äußerlich betrachtet, sah ihre Zukunft rosig aus. Zu einer Zusage konnte sie sich nicht durchdringen.

„Du siehst aus wie sieben Tage Regenwetter!" Olympia saß ihr gegenüber in der kleinen Küche und zog den Teebeutel aus dem Becher. „Ich verstehe dich einfach nicht, Hannah. Das Jobangebot passt hervorragend zu deinen Fähigkeiten. Du kannst nie dagewesene Kreationen erschaffen. Du hast völlig freie Hand. Von dem Gehalt kannst du dir eine eigene Wohnung leisten, wenn du das möchtest. Vielleicht auch mal ein Auto. "
Hannah seufzte.

„Es ist nicht das Geld. Meine Abfindung, so will ich sie mal nennen, ist hoch genug für ... ja, ich weiß nicht, für was." Sie zuckte mit den Schultern, ihr Blick wanderte zum Fenster hinaus. „Diese Stadt fühlt sich nicht mehr nach meiner an. Ich laufe herum wie ein Alien. Es ist laut und unübersichtlich. Früher ist mir das nicht aufgefallen. Heute würde ich am liebsten mit Ohrstöpseln durch die Straßen laufen. Mit meinen Verbrennungen bin ich ein Fremdkörper in der Welt der Schönen und Reichen und Möchtegerns. Ich habe die Orientierung verloren." Hannah presste die Lippen aufeinander, bis sie einem blutleeren Strichen glichen.

Olympia starrte in ihren Tee, als ob sie das Orakel von Delphi befragte.

Sie stellte die Tasse auf den Tisch und faltete ihre Hände. „Meine liebe Freundin! Ich werde jetzt noch einmal wiederholen, was ich auf dem Friedhof zu dir gesagt habe: Folge deinem Herzen!" Olympias Augen glänzten verdächtig. „Auch wenn ich dich dann nur noch alle paar Wochen oder Monate sehe!"

Hannah saß völlig steif auf ihrem Stuhl, als hätten die Worte ihrer Freundin jede Luft aus ihr herausgeboxt.

„Ich weiß nicht, ob ich dich richtig verstehe." Ihre Finger krampften sich um die Kanten der Sitzfläche. Konnte es so einfach sein? Sie schüttelte den Kopf. Das konnte sie nicht tun. Hier lebten ihre Freunde, ihre Mutter. Ein Jobangebot wartete. Dort wusste sie nicht, was sie erwartete. Wollte Christen sie noch? War das zwischen ihnen nicht nur etwas für eine begrenzte Zeit gewesen? Immerhin hatte er bisher kein einziges Mal angerufen und das Loch in Hannah wuchs ins Unermessliche.

„Hier sind meine Ärzte, mein gesamtes Netz an Unterstützung."

Olympia schnäuzte sich. „Ich glaube, du brauchst nur eine einzige Person!"

„Nein, das stimmt nicht. Ich brauche auch dich und Mama und deine Mutter!"

„Aber wenn man liebt, dann reicht das zur Erfüllung. Sieh dich doch einmal an! Du liebst diesen Mann mit jeder Faser deines Körpers. Auch wenn du nichts sagst, schreit alles an dir nach ihm!" Olympia tippte auf ihrem Smartphone herum.

„Was machst du da?" Hannah griff über den Tisch und schnappte sich das Telefon. „Du suchst nach einer Bahnverbindung?" Sie scrolle nach unten. „Morgen?!"

„Ja, morgen. Ich halte es keinen Tag länger mit dir aus, du Griesgram!"
Olympia machte zwei Schritte um den Tisch und umarmte ihre Freundin.
„Komm, ich helfe dir packen! Nur das Nötigste, den Rest schicke ich dir
hinterher, wenn ich von dir das Okay bekomme!" Die beiden Frauen lösten sich voneinander. In Hannahs Magen kribbelte es und breitete sich
über ihren Körper vom Scheitel bis zur Sohle aus.

Konnte sie es wagen? Ihr Geist schrie ihrem Herzen zu, diesen Schritt
zu gehen, nur ihr Verstand zögerte noch. Wenn Christen sie nicht willkommen hieß, dann hatte sie alles auf eine Karte gesetzt für nichts.

„Ich möchte so gerne glauben, dass du Recht hast, Olympia!"

„Ich habe immer Recht, Süße! Und jetzt schwing deinen Hintern hier
herüber und lass uns anfangen, deine Sachen zu packen. Ich organisiere
alle deine weiteren Termine, solltest du dortbleiben. Wenn nicht, kannst
du sie ja wahrnehmen." Olympia grinste. „Was ich nicht glaube."

Der folgende Tag begann mit Sonnenschein und Hannah nahm dies
als gutes Omen. Ihr lieb gewonnener Rucksack lag neben ihr auf dem
Sitz. Bis oben hin angefüllt mit Hoffnung und Zweifeln betete Hannah,
dass Ersteres überwog. Die Landschaft explodierte in allen Grüntönen.
Die städtischen Bauten wichen kleineren Dörfern und Ansiedlungen und
Hannahs Herz beruhigte sich. Der Lärm in der Stadt hatte sie mehr be-
lastet, als sie zunächst gedacht hatte. Die endlosen Felder und Wiesen
waren eine Wohltat für ihre Augen. Sie schloss ihre Lider und dachte an
den vergangenen Abend. Ihre Mutter war ihrer Entscheidung zunächst
mit völligem Unverständnis begegnet. Aus ihrem Blickwinkel betrachtet
konnte Hannah verstehen, warum sie derart empfand. Sie gab Sicherheit
für eine unbekannte Zukunft auf. Welcher vernünftige Mensch verhielt
sich auf diese Art und Weise?

„Ich will nicht vernünftig sein!", murmelte Hannah vor sich hin und
zog das Buch aus der Tasche, welches sie bereits auf ihrer Reise seit dem
Unfall begleitete. Sie rutschte auf ihrem Sitz in eine bequemere Position
und schlug das dritte Kapitel auf, ihr Lieblingskapitel. Wie die Heldin
hatte sie sich nach dem Autobrand in einer Krise befunden und keinen
Ausweg gesehen. Am liebsten hätte sie der jungen Frau zugerufen, dass
sie es schaffen würde, alle Hürden zu meistern, so wie sie selbst. Hannahs
Mundwinkel hoben sich. Noch nicht jeder Stein war aus dem Weg geräumt,

doch mit jedem Kiesel, den sie fortwarf, wurde der Berg ein wenig kleiner und die Last auf der Brust leichter.

Der Zug ratterte Norderney entgegen und Hannahs Puls schnellte in die Höhe. Würde Christen auf der Fähre sein? Wie würde seine Reaktion ausfallen? Hannah wischte sich Schweißperlen von der Stirn. Sie band sich das Kopftuch um, auf dem Deich wehte eine steife Brise.

Sie passierten das Ortseingangsschild „Norden" und Hannah zog sich einen Kurzmantel über. Die dickere Jacke klemmte oben auf dem Rucksack. Die Natur hatte sie gelehrt, auf Wetterumschwünge zu achten und ihr dafür ausgerüstet zu begegnen.

Sie dachte ans Meer und ihr Herz hüpfte bis zum Hals hinauf. Die Bremsen quietschten und der Zug ruckte, bis er zum Stehen kam.

Der Rucksack glitt ihr durch die feuchten Finger und fiel zu Boden. Ein junges Mädchen, nicht älter als vierzehn Jahre, reichte ihr das Gepäckstück.

„Vielen Dank!" Hannah schenkte der Helferin ein Lächeln. Diese lächelte verhalten zurück, ihr Blick blieb an Hannahs Narben haften. Sie seufzte in sich hinein. Daran musste sie sich wohl oder übel gewöhnen. Sie schulterte den Rucksack und stellte sich an die Tür. In einiger Entfernung sah sie die Fähre am Dock liegen und ihr Herz schlug ins Unermessliche. Die Ankunftszeit des Zuges und die Abfahrt der Fähre schenkte den Passagieren die Möglichkeit in Ruhe den Platz zu überqueren und an Bord zu gehen. Hannah eilte auf den Steg zu und betrat Dank des Online-Tickets als Erste das Schiff. Anstatt sich einen Platz im Heck zu suchen, begab sie sich direkt zur Treppe. Sie kletterte die eisernen Stufen hinauf ans Oberdeck und sah sich um. Hannah drehte sich einmal um die eigene Achse. Der Aufstieg zur Brücke lag nur einige Meter entfernt und sie hielt darauf zu. Ein ums andere Mal wanderte ihr Blick in die Höhe. Hinter den Scheiben der Brücke vermochte sie Christen nicht auszumachen. Der Wind wehte über das Deck und schob Hannah in Richtung des Aufstiegs. Sie ignorierte das „Betreten-verboten-Schild" und zog die schwere Eisentüre auf. Ihr Herz machte einen schmerzhaften Satz, als sie einer Silhouette im Türrahmen gewahr wurde. Sie zuckte zurück und prallte gegen eine Person in ihrem Rücken.

„Min Deern!" Hannah drehte sich um. Dort stand Christen, keine fünf Zentimeter trennten sie. „Du bist zurückgekommen!" Sein Lächeln stellte jeden Sonnenaufgang in den Schatten. Das war Antwort genug für Ich träumte von Wellen.

Sie legte ihre Hände an seine vom Wind geröteten Wangen und zog sein Gesicht an ihres.

„Dieses Mal bin ich gekommen, um zu bleiben!"

Nachwort

Wie in all meinen Büchern richte ich mein Augenmerk auf einen Personenkreis, der sonst keine Sichtbarkeit hat. Hier habe ich meine Stimme den Menschen mit Verbrennungen geschenkt. Ich danke den Mitgliedern von Phoenix Deutschland - Hilfe für Brandverletzte e. V. für die wunderbaren Gespräche. Ihr habt mich in eure Leben schauen lassen und von euren Schicksalen erzählt. Nur deshalb war ich in der Lage diesen Roman zu schreiben. Ohne die Offenheit wäre dieses Buch nur halb so gut geworden. Ich bewundere euch! Euer Durchhaltevermögen, eure Lust auf das Leben, eure Stärke. Ilse und Vanessa, ihr seid meine Vorbilder!

Mein Dank gilt auch den Traumatherapeuten, die mir mit Rat und Tat bei all meinen Fragen zur Seite standen.

Alle Personen sind frei erfunden. Ebenso die meisten Örtlichkeiten. Ähnlichkeiten sind rein zufällig und nicht beabsichtigt.

Ingrid Frank:
Ligurisches Öl - Roman

„Hummeln sind im Ei mit einer Wachsschicht umgeben. Irgendwann verlassen sie diesen Zustand", erklärt der etwas hypochondrische Gunnar seiner Frau Fine bei einem Abendessen, bei dem die beiden gründlich aneinander vorbeireden. „Ich werde verreisen. Ich krieg keine Luft mehr", sagt Fine, die sich seit geraumer Zeit von ihm unverstanden und selbst sprachlos fühlt. „Würd' gern mit dir nach Sardinien fahren." Der durch und durch gefrustete aber lebenshungrige Heiner schreibt Fine eine SMS.

Drei Menschen spüren: Unter der Oberfläche ihres Alltags stimmt etwas nicht. Eigenwillige Aufbrüche beginnen. Beziehungen sortieren sich neu. Es ist eine Geschichte über das Leben und das Lieben, über tastendes Suchen und ungewöhnliches Finden.

180 Seiten, 15,5 cm x 22 cm
Taschenbuch ISBN 978-3-928249-46-1 e-Book ISBN 978-3-928249-47-8
Skript-Verlag 2022

Stephanie Keunecke
ICH MACHE JAGD AUF DICH - Thriller

Laura sitzt bei ihren Großeltern auf dem Dorf fest. Sie findet das Tagebuch ihrer Tante Marie, die mit 17 Jahren ermordet wurde. Marie war damals genauso alt wie Laura jetzt ist. Nach und nach enthüllt sie Maries Geheimnisse und findet heraus, dass Marie einen Serienmörder jagte. Dieser Mann versetzte vor 40 Jahren die ganze Gegend in Angst und Schrecken. Er wurde nie überführt. Doch das könnte sich jetzt ändern, denn kurz vor ihrem Tod hat Marie einen entscheidenden Hinweis gefunden. Lauras Ermittlungen bleiben nicht unentdeckt. Der Mörder beginnt sich für sie zu interessieren.

Denn Laura ist Marie wie aus dem Gesicht geschnitten …

386 Seiten, 15,5cm x 22cm
Taschenbuch ISBN 978-3-928249-35-5 e-Book ISBN 978-3-928249-36-2
Skript-Verlag 2023

Marie Molsberg
Was vom Schnee bleibt - Roman

Vertrauen oder Kontrolle? Diese Frage hat Helen für sich schon lange entschieden. Perfekt organisiert verläuft ihr Alltag in vorhersehbaren, erfolgreichen Bahnen, bis sie Einar, ihre Liebe aus Studientagen, wiedertrifft. Er ist interessiert, sie sehr beunruhigt, Einar lädt sie ein, Helen zögert lange. Ihre Begegnungen in der Weite der norwegischen Winterlandschaft wecken in Helen tief verborgene Gefühle und stören ihr geordnetes Leben. Kann sie es wagen, sich auf so viel Nähe einzulassen? Alles spricht dagegen, besonders Einars dunkles Geheimnis, dass er erst offenbart, als ihm keine andere Wahl bleibt.

212 Seiten, 15,5cm x 22cm
Taschenbuch ISBN 978-3-928249-33-1 e-Book ISBN 978-3-928249-34-8
Skript-Verlag 2023

Empfohlen von der Literaturcommunity der **ZEIT**:
„Eins der sieben Bücher, die Ihr Leben verändern können."

www.skript-verlag.de
Romane | Erzählungen | Kurzgeschichten | Lyrik | Pädagogik | Architektur